解碼西遊
內宮外廷亮相取經路

明朝祕辛！
從紅孩兒到女兒國

明代官場的暗流湧動

黃如一　著

【以小說為引，縱覽社會形態的演進】

大鬧天宮的背後，明朝官場現實的深度剖析

恢弘的神話世界給了讀者無盡的想像空間

其實對應下來，也無不落在紫禁城的牆裡牆外一草一木

目錄

下篇　內宮外廷亮相取經路

下篇　內宮外廷亮相取經路

一條取經路，從御馬監到靈山，其實就是從皇城最東邊的御馬監到西苑最西邊的司禮監經廠新址。一路妖魔出洞，其實就是內宮外廷各路人馬紛紛出場，向取經人問話：「你若取經成功，走上干政之路，日後怎生合作？」宮妃、太監、東宮、舞姬、宰相、宰相家屬、翰林學士、後宮粗婦甚至掏糞工各有訴求，取經團依次給他們滿意答覆。

16　金角大王——太上老君的唐僧肉廣告

西天取經是扶植佛教、壓制道教的活動，道教大老太上老君多次出手阻撓，取經路上從他身邊來的妖魔最多，還有很多不是他身邊人，但也帶著他的法寶。平頂山蓮花洞的金角大王、銀角大王是他的貼身祕書，一口氣帶了他五個法寶下凡，這或許算是佛道雙方第一場實力比拚。只是不知佛家有沒有注意，太上老君雖然放行，但也悄悄打了一個很麻煩的廣告。

16.1　報復豬八戒的同時取得兵權

孫悟空破解了黃袍怪的老虎幻術，還唐僧清白，師徒感人重逢，取經團破鏡重圓，離開寶象國，再度踏上征程。不久，取經團來到平頂山，暗中保護（監視）取經的四值功曹中的日值功曹出來報信，說這裡的妖怪厲害得不得了。類似情況在整個取經途中只有兩次，下一次要等到獅駝嶺三大魔王，足見妖魔凶狠。說起來取經團之前遇到的險阻花樣百出，但真正硬拚硬打的降妖伏魔，這其實是第一戰。某種程度上說，這算得上是裁判一聲哨響，佛道雙方正式比拚——開始！

不過攘外需先安內，恰如觀音給孫悟空戴了緊箍，孫悟空必須報復她，以至於燒了觀音禪院，製造金池長老慘案。打死白骨精後，豬八戒進讒言導致孫悟空被逐，這個仇都不報，俺老孫還怎麼在取經團混下去？

其實在黃袍怪一節，孫悟空已經在一定程度上報復了豬八戒。當時豬八戒被迫來請孫悟空回歸，孫悟空表面熱情接待，卻以暗中偷聽到豬八戒在背後說他壞話為由，將其綁了起來，好一番折辱。不過當時大敵當前，齊天大聖還是以大局為重，沒有太過狠辣報復。而且豬八戒甘冒風險到花果山來請他，也表現得頗以大局為重，如果此刻太過計較，反而顯得俺老孫因私廢公。所以把豬八戒綁起來後，孫悟空還是很快冷靜下來，沒有狠治豬頭，而是大度地回歸了取經團。但如果豬頭就此認為恩怨已清，那便大錯特錯了，這次不把你治服帖了，等下次你又進讒言趕我走？

孫悟空得了日值功曹報信，故意誇大妖魔凶狠，甚至用出了裝哭的伎倆，嚇得師父、師弟魂飛魄散，又說要解散的話。唐僧求悟空想辦法，悟空趁機說自己勢單力孤，鬥不過妖魔。唐僧便說：「徒弟啊，你也說得是，果然一個人也難。兵書云，寡不可敵眾。我這裡還有八戒沙僧，都是徒弟，憑你調度使用，或為護將幫手，協力同心，掃清山徑，領我過山，卻不都還了正果？」明確將另外兩個徒弟的指揮權交給孫悟空，「那行者這一場扭捏，只逗出長老這幾句話來。」

取經團的組織目標導向非常明確：西天取經，這是不以任何組織成員主觀意志為轉移的。取經團的組織架構也早早明確：一師父、三徒弟、一腳力、一大堆暗中護佑的監控人員。很顯然，唐僧是絕對核心，但孫悟空試圖發揮專業特長，至少要把作戰這個單項劃定為自己的分管工作。為此，孫悟空借力打力，巧借這場硬仗順理成章地從唐僧手中取得了軍事指揮權，一舉奠定在取經團中的地位。

孫悟空這個動作是很有必要的，也是他汲取深刻教訓明白過來的道理。白骨精一節，他看清俊俏女子是妖怪幻化人形，在沒有經過唐僧批准的情況下，對妖怪實施了空襲，已經讓唐僧非常惱火。緊接著又兩次在未經唐僧同意的情況下，自作主張打死白骨精。唐僧出於維護「最高領導者」權威的原始動機，再加上豬八戒的挑唆，氣急敗壞地恨逐了不聽命令的大徒弟。其實豬八戒惡意挑唆也是正常的政治表態，畢竟唐僧是最高領導者，他和孫悟空發生矛盾時，正常人第一反應都是站最高領導者一邊，這可以理解。被逐回花果山的孫悟空冷靜下來總結教訓，已經省悟自己繞開最高領導者實施軍事打擊確實是犯了政治忌諱，現在唯一能彌補的辦法就只有一舉將兵權撈到自己手中，不然在團隊中再也抬不起頭。正因如此，孫悟空要多耍些手段，一方面警惕豬八戒，另一方面也是明確自己分管兵權，奠定團隊地位。

孫悟空從唐僧那裡取得兵權後，開始整治豬頭，派他去巡山。豬八戒一時沒料到政治形勢發生如此逆轉，非常憤懣，不過無奈只好孤身一人踏上巡山路。孫悟空趁機在唐僧面前說了豬八戒必定偷懶的壞話，並透過遠端監控坐實，將取經團隊中唯一的軍人整治得服服帖帖，從此掌穩了兵權。

妙的是，作者這一段完全沒有寫得陰暗深沉，反而是妙趣橫生，甚至充滿童趣，相當程度上轉移了讀者的注意力，讓人在銀鈴般的笑聲中略過了如此陰暗深沉的政治博弈。

16.2　仙風道骨的道家妖魔

動物修練的一大目的就是修成人形，所以妖怪既然成其為妖怪，那表面上應該是人形，不用照妖鏡看不出原形。但影視作品總愛把妖怪妝扮得青面獠牙，尤其愛突出其原形的動物特徵。《西遊記》的描寫有部分是支持這種提法的，比如詳細描繪了獅駝嶺三大魔王的外貌，大魔青獅精：鑿牙鋸齒，圓頭方面。聲吼若雷，眼光如電。仰鼻朝天，赤眉飄焰。但行處，百獸心慌；若坐下，群魔膽顫。這一個是獸中王，青毛獅子怪。

二魔白象精：鳳目金睛，黃牙粗腿。長鼻銀毛，看頭似尾。圓額皺眉，身軀磊磊。細聲如窈窕佳人，玉面似牛頭惡鬼。這一個是藏齒修身多年的黃牙老象。

三魔金翅大鵬雕：金翅鯤頭，星睛豹眼。振北圖南，剛強勇敢。變生翱翔，鷃笑龍慘。摶風翮百鳥藏頭，舒利爪諸禽喪膽。這個是雲程九萬的大鵬雕。

三者成精後仍具有明顯的獅、象、鵬特徵，類似的還有牛魔王、九頭蟲、九頭獅等。其實真正最突出的還得算取經團這三位，具有顯著的猴、豬和那什麼的特徵，經常嚇得施主大呼小叫，鬧了不少笑話。所以《西遊記》為人們留下了「妖怪具有動物特徵青面獠牙外表」的刻板印象，化妝師每次都忠實按照動物原形來妝扮。但不知進度拍到金角、銀角時，化妝師有沒有心裡一震：這兩位用什麼動物特徵呢？其實同樣問題還有小雷音寺的黃眉老怪，他是彌勒佛祖的童子，不是動物。更難辦的還有朱紫國的賽太歲，他是觀音坐騎金毛犼，犼是個什麼物種？噯，先弄個獅子頭算數吧！

然而這完全是劇組傳遞給觀眾的一種誤解，《西遊記》中大部分妖怪都是修成人形了的，在表面上看不出動物特徵，死後才會現出原形。比如第八十六回的南山大王，直到「八戒上前一鈀，把老怪築死，現出本相，原來是個艾葉花皮豹子精。」 再如第七十三回，毗藍婆菩薩助取經團降了百眼魔君，請取經團不要打死他，孫悟空便提出:「但只是教他現本象，我們看看。」然後百眼魔君才現出本相，原來是一條七尺長短的大蜈蚣精。也就說在此之前，與妖精搏鬥許久的取經團也並不清楚他們到底是什麼成精，直到最後現形方知。這裡需要再次強調，孫悟空的「火眼金睛」並不具備照妖鏡的功能，他只是善於根據別人的「氣場」模糊判斷此人的層級，所以妖怪現原形前，他也最多能感覺到妖氣，無法判斷具體原形。

其實從原著的描寫看，很多妖怪都是仙風道骨。人家修練那麼久，圖的就是修個人形，既然修了就修個漂亮的，比如白素貞就是個大美女而不會成天吐著條血紅的信子。《西遊記》描繪大多數妖怪的外形都是很好看的，尤其是金角、銀角這兩位太上老君的童子，該是何等仙風道骨？何況人家本來也不是動物。但電視劇因為金角、銀角的名字，愣是把別人妝扮成頭上長角的農業重金屬狂魔，甚至把銀角大王妝扮成諾維斯基 (Dirk Nowitzki)，這都是極大的誤解。不妨來看看原著對他們的相貌描寫。

金角大王：頭上盔纓光焰焰，腰間帶束彩霞鮮。身穿鎧甲龍鱗砌，上罩紅袍烈火然。圓眼睜開光掣電，鋼須飄起亂飛煙。七星寶劍輕提手，芭蕉扇子半遮肩。行似流雲離海嶽，聲如霹靂震山川。

銀角大王：頭戴鳳盔欺臘雪，身披戰甲幌鑌鐵。腰間帶是蟒龍筋，粉皮靴勒梅花摺。顏如灌口活真君，貌比巨靈無二別。七星寶劍手中擎，怒氣沖霄威烈烈。

這種氣質相貌評價是非常高的，放到《三國演義》中也是大將之才，金角大王「威風凜凜欺天將」，銀角大王甚至「顏如灌口活真君」，將其比作神界顏值擔當二郎神，如此推崇，絕對不是諾維斯基。

兩位大王還在凡間認了一個九尾狐狸當乾媽，乾媽的外貌也有描寫：雪鬢蓬鬆，星光晃亮。臉皮紅潤皺文多，牙齒稀疏神氣壯。貌似菊殘霜裡色，形如松老雨餘顏。頭纏白練攢絲帕，耳墜黃金嵌寶環。這就是個很普通的老奶奶形象，孫悟空打死她之前也沒有看出半點狐狸特徵。她還有個弟弟狐阿七大王，形貌描寫：「玉面長髯，鋼眉刀耳。」也是個典型的古代美男子形象，除了名字絲毫不帶狐狸特徵。

不過他們死後好歹現了原形，金銀二位大王其實也被孫悟空裝進紫金紅葫蘆化為膿水了，只是最終被太上老君救活。老君「揭開葫蘆與淨瓶蓋口，倒出兩股仙氣，用手一指，仍化為金、銀二童子，相隨左右。」切要注意一個「仍」字，著重強調了二位大王的原形就是太上老君身邊的仙童，我相信老君不會讓兩個青面獠牙的怪物甚至諾維斯基「相隨左右」。那既然原形就是仙童，請問他們下了凡又故意幻化成青面獠牙說得過去嗎？

其實在這個問題上真正值得懷疑的恰恰是那些故意保留鮮明外貌特徵的妖魔，他們難道是在故意向孫悟空透露來歷？取經本是考驗性質，不是真想弄死取經人，通關的一大要訣就是弄清對方的背景來歷，找他背後老闆解決。很多時候取經團完全不是妖魔對手，孫悟空大費周章只為打探出妖魔主人是誰，一打探到，請來主人立即收工。

官場便是如此，遇到一個「鐵面無私」的官員，無論如何都做不通工作，但只要你找到他背後老闆，問題往往就迎刃而解了。《西遊記》中的妖魔其實也大都和取經人有舊，有時透過外形暗示來歷的方式小小地放點水。尤為明顯的不是別人，正是獅駝嶺三大魔王！孫悟空本來是在城外看了一眼妖魔王國的架勢被「嚇了一跌，掙挫不起。」結果一進門見了三位魔王，反而是「行者見了，心中歡喜，一些兒不怕，大踏步直接進門。」這明顯是看到幾位老熟人，哦！原來哥幾個呀！我不怕不怕啦！

圖 8 仙風道骨的道家妖魔

16.3　大家快來吃唐僧肉呀

取經路上神通廣大的妖魔不少，但既然大家都明白取經是測試性質，也沒幾個下狠手的。孫悟空與妖魔比拚武藝，平局之多，讓比賽監督委員會徒嘆奈何。平頂山金銀雙童一戰，算是少有的實力比拚。

銀角大王先變作斷腿道士，騙孫悟空揹他，若說這還有計策取巧的成分，但他移山倒海，遣來須彌、峨眉、泰山三座大山，壓得孫悟空「三尸神咋，七竅噴紅」，差點首戰丟命，也足見功力 —— 如來用五行山壓猴子也沒見這麼大力氣呀！這也是孫悟空第一次被妖怪打哭，還邊哭邊嘆「既生瑜，何生亮」。可見銀角大王展示出這個強手如林的官場，讓最初企圖憑一身硬功夫打出一片天的孫悟空受到多大打擊！難怪哭得活像個小孩子。

金角大王持七星劍與持金箍棒的孫悟空比拚武力，基本打成平手，但芭蕉扇取出來一扇火，立刻燒得猴子上竄下跳。師徒四人都當過兩位大王的階下囚，孫悟空甚至一度被裝進紫金紅葫蘆，差點化為膿水。多虧孫悟空戰鬥意志頑強，屢敗屢戰，智計百出，多次巧計騙來葫蘆，最終將二王都收入其中。說起來，這是全書唯一一次以正面對抗貫穿始終的關卡，太上老君只是最後來收走了敗方，中途確實沒有任何神仙插手，不信看看其他關：

黃風怪：靈吉菩薩給出定風珠；

黃袍怪：二十八宿下凡來喚走奎木狼；

烏雞國：太上老君給出九轉還魂丹；

靈感大王、獨角兕大王、九靈元聖、玉兔等：老闆直接下凡來帶走；

紅孩兒、牛魔王、九頭蟲、小雷音寺黃眉佛祖、獅駝嶺三大魔王、金平府三隻犀牛更是天庭或靈山直接派出大批援軍來戰。

當然，白骨精、南山大王這類妖怪過於弱雞，一棒子就敲死了，不論。真正實力夠強，孫悟空又忍住了沒請救兵，純靠三兄弟鬥智鬥勇，用實力戰而勝之的，唯有金銀雙童一關。這也是全書篇幅最長的一關，足足用了四回（第 32 ～ 35 回）。不過這也點出：如果真是每一關都這樣過，先不說孫悟空的法力神通，唐師父的陽壽也等不起呀！

然而就在這場硬仗中，金角、銀角卻有一個做法很不合理 —— 他們畫影圖形、大張旗鼓地緝拿唐僧，這不是打草驚蛇嗎？

金角大王情報非常準確，對剛剛組建完成的取經團瞭如指掌，在從未打過照面的情況下就已有師徒四人甚至白龍馬的準確圖形，這和之後靠聽小道消息的妖怪們可不在一個等級。也難怪，他們可是太上老君的身邊人，又號稱是觀音菩薩專門借來考驗取經團誠意的，出發前配備好任務說明書似乎說得過去。即便如此，他們也不該如此打草驚蛇呀！眾所周知，抓獵物的要訣就是要隱祕追蹤，趁其不備，一擊致命。有時還要設陷阱、布迷蹤，誘獵物在不知不覺中上鉤。總之，隱祕是狩獵的第一要務。這兩位倒好，拿著取經團的圖形，點起三十名小妖，大張旗鼓地在山上巡邏，生怕全世界不知道他們在抓唐僧。

說來也巧，銀角大王聽了金角哥哥的話，第一次出來巡山，便堪堪撞上這邊也在巡山的豬八戒，一番激戰抓了回來。結果金角說這頭豬沒什麼用，要抓唐僧。於是銀角老弟點起更大的五十名小妖隊伍出擊，用移山法壓倒孫悟空，又一番激戰抓來唐僧、沙僧和白龍馬。

奇的是，銀角大王遣須彌、峨眉、泰山壓住孫悟空，卻不動手殺掉，自顧抓了唐僧回洞府去也。暗中監視取經工程的揭諦出來訓斥按銀角大王號令依法行政的山神、土地，向本不知情的山神、土地交代來龍去脈。相信這幾位聽了這麼爆炸的新聞，回去肯定會大講特講，將金角大王、銀角大王大戰取經團的精彩故事散布到三山五嶽。至於他們大戰的原因？就是為了吃唐僧肉呀！這唐僧肉好啊！連太上老君身邊的童子都看得上，吃了不用打坐練功，直接長生不老喲。客官，快來吃呀！至於後來銀角大王派精細蟲、伶俐鬼拿紫金紅葫蘆來裝孫悟空，卻被孫悟空用「裝天」小把戲騙走寶貝一節，又是作者在以精彩的鬥智鬥法轉移讀者的注意力。

前文就分析過，說唐僧肉有類似於蟠桃的功效，這完全是天界放出的一個謠言。但之前這個謠言似乎流傳不廣，連奎木狼這樣的大神級妖怪都完全沒聽說過（也有可能是沒當一回事）。所以，太上老君需要推送一下。他的動機很明確 —— 既然西天取經損道肥佛，作為道祖自然要阻撓，但過於直接出手又得罪玉帝、如來。那就不直接出手，只打個廣告，讓一路妖魔出洞，瘋搶唐僧肉，被誰吃了就不怪我囉！

道祖這個廣告非常巧妙，且看他的精心設計。

第一步，巧借觀音來借童子充作一難的機會，讓貼身祕書金銀雙童出馬。為何要派兩位？因為很多時候需要兩個人演雙簧，兩人在任務中的地位、作用還不同。應該說金角是主，銀角是輔，猶如相聲中的逗哏、捧哏。很多人認為蓮花洞實施的是雙首長制，金角、銀角是平級，其實並非如此。金角很清楚任務的前因後果，因為老君向他交代了取經團的畫影圖形，布置了散布唐僧肉謠言的任務，甚至保持連繫，連取經團到了平頂山的動向都及時向他傳達。反之，銀角大王恐怕未必清楚任務詳情，很多時候只是按金角哥哥的指揮行事，或者說捧著哥哥，讓他的表演更能感染觀眾。

第二步，金角大王開始推送唐僧肉的廣告。金角第一次說起唐僧肉時，銀角老弟的反應是：「我們要吃人，哪裡不撈幾個？這和尚到得哪裡，讓他去罷。」可見金角大哥帶著銀角老弟下凡來許久，守口如瓶，從未提過什麼唐僧肉，直到唐僧來了才作為爆炸性消息放出，這符合廣告傳播學宣傳時間緊貼產品推送上市的基本理論。這也說明當時「唐僧肉吃一塊長生不老」的說法還沒擴散開，連銀角大王這麼高級的妖怪都還不知，一旁的小妖們更是被這樣突如其來的驚人消息震撼得無以復加。

第三步，金角大王派出深受廣告毒害的銀角老弟帶著毒害程度更深的三十名小妖出去巡山。銀角老弟毫不遮掩，大張旗鼓，這是廣告的全面擴散階段，將效果傳播到普通消費者。

第四步，孫悟空派出毫不知情的豬八戒前去巡山，與第一次巡山的銀角大王撞個正著，形成初步衝突。如果說金角大王和孫悟空沒有事先協調好，這撞上的時間也太巧了。

第五步，你來我往，衝突更新。銀角大王召喚三座大山，山神、土地得知實情，比小妖們更加震撼，事件的影響成功擴散到了三山五嶽。

由此我們又明白了一個重要道理：誰是政治謠言的傳播主力？不是普通群眾，恰恰是那些官場人士，尤其是一些中下層官僚。像金角大王、大鵬這些高級妖怪（低階神仙）接近消息源，在老百姓面前又是「官場中人」，說話似乎很權威，他們說出來的一些傳聞，有時明顯不合邏輯，但基層官僚和老百姓就是願意信，甚至被戳穿了仍為之竭力辯護，以捍衛自己「得到內幕消息」的榮耀。試想峨眉山土地去向山中群妖宣貫自己得到了「唐僧肉吃一口長生不老」的內幕，群妖無不崇拜土地消息靈通，唯獨某白蛇提出質疑，土地必會大怒：「老子是當面聽太上老君的金爐童子親口說的（你有資格跟道祖的童子當面交流嗎？）人家都在拼了命抓唐僧，你個死蛇精居然還不信？給我壓葫蘆山下，等一千年後穿山甲來救你吧！」所以某些大老故意將一些謠言藉由中下層官僚之口散布出來，往往效果好到想澄清大家都不信的地步。

16.4　鄭和下西洋是為了找建文帝？

金銀雙童大張旗鼓地抓唐僧，不是真的為了吃唐僧肉，只是為了打個大廣告。這一方面是作者的劇情設計，另一方面又是他在陰險地嘲諷明朝甚至後世很多人。

恰如銀角大王所說，唐僧其實就是肉體凡胎，根本沒吃頭，類似於蟠桃的功效只是個謠言，但就有那麼多人信，前仆後繼地瘋搶，甚至搭上了小命。這在知道內情的人來看，是值得嘲笑的，就像明朝歷史上也有一件類似的謠言慘遭李春芳嘲笑。

永樂帝(朱棣)造反搶了姪兒建文帝(朱允炆)皇位。朱棣最初以「奉天靖難」為名，號稱「清君側」，率大軍打進南京。但打進南京後有件事情很棘手——俘獲的建文帝怎麼辦？把他咔嚓掉？那不是弒君嗎！那不殺留著怎麼辦？您是來「清君側」的，現在君側已清，四叔您可以回北平去繼續當燕王了，小姪繼續當皇帝。就算說建文帝自殺都不行，因為他顯然是被四叔給逼得自殺的。事實上就算真自殺了還是不行，因為他畢竟當過皇帝，死了也要奉入宗廟。更要命的是他當時已經立了太子，他若駕崩了也該太子繼位，輪不到你朱老四！《明太宗實錄》便稱建文帝自焚死[47]，這應該是明太宗(朱棣)最初的託詞，但很快他又發覺說不通，於是又改變了說法，所以後來《明史》等均不採納此說。

那這又不能死又不能活的，建文帝的處理就只剩一個——莫名消失。於是朱棣登基後，開始散布說法：稱建文帝在南京城破前一刻逃出城去了，從此與世人相忘於江湖。

這種說法比唐僧肉的謠言更不合邏輯。當時建文帝是正統皇帝，朱棣是反賊。雖然不小心被打到南京，但天下依然認可的是建文帝而非朱棣。建文帝若能逃出南京，那他應該做的是立即在某地立起大旗，號召天下勤王，哪有好不容易逃出來又躲起來的道理，還一躲躲到死？所以建文帝在南京城破時已死無疑，所謂逃亡無非是朱棣無法處理他而散布的一個謠言[30]。為了推廣這個謠言，朱棣還配套了許多措施，散布了更多謠言，尤其是裝出一副在民間尋找建文帝的姿態。民間也受此影響，將永樂帝的一些行為視為在暗訪建文帝行蹤，產生了許多衍生謠言，其中一個最令人震驚的便是——鄭和下西洋是為了尋找建文帝！

這簡直就是銀角大王大張旗鼓抓唐僧的做法。誰都知道搜尋逃亡之人，靠的是明察暗訪，行事最需隱祕，哪有鄭和下西洋這樣大張旗鼓，相當於扯起嗓子大吼一聲：「大姪子，四叔抓你來啦，快藏好呀！」而且找個建文帝找到非洲（甚至有可能包括美洲）去了，永樂大帝真是以天下為家呀！不過您確定這真的是正常人類的思維方式？

然而這個謠言就是有不少人信，把鄭和下西洋這麼偉大的國家工程理解成「找建文帝」這麼卑微的理由。我若告訴您其實並非如此，他恐怕還會怒道：「人家鄭和公公找到非洲甚至美洲都在找，你個死作者居然還不信！」不過在李春芳眼裡，這種人是值得嘲笑的。但請注意，李春芳笑的不是永樂皇帝，而是那些相信「找建文帝」的人，這些朋友當真是比當真以為銀角大王當真想吃唐僧肉的天蓬元帥還要可愛哩！

17　烏雞國王——膿包貪官救走廢柴坐騎

很多人說《西遊記》的主題就是沒背景的野妖怪一棍子打死，有背景的出了事老闆出面來帶回來，一點事也沒有。其實嚴格論，很多「有背景」的妖怪不是被老闆帶回去，而是孫悟空本來就打不過，去請他老闆來收回去的，只有少數幾個是真廢柴。這類最典型的「悟空，棍下留人」還得數文殊菩薩到烏雞國救下青獅精一幕。

17.1　御馬監和軍方終於達成平衡

取經團過了平頂山，來到烏雞國寶林寺，很罕見地積極攬下一個大單。這個寺院本來對外來僧很不禮貌，甚至對唐僧大加折辱，弄得他「滿眼垂淚」。按說這種情況只能換個地方借宿了，孫悟空卻硬要在此住下，不惜展示神通，把寺裡一個石獅子打得粉碎，總算嚇得寺僧借宿給他們。深夜，唐僧遇到已死三年的烏雞國王鬼魂從井底來求助。本來死鬼是無權這樣行動的，但一個夜遊神專門把他放出來，並告訴他去找孫悟空求助。後來豬八戒到井裡去尋他屍身，井龍王也早知齊天大聖、天蓬元帥要來。這些事一串起來，孫悟空強行要在此寺留宿也就好解釋了——這裡有他的訂單。

唐僧將烏雞國王鬼魂的求助轉告給孫悟空，孫悟空去王宮看了一番，認為妖氣籠罩，確實有妖。孫悟空又大費一番心思，變作「立帝貨」小人兒，唬嚨那國王的太子，促使他搞清真相。原來是五年前，國王因氣候遭災，請來一位神通廣大的全真派道士主持法事，立時風調雨順。

其實道教全真派是南宋王重陽創立的，唐代還沒有這個宗派。這位全真也成了烏雞國的座上賓，結果有一次在御花園將國王推下井淹死，自己變作國王模樣，如今已在此當了三年國王矣！

對此，孫悟空定下先撈出真國王屍身，趁倒換關文時當眾戳穿假國王，使妖怪現出原形的策略。救真國王、打假國王都是行動，便又涉及到使用兵力問題。白骨精一節，大頭兵豬八戒進讒言逐走孫悟空，所以金角大王一節，孫悟空耍盡手腕，撈到了兵權，同時狠治了豬頭，那雙方恩怨已清，又是好兄弟了嗎？沒那麼簡單。權力爭鬥就是這樣，只有趁勝追擊，沒有主動收手的便宜事。孫悟空會繼續一直整治，直到豬八戒有效反擊，向孫悟空展示他的實力和底線，孫悟空經評估後才會達到初步平衡。

取經團確定幫助烏雞國王的計策後，首先是要去井底將其屍身撈上來。孫悟空繼續行使軍事指揮權，讓豬八戒下水去撈，將其從酣睡中叫醒，「那呆子是走路辛苦的人，丟倒頭只情打呼，那裡叫得醒？」硬扯著耳朵叫起來。這一次孫悟空是要試試軍人在極不情願的情況下，對其實施指揮作戰，這當然是對軍隊的進一步掌控。

豬八戒不願下井，孫悟空便謊稱井裡有寶貝，撈起來都歸八戒，終於說動了他。這也點出明末一個危險的趨勢：軍人戰鬥意願嚴重下降，沒有特殊利益便指揮不動。明朝滅亡的一個很大原因便是軍人懶戰，李自成以烏合之眾，一路勢如破竹，直入京師，明軍不是打不過，而是根本不打。

豬八戒下了井，發現井裡居然有個龍宮！井龍王一直妥善保管烏雞國王的屍身，於是心生一計，又去向唐僧進言，讓他命令猴子想辦法救活國王。而且豬八戒考慮很周全，慮及猴子去陰司還魂並非很難（類似唐太宗、李全等），於是附加一個條件：不准去陰司還魂，必須就地救活已死三年的國王，不然就唸緊箍咒，「把這猴子的腦漿勒出來，方趁我心！」可見豬八戒總算清楚意識到了自己的處境，拋棄幻想，開始用心思考。唐僧也想警惕警惕悟空，平衡一下他的權力，於是同意了八戒這個看似極不合理的要求。剛開始孫悟空斷然拒絕，因為這個要求完全是無厘頭，唐僧便真的念起經來。孫悟空終於看懂了唐僧的表態，明白自己攬權過甚，恐怕已經觸及合理邊界。

不過孫悟空還真就在陽世救活了已死三年的烏雞國王。他直上兜率宮，找太上老君施捨了一粒九轉還魂丹，愣是讓烏雞國王肉身復活！這應該算是整部《西遊記》中唯一一次違背宇宙基本法則的特例，既表明了太上老君的無邊法力，也說明了孫悟空手眼通天，能去找到老君辦成這種事情！這暗喻了宰相的巨大權力，必要時可以違背一下王法。也說明御馬監太監手眼通天，雖然本身沒有什麼法律賦予的權力，但他能找宰相辦成明顯違背王法的事，這種間接權力懂的人就知道有多可怕。

豬八戒在提出無理要求，成功反擊孫悟空之後，又有一個行為值得讚賞，便是孫悟空上天去求太上老君之前也提了個要求，說他這一走，豬八戒也不能閒著，要守著國王的屍身哭喪。豬八戒毫不推辭，賣力地哭了起來，甚至孫悟空從天上次來他都還在真誠大哭。此舉傳遞了一個善意的消息——他給了孫悟空一個臺階下，真心想在此尋到博弈的邊界。孫悟空也順勢下臺階，不再繼續追擊。沙僧也主動跳出來，燒香祭祀國王屍身，這就是典型的和事佬，表明了他也希望孫、豬的爭鬥就此平衡。

這一輪爭鬥的起因仍是孫悟空進一步整治豬八戒，鞏固自己的軍權，並在豬八戒有效反擊後，初步尋得了策略平衡邊界。唐僧透過贊同豬八戒提出陽世救活國王的無理要求，沙僧透過燒香的動作贊同孫悟空祭祀國王屍身的要求，各自在爭鬥中表明態度，輔助尋得平衡點。太上老君那粒金丹是不合法的，但取經團這些爭鬥都是符合官場爭鬥法則的，沒有出格。

烏雞國一回，在和妖魔鬥法之前，取經團內部先進行了一次激鬥，進行了內部權力的一次重要調整併達到平衡，同時闡述了官場爭鬥中尋得策略平衡的重要原理。

17.2　明朝最大的關鍵詞「立帝貨」

孫悟空去向烏雞國太子進言時耍了個小花招，變成一個不足兩寸的小人，自稱「立帝貨」。這個名字在其他時代看來沒有任何意義，似乎就是孫悟空隨口取的，但在明朝卻是一個政治上的關鍵詞。關鍵到什麼程度？當時的人一看到這個詞，都會倒抽一口涼氣！這個詞在明朝的關鍵程度簡直就相當於漢朝的「衣帶詔」（漢獻帝在衣帶上寫詔書，密謀刺殺權相曹操之事）、唐朝的「玄武門」（秦王李世民透過政變殺死親兄弟太子李建成、齊王李元吉，並篡奪父親唐高祖帝位之事）、宋朝的「斧聲燭影」（傳聞晉王趙光義殺死親哥哥宋太祖，篡位稱帝之事），只是時光荏苒，後人在《西遊記》上看到此詞卻渾然不覺。

該詞最早出現在正德朝當權太監劉瑾身上。正德帝少年輕縱，劉瑾則巧計攬權。他清楚皇帝何時遊樂正歡，就故意去呈遞奏章。正德帝每次都調皮地跑開，邊跑邊說：「別拿這些事來掃我的興，我養你們這些人是幹嘛的？」於是劉瑾便名正言順地代替皇帝處理奏章，成為一代權宦，開啟了第一波「閹黨」行情。後來，人們便稱劉瑾是「立皇帝」，暗喻他雖不坐龍椅，只能侍立皇帝身旁，但實際上是個站著的皇帝。

後來劉瑾敗亡，朝廷大肆追論「閹黨」，有的官員甚至被開棺戮屍！可見「閹黨」為人們帶來了巨大的心理創傷，嘉靖初君臣對「立皇帝」何其敏感！萬曆帝登基後，太監勢力強勁反彈。次相張居正為了和首相高拱爭權，連繫後宮李太后、馮保，交織成權力網，將年僅 9 歲的萬曆帝籠罩其中，以實現他們的私權。馮保常以太監身分侍立在皇帝身邊，事無鉅細都由他照料。吏科都給事中（專管彈劾的六科言官之一，正七品）雒遵上疏彈劾：「保一侍從之僕，乃敢立天子寶座，文武群工拜天子邪，抑拜中官邪？欺陛下幼沖，無禮至此！（馮保無非一個侍從皇帝的奴僕，竟敢立在天子寶座旁，文武群臣是拜天子，還是拜太監呢？他這分明是欺負陛下年幼，無禮至此！）」

雒遵引發了巨大的政治漩渦，「立皇帝」之說再度聲聞朝野，雒遵一方顯然是想將馮保打入劉瑾之列，對其實施毀滅性的政治打擊。馮保一方判斷，雒遵是首相高拱門生，此舉必是高拱指使。於是李太后、張居正、馮保緊密合作，強勢反擊，甚至引發了無厘頭的王大臣刺萬曆帝大案，最終鬥倒高拱，馮保也得正司禮監掌印太監之位，成為大公公。他坐正後，大家自然不敢再亂議，「立皇帝」成為一個嚴重的政治關鍵詞。不過朝堂之上的爭鬥管不了賦閒在家的李春芳，反而會成為他筆下的絕佳素材。大鬧天宮的故事原型正是王大臣刺萬曆帝一案，背後是馮保一方整垮高拱的劇鬥。第七回〈八卦爐中逃大聖 五行山下定心猿〉寫到孫悟空從煉丹爐裡衝出來，瘋狂打向靈霄寶殿時用了一首詩：

猿猴道體假人心，心即猿猴意思深。

大聖齊天非假論，官封弼馬豈知音？

馬猿合作心和意，緊縛拴牢莫外尋。

萬相歸真從一理，如來同契住雙林。

這裡多次暗示與「立皇帝」馮保有關。首先，「猿猴道體假人心」暗喻當時士大夫都對馮保這個太監騎到文官進士頭上不滿，罵他沐猴而冠。其次，「官封弼馬豈知音」正是馮保最大的訴求，他多年擔任司禮監秉筆太監、提督東廠兼管御馬監，但始終差一步當上司禮監掌印太監。之後「馬猿合作心和意，緊縛拴牢莫外尋」便指馮保終於找到了張居正這個知音，並且不用再到外朝去尋求幫助了，內宮的李太后才是你們共同的大老闆呀！最後，作者還插了一個非常有意思的釘子——「雙林」，這正是馮保的號。「立皇帝」這個伏筆，早在大鬧天宮一回就埋下了哩！

17.3 膿包貪官和他的廢柴坐騎

孫悟空帶著復活的烏雞國王，假意來倒換關文，當眾戳穿了金鑾殿上的假國王。假國王滑躍起飛，往東北（五臺山相對於中原的方向）逃離。師兄弟三人彈射起飛，空中將其圍定，正欲打殺，「只見那東北上，一朵彩雲裡面，厲聲叫道：『孫悟空，且休下手！』」原來是文殊菩薩從五臺山趕來救他的坐騎。

這也成為《西遊記》的經典橋段甚至通用模式，幾乎每個「有背景」的妖怪都是這樣被老闆從金箍棒下一句話救得性命。老闆一般還要給出一個這妖怪明明有正當工作，卻為何在此為妖的託詞。這些託詞往往破綻百出，甚至用奇異的邏輯侮辱受害人的智商。但既然都說是託詞了，孫悟空也不會較真，饒你狗命滾吧！可能後來神佛也發現這類託詞太不尊重受害者智商，乾脆也不亂編了，大大方方承認自己看管不嚴，孽畜偷跑下界——我不尊重自己總行了吧？

就拿這一次的託詞來說，文殊解釋是三年前，這個國王已經做通了工作，佛祖同意他成金身羅漢，派文殊來辦手續。誰知文殊化作凡僧到了烏雞國，不急著辦公事，卻先「問他化些齋供」。結果那烏雞國王「不識我是個好人，把我一條繩捆了，送在那御水河中，浸了我三日三夜。多虧六甲金身救我歸西，奏與如來。如來將此怪令到此處推他下井，浸他三年，以報吾三日水災之恨。一飲一啄，莫非前定。」

哦！原來是因為他得罪菩薩在先，佛祖才罰他泡三年井水，而且還不是文殊洩私憤，是奉了佛祖號令呢。但稍微想想便知，這分明是文殊藉機索賄，烏雞國王捨不得給錢，發生了口角，甚至有可能懷疑文殊是騙子（現實中這類騙子很多，大家要注意），把他捆起來扔進了河。甚至可以想像，國王扔的時候說：「如果你真是菩薩，那應該有廣大法力，凡人的繩子捆不住你，扔進河自己解脫吧！」

然而這文殊還真就掙不脫凡繩，被浸了三天，多虧別的神仙解救，不然就浸死在這裡了。這就是大乘佛教四大菩薩之首的文殊菩薩，如此貪、蠢、無能，簡直令人嘆為觀止。他的坐騎青獅精似乎本領也很低微，三兄弟可以輕鬆將其圍定，要打要殺隨便你，這在取經路上是很罕見的。都已經這麼沒用了還加一句這獅子是騸過的，簡直醜化到了極點，此回說是膿包貪官救走他的廢柴坐騎毫不為過。

不過想來李春芳心目中的私臣也就是這樣了吧！文官都是寒窗苦讀的飽學之士，私臣卻是一個靠諂媚逢迎擠進來的小團體，自然以文殊這樣的膿包居多。這種人身居高位，沐猴而冠（這裡沒有順帶攻擊孫悟空的意思），手持皇帝賦予的私權狐假虎威，一旦離了權位就被發現胸無點墨、無能至極。明朝的小太監們最愛出鎮地方去當鎮守太監，其實就是撈肥缺。鎮守太監沒任何法定的實權，更沒有才幹，能撈到肥缺無非是靠後宮的私人關係，這在狀元郎李春芳看來是很鄙夷的。

不過這類人玩弄權術，尤其打擊報復起人來可就猛了。烏雞國王也就是捆他浸了三天河，他卻直接取人性命，奪人王位，甚至霸人妻女。三年之說純屬圓場，顯然文殊不會考慮到三年後孫悟空來救烏雞國王這一節，更不會考慮到孫悟空作弊，找太上老君要來一粒九轉還魂丹，愣是把人給救活了。文殊當年就是直接要了烏雞國王小命，至於他假託是奉了佛祖法令，這是真是假反而不重要，因為無論是佛祖還是文殊自己的意思，都同樣只是展現了佛教集團的狠毒。

17.4　到底是誰救了烏雞國王

可能有人要問，佛教集團如此狠毒地整治烏雞國王，那到底又是誰救了他？

好問題！首先我們當然不能繞開師徒四人尤其是唐僧和孫悟空的功勞，畢竟是他們直接出面操作了整個搭救進程。但既然能問出這個問題，說明您已經意識到，真正出手搭救烏雞國王的並非孫悟空，而是一位幕後神祕人。他從一開始就安排井龍王儲存好烏雞國王的屍身，以待未來將其救活。這個井龍王很可能就是這位大神喬裝，因為井下有什麼龍王水晶宮，這本身就不合常理，豬八戒長年掌管天河水軍，也沒聽說過這等奇事。而且這個所謂井龍王把國王屍身扔給豬八戒，整個水晶宮就消失了，井依然是一口小小的汙水井，可見多半是他弄的個幻象而已。取經團到了烏雞國，此人又喬裝所謂夜遊神，告訴烏雞國王的魂靈，來的孫悟空可以救他。並且此人神通（權勢）極大，能悄無聲息地繞過緊盯取經團的揭諦、伽藍，將一個冤魂送至唐僧面前。這當然不是什麼妖怪，而是高級別的神仙。

那既然是這麼強大的神仙，為何不敢以真身示人？因為此事畢竟很得罪人，倒不是說此人地位比文殊低，只是他不想為這種小事得罪文殊，大主管也不願隨便開罪下屬。何況文殊的人脈很廣，需要得罪的不是他一個。最初唐僧問國王為何不去陰司閻王處伸冤。國王說：「他的神通廣大，官吏情熟，都城隍常與他會酒，海龍王盡與他有親，東嶽天齊是他的好朋友，十代閻羅是他的異兄弟。因此這般，我也無門投告。」

但唐僧依然同意幫國王向孫悟空轉達求救訊號，可見願意冒著得罪青獅精（文殊）那麼多有權有勢朋友的風險為他出這個頭，幕後主使之人也是同理。那這個神祕人到底是誰呢？

頭一個值得懷疑的是太上老君，因為只有他掌握著九轉還魂丹，而且孫悟空一要，他就配合地給了，送丹這個步驟似乎已在計畫內。否則若是別人苦心準備了這一大套程序，到了這個環節太上老君說我不給這丹，不也只能貽笑大方？不過求丹是豬八戒節外生枝搞出來的，孫悟空說了正當程序應該是去地府檢索國王的靈魂，所以此人沒考慮求丹環節也說得過去。其實嫌疑更大的恐怕還是如來。

首先，烏雞國王這單生意是唐僧主動攬下的。整個取經路上，唐僧最不願意牽涉事務，最愛催促快行。首要原因在於這取經是為他成佛準備的，走到就是勝利，他當然最急著趕路。通天河的破冰之旅便是他急於上路，中了靈感大王的計。其次，多方勢力借取經博弈。取經是如來的大利益，玉帝、老君便藉機要讓如來割讓各種小利益，每一次都是損害唐僧他老闆的小利益，他都是很牴觸的。最愛在取經路上逗留惹事（攬單）的是孫悟空，因為他作為御馬監小太監，不是司禮監掌印太監的近嫡，卻和皇帝更親一些，所以經常代表玉帝沒收如來、觀音等佛派大老（其實也包括一些道派大老）的不法私利。比如觀音禪院炫耀袈裟、車遲國鬥法、玉華州教三個小王子武功等等，都是故意逗留並引妖魔出洞，每一次都要頂住唐僧的壓力逗留許久，唯有這一次是唐僧主動攬下此單，說明這一單很可能是唐僧而非孫悟空的幕後老闆要求攬下的。

最重要的是，如來確有攬下此單的動機。如此狠治烏雞國王，不排除是文殊打著如來的名號以洩私憤。這樣文殊倒是洩了憤，但對如來的官聲卻是大大的不利，所以應是文殊假傳佛旨的機率較大。如來已經知情，但不便直接戳穿，於是借取經路過烏雞國的機會糾正了此事。反正誰都知道唐僧是他徒弟，攬下的美名也可記在他的體系之下啦！至於違背天條救活凡人嘛……唉，都明末了，司禮監掌印太監轉託御馬監小太監找內閣大學士辦點這種事您就別糾結啦！

18　紅孩兒——海瑞反腐的巔峰之戰

妖怪往往魚肉百姓，但對神仙還是非常恭敬，因為他們很清楚背後是誰在支持、容許他們在凡間暢快地享用人民的血肉，所以一旦請來神仙，再厲害的妖魔都立即伏地顯形。全書僅有兩個例外，一個是獅駝國的大鵬，一個是紅孩兒。但大鵬亮明身分，是如來的舅舅，當然在外甥面前凶一點。紅孩兒只是妖怪牛魔王的兒子，他憑什麼敢羞辱觀音？這一段實則是在暗諷大貪官徐階，同時向李春芳崇敬的大清官海瑞致敬，而且他用的手法可比《海瑞罷官》高明得多。

18.1　紅孩兒極「不懂事」

取經團完成烏雞國大單，繼續前進，來到號山枯松澗，遇到一位著名妖怪，學名聖嬰大王，乳名紅孩兒，是孫悟空當妖怪時的結拜大哥牛魔王及其妻鐵扇公主所生，實有三百餘歲，但外形卻是個嬰兒。

紅孩兒法力高強，但爭鬥經驗和他的相貌一樣稚嫩。他在空中看見唐僧來，便在山間呼救，想引起唐僧注意。此等伎倆反而引起孫悟空警覺，催促唐僧快行，甚至違規使用了一次縮地法，讓唐僧以躍遷方式霎時過了山頭。紅孩兒又截在前路，變作七歲小童（這是變大，不是變小），吊在樹上，求唐師父解救。唐僧似乎已經忘了不久前強令孫悟空背銀角大王的教訓，又讓他背紅孩兒，遇到這樣的蠢上司也是難為孫悟空了。果然紅孩兒也有類似神通，吸口氣便重千斤。所幸孫悟空也累積了爭鬥經驗，對背上保持高度警惕，不等他再加碼，立即摜在地上。紅孩兒也使了個類似於白骨精的解屍法，元神脫殼，只留下一具摜碎的軀殼。

其實這時孫悟空才是最麻煩的，他根本無法向蠢上司交代。意外的是對手幫他交代了，紅孩兒見孫悟空居然敢對他下殺手，暴跳如雷，不等唐僧發難，他倒先吹起風沙，趁亂將唐僧攝走。

不對呀！孫悟空對妖怪下殺手，妖怪為什麼要生氣呢？兩軍交戰不就是拚個你死我活，孫悟空的天職就是打妖怪，有什麼問題？孫悟空又沒用什麼陰險卑劣的手段（紅孩兒自己才用了），有什麼好氣的呢？而且紅孩兒在這個關頭來撒氣也不理智，他已經留下一具摜碎的軀殼，孫悟空百口莫辯，你上次殺了女人、老人（白骨精），這次還要補上小孩是吧？說不定再被唐僧恨逐一次都不為過。紅孩兒再等三分鐘，猴子滾蛋了再輕輕鬆鬆抓唐僧豈不美哉？但他一秒都不等，連孫悟空自己都還沒來得及反應，他倒先動手了。這確實是小孩子扮家家酒、鬧脾氣的打法，難怪作者要寫他三百多歲了還形似嬰兒，太「不懂事」了呀！

再結合後來山神、土地的哭訴，紅孩兒在此為妖，不但不敬山神、土地，還把他們當成僕役來差使，要他們上貢並時常作弄羞辱。山神、土地是天庭派駐在基層的低階官僚，雖說官職低微，但縣官不如現管，在地方上當妖怪一定要打點好他們。紅孩兒倒好，反過來了。這當然說明紅孩兒確實是個稚兒，「不懂事」。但問題在於這麼「不懂事」，他怎麼混下去的？社會沒有教他做人？呵呵呵，你們這些山神、土地、孫猴子算個屁，看看我紅大爺對觀音的態度才要教你們做人！

18.2 觀音受辱反而讓他當財政局長

師父被抓後，孫悟空積極救援。先是通關係，拿出他和牛魔王的交情。未料紅孩兒根本不認這個叔叔，孫叔關係還沒敘完，紅姪已挺槍刺來，端的是不講禮貌。

紅孩兒的武藝比孫悟空略遜，但一口三昧真火吐出來，猴子就不是對手了。第一次交手猴子不識厲害，揑著避火訣去鑽，毛被燒掉一半。然後沙和尚出餿主意，以水克火，孫悟空就去請龍王來降雨。然而龍王私雨豈能降三昧真火，猴子被燒後跳到澗裡沖涼，誰知涼氣攻心，暈死在澗中，「屍體」順水流下，豬八戒、沙和尚以為他已挺屍，嚇得哇哇大哭。不過這還不是紅孩兒真正的過人之處，論本事他雖不低，但比他更高的妖怪後面還多得是，真正令人咋舌的還是他對觀音菩薩這位高階主管的態度。

孫悟空玩水火兩重天差點丟命，於是讓豬八戒替他去求觀音相助。紅孩兒預先變作觀音在半路騙了豬八戒，觀音知道後勃然大怒：「那潑妖敢變我的模樣！」還恨地一聲把淨瓶摜到海裡，「唬得那行者毛骨竦然」。

南無大慈大悲觀世音菩薩！那猴子已經是天不怕地不怕的角色，他都能被嚇得「毛骨悚然」，您說觀音姊姊的怒相該嚇人到什麼程度？佛家戒嗔怒之心，能讓菩薩發這麼大無名業火，可見是何等惱人。然而紅孩兒見了觀音本尊，不但不毛骨竦然，還直叱：「咄！你是孫行者請來的救兵麼？」語氣如此不敬，原本已經氣極的觀音反而不做聲了，紅孩兒見她不應聲，倒還怒了，挺槍便刺。觀音居然不敢招架，一下被刺飛了。當然，這是她詐敗之計，讓紅孩兒受陷蓮花臺，並用李天王所借三十六把天罡刀將其穿得皮開肉綻，只好投降。不想菩薩撤去天罡刀，剛剛投降的紅孩兒又挺槍刺來。這次菩薩用出佛祖所賜金箍圈，才算徹底降服。

接下來才是重點：觀音怎麼處理被迫投降的紅孩兒。須菩提曾威脅孫悟空，如果洩漏師承就會將其「剝皮銼骨，將神魂貶在九幽之處，教你萬劫不得翻身！」觀音要報復一個人難道做不到這點嗎？紅孩兒，你自己說你都做了什麼事？

先阻撓取經工程，已是重罪 —— 再冒充觀音，讓菩薩暴跳如雷 —— 見了菩薩親自來，對其一頓痛罵 —— 挺槍便刺 —— 先投降又反叛 —— 再投降。

紅孩兒，這回你怎麼也該讓菩薩虐死你了吧？

然而令人跌破眼鏡的是：觀音不但沒有報復紅孩兒，還給了他一個善財童子的職位！

善財童子，這什麼概念？觀音菩薩的南海落迦山普陀崖是一個隸屬於佛教集團但又相對獨立的領主勢力。如果把觀音比作一個市長，善財童子就是她的財政局長；如果比作一家現代企業，善財童子就是她的財務長（CFO），總之是很核心的部門主管。

這便奇了！菩薩不但不虐他，反而給予了高得讓人眼饞的待遇！三兄弟保唐僧西天取經，歷遍艱辛，求的就是一個正果，不知要看人多少臉色，受盡多少人事，放棄多少尊嚴，還要冒著生命危險，最後也不過當點淨壇使者之流的卑職。這小子犯了這麼大罪，又這麼得罪上司，還能直接當財政局長？這麼明顯不合邏輯的怪事怎麼解釋？我想無外乎幾種情況：觀音的修養好、觀音在其他方面受制或有求於紅孩兒、觀音器重紅孩兒、觀音受紅孩兒背後更大的人物所託。

首先可以排除的是上司修養好，因為這是《西遊記》，不是《論上司的個人修養》。作者故意安排紅孩兒假變觀音騙豬八戒的情節，再加上惡語相向、降而復叛等描寫，正是為了突出此怪把觀音得罪得嚴重，絕非修養可以容忍。觀音更不受制或有求於紅孩兒，堂堂觀音菩薩，有什麼要求這小妖怪的？不過接下來這個理由容易騙到不少人 —— 很多人認為紅孩兒畢竟頗有本領，觀音收他是人盡其才。觀音勸化了不少妖怪，包括悟空、悟能、悟淨，前不久還收黑熊精去當守山大神，可見是個愛才之士。不過為了便於我們排除這種可能，作者也安排了一個小橋段 ——

善財龍女。觀音去收拾紅孩兒前，一個善財龍女出場來拎瓶子，觀音還說了幾句龍女貌美，怕被你猴子拐走之類的俏皮話。其實這位善財龍女出場的作用只有一個 —— 向讀者表明觀音這裡早有財政局長，不缺，善財童子純粹是硬插的一個職位。

所以，只剩最後一種情況：觀音是受紅孩兒背後的大人物所託，為他解決工作。

這種背後大人物一般就是爹娘了，紅孩兒被寫成嬰兒，更是點明他沒有師父、師兄、岳父、小舅子這一套關係，就是靠爸。那紅局的爹媽是誰？書中有交代，是牛魔王和鐵扇公主。牛夫婦找觀音說情，求菩薩給兒子解決個職務也有可能。但這對夫婦自己都還解決不到這麼好的待遇，更何況紅孩兒這個情況不是好好說話求來的，是極度侮辱完觀音後，觀音忍氣吞聲給的，牛夫婦顯然還不至於有這樣的能量。那到底是誰呢？其實不難猜，《西遊記》中能讓觀音做到這種程度的角色不多，無非就是玉帝、如來、太上老君寥寥數位而已，而這幾位中有一位一看就和紅孩兒脫不了關係 —— 太上老君。

18.3　太上老君與紅孩兒家族

紅孩兒論武藝其實比孫悟空稍微差一點點，關鍵是有一門絕技 —— 三昧真火，燒得猴子上竄下跳，這正是太上老君的獨門絕技。那道祖和這個妖二代有什麼關係？第一反應當然是師徒，但太上老君出場過的徒弟不少，金角大王、銀角大王、獨角兕大王、火焰山土地都很厲害，卻都沒學這門絕技，他一個小屁孩怎麼就會了呢？再者，這些師兄們也不至於對觀音如此無禮，紅孩兒怎麼就敢？何況師兄們也沒能解決什麼好職務，燒爐子的回去繼續燒爐子，當坐騎的回去繼續當坐騎。什麼財政局長，別以為給老君當過幾千年徒工就有你的份！很顯然，僅僅是徒弟，還不至於讓觀音菩薩買帳到這種地步。難道太上老君是紅孩兒的乾爹？不，您恐怕得把思維放開一點 —— 是親爹[10]。

這是一個很曖昧的問題，得從紅孩兒的妖怪父母 —— 牛魔王和鐵扇公主身上尋找線索。其實我們很容易發現：牛夫婦的本領頂天了也就跟孫悟空差不多，甚至還差一點點，如果真要動手，只怕還不是紅孩兒對手，他們是怎麼教育出這麼厲害一個兒子的？事實上，這對夫妻也不簡單。

先看老爹。牛魔王是一個很特殊的妖怪，有妻有子 —— 甚至還有情婦 —— 而且不是他在外面養情婦，而是他一個有婦之夫入贅在情婦家，封建社會有這樣的道理？另外他還有坐騎避水金睛獸。《西遊記》中只有神仙才有坐騎，妖怪是沒有的 —— 很多妖怪自己就是坐騎，下界為妖就更不會再配坐騎了，牛魔王是唯一例外。可惜牛魔王在事業上的成功沒能轉化成家庭地位，紅孩兒對這個威風老爹並不敬重。首先是完全不認老爹的結拜兄弟，試想如果您叫兒子喊兄弟叔叔，話音未落他卻開始打叔叔，您面子上掛得住嗎？其次，紅孩兒雖然抓了唐僧也去請老爹來同享，但孫悟空變作牛魔王，勸他不要吃唐僧，他根本不聽爹勸。最後，紅孩兒懷疑這爹是假的，便來試探，在尚未試探出確切結果的情況下，紅孩兒便指揮「群妖槍刀簇擁，望行者沒頭沒臉的扎來。」古今中外，也沒這樣對自己爹娘的呀！紅孩兒對待牛魔王更像是對待一個面子上過得去的上司（對紅孩兒來說這樣已經很給你面子了），而不是父子親情。

再看老媽，更是神奇。鐵扇公主原名羅剎女，又稱鐵扇仙。她與牛魔王結婚卻不同居，獨居在翠屏山，但主要收入來源是離翠屏山千里之外的火焰山。她用獨門法寶芭蕉扇暫時扇滅火焰山的火，向居民收取佣金。而且她明明有斷根之法卻故意不斷，逼得居民每年都得給她進貢。

這火焰山號稱是當年孫悟空大鬧天宮掀翻八卦爐時飛下來的一塊爐磚所變，老君並非不知情，甚至派了貼身親信下界去當火焰山土地。但他偏就不把這塊爐磚的火滅了，就要讓鐵扇公主在這裡收佣金，你說他們沒關係天蓬元帥都不信。更令人生疑的是鐵扇公主這個芭蕉扇，此名並非孤立出現，金角大王不是也有一個嗎？

那他們的芭蕉扇是同一個嗎？可能性不大。從時間上說，取經團過了平頂山後數年便到火焰山，而鐵扇公主已經在此收了多年滅火費。那是同名？可能性更小。《西遊記》這類神魔小說的人物、地名、寶物、招式取名都非常考究，斷無可能兩個毫無關係的東西只取一個名字，而主動放棄再取一個超級酷名字的機會。所以兩個芭蕉扇不是同一把，但關係密切，是一對！

第五十九回靈吉菩薩說明了鐵扇公主芭蕉扇的來歷：「本是崑崙山後，自混沌開闢以來，天地產成的一個靈寶，乃太陰之精葉。」金角大王那把沒有直說來歷，但他持老君五個寶貝下凡，分別是：紫金紅葫蘆、羊脂玉淨瓶、七星劍、芭蕉扇、幌金繩。銀角大王很老實地交代了紫金紅葫蘆的來歷：「我這葫蘆是混沌初分，天開地闢，有一位太上老祖……見一座崑崙山腳下，有一縷仙藤，上結著這個紫金紅葫蘆。」用語有出入，但也差不多，其實是從側面說明了這把芭蕉扇也是混沌開闢時太上老君從崑崙山下那一縷仙藤上摘下來的幾個寶物之一，只不過那一把是太陰之精葉，這把猜想是太陽之精葉。

那金角大王這把陽扇（號稱偷老君的）可以平地裡扇出三昧真火，而鐵扇公主這把陰扇（應該是老君給她的）卻能扇滅火焰山。這一對扇陰陽相配，您說是不是一對夫妻扇呢？

鐵扇公主的結局更耐人尋味。她雖然態度沒有兒子那麼囂張，其實行為更甚。第六十回托塔李天王（玉帝近衛）、西天佛教（玉帝私臣）、火焰山土地（太上老君祕書）、取經團聲勢浩大地聯合鎮壓牛魔王夫婦。牛夫婦居然力抗天威，最後不支被擒，那滿天神佛應該如何處理這個潑婦？當然是選擇原諒她啊！孫悟空把寶扇還給鐵扇公主，她「後來也得了正果，經藏中萬古流名」。雖然說得沒紅局那麼露骨，其實也是一個格式。

至於大力牛魔王，李天王、哪吒「牽牛徑歸佛地回繳」，說明這牛也得了佛家的果位（私臣集團的濁官）。第八十三回，孫悟空發現老鼠精把李天王當乾爹供奉，衝上天宮去找他問罪，在南天門撞見兩位巡視的天王。四大天王按日輪值四門，為何這次一門便有二位？因為現在恐怕有五大天王，這裡撞見的除了老熟人護國天王，還有一位「大力天王」。這是大力牛魔王嗎？我看九成是吧。原來他大戰一場，皈依佛家後，給了個警衛工作。

也有人說鐵扇公主是太上老君的女兒、孫女甚至女徒弟之類。不排除這些可能，但應該說還是情婦可能性最大。女徒弟的兒子敢這樣侮辱觀音嗎？再說如果是女兒、女徒之類關係，說出來何妨？唯有情婦不好意思明說，所以一直不點破，留給您自己去看穿。

圖 9 紅孩兒凌辱觀音菩薩

18.4　上司的司機和情婦

皇帝身邊有太監、宮妃、勳貴、錦衣衛等大幫私臣，其實文官身邊也有類似的私人團體，主要就是司機和情婦，牛魔王、鐵扇仙這對所謂夫妻，其實就是太上老君的情婦，安排嫁給了司機（的兄弟）。

五百年前孫悟空七大聖結義，美猴王敬陪末席，可見七位都是通天徹地的大能，而牛魔王卻在這七人中稱大哥。孫悟空被鎮壓後，七兄弟散夥，但牛魔王也沒閒著，又重新開發了如意真仙、萬聖龍宮等凡間勢力，又有家私萬貫的玉面狐狸精主動招他入贅，成為妖界最耀眼的明星。不過客觀地說他本領雖然不差，但也就能頂一頂孫悟空，甚至略遜。他變豬八戒惹怒了天蓬元帥，豬頭暴走起來他甚至頂不住。西天路上不少妖魔本領比他強得多，比如大鵬、九頭蟲、九頭獅、六耳獼猴等等，他可以算強力妖怪，但遠不至於排第一。他真正厲害的並非法術神通，而是極強的號召力和領袖力，那這種軟實力又從何而來？官場小說嘛，軟實力當然就是來自於關係囉。

事實上，牛魔王的關係也集中於太上老君這條線。

首先，牛魔王的原形是一頭大白牛，太上老君的坐騎也是牛，一頭缺了角的青牛，即五十二回金【山兜】山金【山兜】洞獨角兕大王是也（其實兕不是牛，而是《山海經》中一種獨角的上古靈獸，但《西遊記》誤解成缺了一隻角的水牛）。其次，當年老子（傳說是道祖太上老君在凡間的人格化）騎青牛過函谷關，留下一篇《道德經》後飄然西去，後來到了天竺，化胡為佛，產生了佛教。也就是說太上老君本身是道祖，但他點化胡人，使其徹悟成為佛祖，所以佛祖是道祖的弟子，佛教是從道教獨立出去的一個支流。

當然，此說並無史實依據，現實中佛教也不認可。但明代道教比佛教強勢，大鬧天宮時太上老君曾與觀音說起過「化胡為佛」，佛教領導觀音也未反對，可見作者是認同這個設定的。佛教又分大乘、小乘等流派，其中釋迦牟尼如來的西天大雷音寺便是大乘佛教總部，梵文「大乘」直譯為漢文就是「白牛乘」。牛在佛教發源地印度是一種崇高的聖物，尤其是白牛。這涉及到佛教、印度教起源問題，我們不扯遠了，只說作者設計牛魔王這個角色，似乎是用來作為太上老君及其點化的佛教之間的連繫紐帶。佛教是玉帝私臣，老君和他們的紐帶當然不能是天庭文官，也只能用自己的私人關係。

那麼牛魔王到底和他是什麼私人關係呢？我們不妨猜測，獨角青牛跟隨太上老君得道。所謂「一人得道，雞犬升天」。若按漢唐制度，青牛的家族恐怕也會出不少大官。但按宋明制度，青牛也只能跟著上司當司機，當不了正式官員，更不能提攜親族當官，但畢竟是傍上了上司，雨露甘澤還是少不了。於是滯留在家鄉的整個牛族就喜迎甘露了，甚至成為當地最炙手可熱的地方宗族勢力，而牛魔王似乎是這個家族的族長。這就是牛魔王不在天庭為官，卻在江湖上萬人景仰的根源，實際上是宋明以來地方宗族社會的一種通用模式。

那麼現在牛家族和道祖之間的關係似乎越來越清晰——就差弄清紅孩兒到底是誰的親兒子了。我們不妨先看看紅孩兒的外貌描寫：

面如傅粉三分白，唇若塗朱一表才。
鬢挽青雲欺靛染，眉分新月似刀裁。
戰裙巧繡盤龍鳳，形比哪吒更富胎。
雙手綽槍威凜冽，祥光護體出門來。
哏聲響若春雷吼，暴眼明如掣電乖。
要識此魔真姓氏，名揚千古喚紅孩。

首先，紅孩兒並不具備牛的特徵。妖怪最終都要現出原形——紅孩兒是唯一例外，觀音在降服他時費了很多功夫，從李天王處借了三十六把天罡刀，把他穿得皮開肉綻，就是沒現出一頭小牛的原形，始終是個高傲的獨行俠。這也是觀音在印證紅孩兒的真實身分，如果紅孩兒現出小牛原形，證實確是牛魔王親兒子而不是太上老君的，猜想這個忙她就不會幫了。其次，他「形比哪吒更富胎」，暗示血統只怕比托塔天王家族更顯赫。主要角色比李天王門第更高的也就那麼幾位了——差不多就是前面說的觀音必須買帳那幾位。

或者我們不妨換個語境更容易理解：一個鄉下大戶，娶了個女神級的漂亮老婆。巧的是她手裡揑著某位上司的情侶扇，也很巧的是這位上司扔一塊爐磚下來，讓她扇著賺錢。漂亮老婆生了一個也很漂亮的兒子，長得一點不像爹，卻很巧地長出這位上司的仙風道骨，更巧的是兒子不知從哪裡學會了上司的獨門絕技。母子倆的結局更是巧合！兒子侮辱另一位小不了多少的上司，侮辱完了還讓他當財政局長；女神老婆跟滿天神佛打架，雖然打不贏，但結果沒受任何懲罰，卻成了仙！大戶自己也在上司單位找到個還勉強的警衛工作。

這所有的巧合源頭只有一個：家族裡有個兄弟正巧在跟這位上司當司機。

相信您已經明白，鐵扇公主其實就是太上老君的情婦，只是道祖不便明媒正娶，但女大當嫁，人家給你當小三，你也得給人家安排個好出路。那嫁入我司機的宗族吧，還是嫁給族長哦！所以牛魔王和鐵扇公主並非真夫妻，只是裝個樣子，給上司接盤而已。他們雖然不同居，但名義上又不敢離婚，不過牛魔王終究要找女人過日子，於是找了個玉面狐狸精「入贅」。很多影視周邊產品說牛魔王夫婦感情很好，給他們增加了一些感情戲，不好意思，畫蛇添足了。結婚七個月後，寶貝兒子生出來了，親爹當然要想辦法讓他走正途，不能任由他在凡間當妖怪，於是給觀音菩薩打招呼，給他解決了一個善財童子的正果，後來把情婦的正果也解決了。那，既然這樣，接盤俠的也一併解決了吧！紅孩兒解決正果本是好事，但牛魔王、鐵扇公主、如意真仙剛開始都對孫悟空很氣憤，原因很簡單——孫悟空這麼一鬧，把背後這些不能擺上檯面的事鬧得人盡皆知，他們很丟臉而已。

如果要學《西遊記》風格作一首打油詩總結，便是：

扇仙滅火吃佣金，牛王接盤喜當爹。

善財童子沒禮貌，也不看我誰小爺。

18.5　明代恩蔭制度是社會進步

紅孩兒這一回其實是在闡述明朝的蔭官制度。太上老君給紅孩兒解決了一個善財童子的佛教果位，並不是什麼天庭要職，相當於不是清要文官，只不過是個類似錦衣衛、尚寶司之流的濁流蔭官而已。

觀音雖然受盡紅孩兒的侮辱，但還是幫他解決了正式工作。究其根源，一來太上老君官比她大，二來正值西天取經的當口。所謂取經是損益道家，餵肥佛家，不賄賂一下道祖行嗎？道祖也順勢而為，你們要取經是吧？好啊，那也順便幫大爺我的私事辦一辦，把我兒子、兒子他娘、兒子他娘的兒子他爹的正式工作都解決了，對你們也不算很難吧！

私臣集團是個小圈子，本來就不容易打進去，尤其不願接納太上老君這種清流文官塞過來的人。更重要的是這人相當不懂禮貌，在以諂媚逢迎為審美取向的私臣集團中，這種「刺頭」簡直臭不可聞。可以想像，取經前太上老君已經想了很多辦法給他兒子解決工作，但叔伯們誰願接這個刺頭啊！接過來天天頂撞我嗎？但老君巧借西天取經有求於他的機會，讓觀音幫他辦成了這件私事，說難聽點是出賣了道家集體利益，換取了一點點私利。饒是如此，觀音在被迫收納善財童子前，還是狠狠地夾磨了他一番：用三十六把天罡刀把他插得血流成河，用金箍圈分別箍住頭和四肢，還要他一步一拜，一直拜到落伽山。清流文官講骨氣，濁流私臣恰恰就要打掉這種骨氣，不然以後怎麼聽主子的話？

親兒子受了如此虐待，老君心不心疼？相信他心都滴出血來了，但沒辦法呀，不這樣怎麼解決工作？這其實涉及到宋明以來一個重要制度——恩蔭。

前文分析沙和尚是錦衣衛時，已經大致介紹了明代恩蔭制度，紅孩兒這一回其實是講了一個具體如何獲得恩蔭指標的故事。太上老君是文官，文官根據自身品級，家裡有固定的恩蔭指標，比如宰相一般可有一子蔭錦衣衛，一子蔭尚寶司，如果立功也可賞賜額外指標。但紅孩兒稍顯麻煩，一方面他是私生子，恐怕不能走正規的蔭官路徑；另一方面這孩子確實不懂事，想混進濁官隊伍還真沒人要。所以太上老君需要大費周章，並緊抓西天取經的時機，才能換得佛教大老勉強接收他這個暴躁的私生子。這當然也是一種人事腐敗，堪稱官場流弊，但客觀地說，宋明以來形成的恩蔭制度其實是一種社會的巨大進步。

是的，您沒有看錯，巨大進步。

不勞而獲、不學而仕當然嚴重違背中國傳統價值觀，老爹當了官，兒子直接就可以獲得官職的制度乍一看令人不齒，但畢竟是一種相對進步。太上老君是明朝宰相，宰相要給親兒子解決個爛兮兮的善財童子，還要如此大費周章，恰恰是受了這套制度的約束。試想在唐代以前，宰相需要這麼麻煩嗎？以前沒有恩蔭制度，那既然沒制度就誰當權誰說了算囉！只要當了宰相，我說誰來當尚書、侍郎、寺卿、將軍就誰來當，還需要這麼麻煩？啟奏玉帝，貧道發現凡間有個紅孩兒，本領高強，當個什麼官好呢？要不三清四帝裡面找個位置給他吧？

所以，恩蔭恰恰是一個明確的制度，抑人治，成法治，剝奪了當權者隨意分發官位的權力，將他們的家屬明確限定在濁官範圍。試想如果不以法制形式定好，或者清濁不分，當權者讓私生子先當個錦衣衛，然後轉為知縣，而後步步晉升到尚書、侍郎，把公權力圈入自家盤中，那比讓他們領點錦衣衛、尚寶司的俸祿可怕多了呀！更重要的是牛魔王這種接盤俠，在著名港片《金錢帝國》中，香港警署總華探長徐樂功（有的版本作「雷洛」，實指六七十年代大貪官呂樂）養了許多情婦，都寄居在下屬陳細九家，到後來養了十幾個，陳細九都認不完。這和太上老君把鐵扇公主養在牛魔王家一個路數，但徐樂功可以讓陳細九當上探長，太上老君卻絕無法讓牛魔王擠入正規的天庭神仙行列，正因有「金丹大道」這個制度限制，哪怕仙法無邊如太上老君，也不能像沒有制度限制的總華探長那樣隨意分發官位，也就避免了官場上充斥著接盤俠。

可能這確實是一時難以接受的邏輯，有些統治者正是利用這點，大大矇騙善良的百姓。美國號稱取締了世襲貴族制度，人人平等，但實際上是將公開、明確、有限制的世蔭制度轉化為不公開、不明確、無限制的事實世襲。比如戴利家族（Daley）半個世紀以來壟斷著芝加哥市長的位置，整個芝加哥的官場甚至生意場上充斥著戴利家族的奴才，旁人難以插足。美國人無法理解這樣的現象，於是只能創作出《蝙蝠俠》（*The Batman*）這樣的文藝作品，幻想有一位超級英雄，替代政府維持高譚市（Gotham，影射現實中的芝加哥）的正義，孤身一人對抗著小丑、貓女、企鵝人、急凍先生（均影射戴利家族的利益代言人）等大批反派。這種創作思路本質上和《西遊記》類似，都是為了排遣人民的憤懣與不滿，但都採取了非常精彩的戲劇化手法，所以成為東西方的經典。

18.6　青天海瑞的巔峰之戰

我和李春芳一樣，是懷著無比崇敬的心情來寫這一段的。

紅孩兒這一回對真實歷史的還原度不亞於大鬧天宮，講的正是明代現象級清官海瑞職業生涯的巔峰之戰——剷除退休回家的宰相徐階家族，尤其是其少子徐瑛。

徐階是李春芳前任首輔，歷史評價比較複雜。首先，徐階 20 歲高中探花，初任翰林編修（正七品）就積極參與「大禮議」，與站嘉靖帝一隊的大奸臣張璁激辯，慘遭打擊報復。其次，徐階被打擊後轉了性，投向嘉靖陣營，以青詞邀寵，成為九大「青詞宰相」之一。再次，徐階在歷史上以隱忍多年，最終鬥倒大貪官嚴嵩著稱。嚴嵩是明朝最具代表性的大奸臣，鬥倒了他當然就是大忠臣。再再次，徐階又是個大貪官，尤其尷尬的是，他最後擺上桌面的貪汙數額比嚴嵩大。所以徐階堪稱在忠臣和姦臣之間躍遷多次，其能級之複雜，非普朗克常數（Planck constant）可以描述。

嘉靖三十一年（西元 1552 年），嚴嵩已經弄死夏言，當上首輔三年有餘，正值權力巔峰。徐階、呂本入閣與其組成三人內閣長達十年，直到嚴嵩倒臺前最後一年才由另一位「青詞宰相」袁煒接替了退休的呂本。這十年間，徐階一直隱忍不發，恭謹侍奉嚴嵩及其子嚴世蕃，最後一擊斃命，扳倒了老奸巨猾的嚴嵩，取了自作聰明的嚴世蕃小命，一時朝野稱頌。扳倒嚴嵩後，徐階補為首輔。三年後，李春芳以太子太保、禮部尚書、武英殿大學士入閣，在徐階手下做了四年。隆慶二年（西元 1568 年），65 歲的徐階請辭，李春芳補為首相，徐階自回老家松江府（今上海市）頤養天年。

徐階的家族非常興旺，其弟徐陟也是進士，官至南京刑部侍郎。徐階有三個兒子：徐璠、徐琨、徐瑛，雖然都沒考取進士，但按蔭官制度，分別得授太常卿、尚寶卿。徐階退休後，三個兒子都掛著虛銜隨他回松江奉養父母。徐階家族在松江大肆兼併田產，高達二十四萬畝，是嚴嵩的十幾倍！這些田產有些是合法購買的，但也有不少是強奪民產。徐家勢力很大，尤其是徐陟官居南京刑部侍郎。明朝的南京官一方面是北京官的備份，一方面也要實管南直隸。所謂南直隸是指舊都南京周邊地區，範圍大致相當於清初的江南省，後來的江蘇、安徽兩省，當時是全國也是全世界最發達的地區，賦稅占全國的三分之一。徐陟當南京刑部侍郎，誰還想在這個堂口告得下來徐老相爺？所以徐家強買強賣，欺行霸市，成了一大土豪惡霸，甚至一些小土豪都被徐家逼得遠走他鄉。至於地方官，也都被徐家欺負得抬不起頭來。尤其是少公子徐瑛，年輕驕縱，只要他出行，江南士大夫都得盡心款待，稍不如意就要遭徐瑛折辱打罵，苦不堪言。這不正是號山山神、土地受盡紅孩兒折辱，向孫悟空哭訴的情況嗎？

徐家如此惡霸，自然有不少人鳴冤告狀。然而徐相多年來人緣極好，更匡救了許多遭嚴嵩戕害的官員，尤其是一些正直的御史言官，遭到嚴黨打擊，徐階都盡力營救，「朝野號慟感激」（《明史 徐階傳》）。所以明朝最具戰力的御史言官這個戰鬥群體偏偏在徐階面前放了軟，那江南人民就只能任由徐家欺壓了？也不是，為了對付這個大 boss，嘉靖帝給他兒子留了一個金箍棒級的大殺器 —— 海瑞。

海瑞是明朝最著名的現象級清官，在歷史上與漢朝的張釋之、唐朝的魏徵、宋朝的包拯並稱，人稱「海青天」，最是忠正骨鯁，勇於向一切有瑕疵的現象開炮，絲毫不慮對方是何權貴。嘉靖四十五年（西元 1566 年），嘉靖帝臨終前，新任戶部主事（正六品，相當於處長）海瑞呈遞了他那篇被譽為「直言天下第一事疏」的〈治安疏〉，痛罵嘉靖朝政晦暗，甚至轟出了那句著名的「嘉靖者，言家家皆淨而無財用也。」嘉靖帝氣得將奏本扔在地上猛踩，將其逮入詔獄，宣稱要殺，但遲遲不下手。不久，嘉靖帝駕崩，海瑞才獲釋，並急速升官，隆慶三年（西元1569年）已官至通政使（正三品）。這時，徐家在江南的惡行也達頂峰，首相李春芳派出海瑞以右僉都御史巡撫應天十府，管轄範圍包括應天府（今江蘇南京）、松江府（今上海）、蘇州府（今江蘇蘇州）等最為富庶之地。他此來首要目的是恢復江南的基礎設施建設，奮力推進大航海時代的經濟改革，但也順帶了一個小目標，那就是剷除徐家惡霸。

嘉靖帝很清楚徐階回松江必成一霸，無人能治，他那生性溫良的兒子（隆慶帝）必然碰都不敢碰徐家，所以他生前故意調教了半天海瑞，就是為了把這個大殺器留給兒子，讓他奮起這柄千鈞棒，打散重重黑幕。

果然，江南的貪官汙吏知道名震天下的「海青天」要來，竟然嚇得紛紛辭職。一些有錢有勢的人本來建造了大紅門，覺得容易被海瑞盯上，主動把門刷黑。江南織造業發達，內廷派出一些太監來監管，稱織造中官。這些人本來在江南繁華之地作威作福，聽說海瑞要來，也都減少輿從，收斂行為。海瑞到後力摧豪強，為百姓奪還了很多被強占的民田，並將這些惡霸法辦。

面對這種形勢，最大的惡霸徐家如何應對？其實以徐家最初判斷，海瑞不會對他們下手，因為海瑞剛被逮入詔獄時，徐階奮力營救，海瑞也表示了誠摯謝意，稱徐階對他恩深義重。海瑞剛出獄就幫了徐階一個大忙，當時排名第四的大學士高拱急於奪權，指使御史齊康彈劾徐階是嚴嵩餘孽。海瑞立即站出來，說徐階誠然畏威保位，失於匡扶救世，但執政以來還是有很多可取之處，齊康完全就是高拱的鷹犬，他們才應該懲處。結果高拱反而被罷免，徐家上下都興奮異常，認定這是當時力救海瑞獲得的回報，所以現在海瑞更不可能為了一點點所謂民田，就跟恩公撕破臉。

但貪官顯然不夠了解青天的腦回路，海瑞這樣做完全是一片公誠，並不表示他就成了徐階的人，徐階有問題時他照樣會毫不手軟地猛攻。海瑞強硬奪回徐家霸占的民田，還上奏朝廷彈劾徐階。徐階大怒，指使親近他的御史言官阻斷言路，甚至反攻海瑞。但海瑞繞開朝官，透過親近宮人直接向隆慶帝彙報了徐家的過錯。最終，朝廷判處徐璠、徐琨流放充軍，僅留幼子徐瑛在家奉養年邁的徐階，懲處不算特別重，但也解了一方之急，吏民交口稱頌。

這無疑是「海青天」光耀青史的一頁，若說有什麼遺憾，那就是徐家的懲處太輕，尤其令人憤慨的是，徐璠、徐琨都被流放充軍，作惡最甚的徐瑛反而逃脫了實質性重懲！不過請放心，中國的文人一定會幫法官補上壞蛋應得的懲罰。在後世很多文藝作品中，徐瑛受懲最重，越劇《海瑞罷官》寫海瑞當場斬了徐瑛！這些作品解氣倒是解氣，只是這些作者一根直腸，哪有李春芳這麼辛辣呀！什麼，您還不知道他怎麼做的？請看表 9。

表 9 海瑞懲處徐階家族史實與紅孩兒情節對照

海瑞懲處徐階家族史實	紅孩兒小說情節
徐階家族在松江欺行霸市、魚肉鄉里	紅孩兒、鐵扇仙、牛魔王在凡間作威作福
少公子徐瑛尤其驕縱，欺壓地方官	紅孩兒尤其不懂事，欺凌山神土地
徐瑛可能有辱罵禦史的情節	紅孩兒見到觀音就一頓痛罵
海瑞被嘉靖帝逮入詔獄	孫悟空被壓五行山下
徐階對海瑞恩深義重	太上老君對孫悟空恩深義重
但海瑞正義在心中	但孫悟空正義在心中
海瑞巡撫江南來到松江	孫悟空取經來到號山枯松澗火雲洞
海瑞聯合親近宮人，收拾了徐家	孫悟空聯合觀音，收拾了紅孩兒
徐瑛反而沒有受到重處，留在了江南	紅孩兒反而當了觀音的善財童子

這是一個比王大臣刺萬曆帝案還原度更高的故事，而且諷刺意味更重，紅孩兒比真實的徐瑛醜陋百倍。徐瑛是徐階名正言順的親兒子，不

是什麼私生子。徐瑛他娘也是明媒正娶的徐夫人，不是情婦，更沒找什麼司機接盤，鐵扇公主嫁給牛魔王的筆法涉嫌侮辱女性。不過徐夫人也是該罵，必是你這潑婦嬌慣少子，才培養出三個小霸王。山神、土地哭訴紅孩兒欺凌他們的一段描寫，真是讓徐瑛那副爹疼娘愛的少公子嘴臉躍然紙上。您看我家百花羞多賢惠，嫂子您真該羞啊！

至於到觀音座下去謀個差使，這對於一個宰相之家更是不堪入目，明朝歷史上絕無進士家庭跑去給宮妃當私奴的，更遑論堂堂宰相！話說宮妃的私奴是什麼？看最後觀音剃度紅孩兒的描寫：「把那怪分頂剃了幾刀，剃作一個太山壓頂，與他留下三個頂搭，挽起三個窩角揪兒。行者在旁笑道：『這妖精大晦氣！弄得不男不女，不知像個什麼東西！』」

對呀……萬貴妃座下不男不女的，是個什麼東西？

喂！李叔叔！我爹與您同殿為臣幾十年，明明合作得很愉快嘛，最後還推薦您接任了首相，到底哪點對不起您啦！

大姪子，瞧您說的，沒哪點對不起啦，寫個小說嘛。不服氣您去跟陸炳、馮保、萬貞兒他們訴說吧。

所以，這就是《西遊記》不敢署真名的原因，不論李春芳還是吳承恩，都和徐家同在江浙滬區。興化離松江區區 300 公里，高鐵一小時可達，信不信徐少爺帶八節火車的人過來砍死你？不管你信不信，反正李春芳是信了。

19　車遲鬥法——佛道不同的待民之道

正義與邪惡，剛直與腐朽，如同陰陽兩面，是官場永恆的主題。這其間的爭鬥時而蕩氣迴腸，時而又令人辛酸落淚。玉帝利用取經在佛道之間轉移利益，凡人如籌碼般被統治者揮來舞去。那人民到底願意落到那邊？李春芳用車遲鬥法和通天河兩個故事回答了這個問題。車遲國的虎力大仙、鹿力大仙、羊力大仙和通天河的靈感大王乍一看都保佑了一方風調雨順，實則他們的對比令人不忍直視。

19.1　把三清扔進茅坑吃屎

取經團來到車遲國，發現這裡是道士當國，和尚做苦力。不消說，一定要在這裡解決了這個問題才能上路。

車遲道士當國的原因在於二十三年前該國曾遭旱災，顆粒無收，和尚做法祈雨一點用也沒有。還好來了三個道士虎力大仙、鹿力大仙、羊力大仙，法術高明，求得一國風調雨順，五穀豐登，三位道長自然成為國士，不中用的和尚就淪為苦力了。孫悟空一來就打死看管和尚的小道士，將和尚們全部放走。半夜，他又跑去三清觀窺視三位大仙禳星，突然靈機一動，把兩位師弟叫醒，搞了個巨大的惡作劇，去觀裡偷吃供果。

偷吃時，孫悟空做出了一系列奇特舉動，他先是向豬八戒發問：「這上面坐的是什麼菩薩？」八戒笑道：「三清也認不得，卻認做什麼菩薩！」行者道：「哪三清？」八戒道：「中間的是元始天尊，左邊的是靈寶道君，右邊的是太上老君。」行者道：「都要變得這般模樣，才吃得安穩哩。」

這就怪了，莫說三清是最大的神仙，修仙者豈能不識，孫悟空連三位本尊都不知見過多少次，怎麼突然不認識了？不認識都算好，孫悟空說三兄弟變作三清的模樣來享受供果，要知道在《西遊記》中，變作別人的樣子最不禮貌。紅孩兒變觀音，氣得觀音怒擲淨瓶，嚇得孫悟空都「毛骨悚然」。牛魔王變豬八戒，惹得豬八戒狂怒，爆發出比孫悟空都強的戰鬥力。假悟空用小猴變了個假沙僧，氣得好脾氣的沙和尚都不禁暴走，當場打死猴妖。這猜想是因為古代身分辨識技術不高，冒充是極大的忌諱，一旦發現有人冒充自己就會狂怒。孫悟空無緣無故讓三兄弟變作三清，是對三清極大的不尊重。

再接下來，孫悟空的舉動更令人咋舌！他居然讓豬八戒把三清聖像扔進茅坑吃屎！豬八戒扔得夠狠，濺起來的糞水打溼了他半衣襟，可見用力之猛。不一會兒，觀裡道士發現了動靜，紛紛趕來。孫悟空一不做二不休，乾脆冒充三清，開口講話，嚇得道士們頂禮膜拜。孫悟空說給他們些聖水，結果是三兄弟各撒一泡尿。道士喝了，覺得不對勁。孫悟空現出原形，很是嘲弄了他們一番。

這一段可謂妙趣橫生，堪稱《西遊記》比拚《還珠格格》的核心戰力。如果取經團就這樣過了車遲國，這事也就算完了，但按取經的規則，還必須去國王那裡倒換關文，這難免要和三位國師見面。不過，這正是孫悟空想要的。

19.2　三位國師是正經道士而非妖怪

圖 11 車遲國虎力大仙、鹿力大仙、羊力大仙

三位國師修養真的很好，孫悟空打殺兩個道士，放走五百和尚囚徒，又弄得來他們吃屎喝尿，換別人早就大打出手了。道長不但沒有動手，還同意與外來的和尚比賽祈雨的業務能力。這種修養不得不說是李春芳過於抬高明代文官的寫法。

虎力大仙開壇做法，號稱「一聲令牌響風來，二聲響雲起，三聲響雷閃齊鳴，四聲響雨至，五聲響雲散雨收。」這不是吹牛，一聲令牌響後，風果然就起了，把豬八戒嚇得亂嚷。孫悟空讓他不要聲張，自己偷偷上天去看，確實是風婆婆、巽二郎在吹風，連忙喝止了他們。虎力大仙繼續施法，推雲童子、布霧郎君來布雲，鄧天君領雷公電母來放雷電，孫悟空趕快喝止。鄧天君解釋：「那道士五雷法是個真的。他發了文書，燒了文檄，驚動玉帝，玉帝擲下旨意，徑至九天應元雷聲普化天尊府下。我等奉旨前來，助雷電下雨。」正解釋間，四海龍王已經來下雨了。孫悟空通通制止，要求他們稍等片刻，等道士下了場，唐僧坐上壇位，再行降雨的程序，各位雨神只好同意。

虎力大仙祈雨的法術其實是真的，不是什麼妖法，唐僧才沒有祈雨的法術，但就這樣被孫悟空以私人關係倒轉了輸贏。比賽中這叫什麼？這不就叫作弊嗎！孫悟空用作弊手段贏得了車遲國凡人對佛教的信仰，大大地敗壞了道教的名譽，按說目的已經達到，準備蓋章走人。誰知三位國師不服，要跟和尚繼續比拚，挽回道門榮譽。這一比，既搭上性命，更毀了名節，堪稱身敗名裂。

第一場比坐禪，這是修練的基本功。唐僧誇口說他的禪功好，坐二三年都不成問題，但這是吹牛。第五十二回，剛離了車遲國的取經團在金【山兜】山遇到獨角兕大王（太上老君的青牛）之前，孫悟空去化齋，臨走便說：「師父，我知你沒甚坐性，我與你個安身法兒……老孫畫的這圈，強似那銅牆鐵壁……但只不許你們走出圈外，只在中間穩坐，保你無虞；但若出了圈兒，定遭毒手。千萬千萬！至囑至囑！」但就這樣唐僧還是很快走出圈，被獨角兕大王抓了。可見，即便靠作弊贏下坐禪比賽，孫悟空也深知他這師父「沒甚坐性」，唐師父也用事實印證了他的眼光。不過孫悟空再次作弊，變作個蜈蚣偷咬虎力大仙，贏下比賽。

鹿力大仙見師兄又敗一陣，更不服氣，要與唐僧比拚隔著櫃子猜物的法術。第一輪櫃子裡放了一套「山河社稷襖、乾坤地理裙」。鹿力大仙準確猜到是此物，但孫悟空偷偷入櫃，將其變作「破爛流丟一口鐘」（爛衣服），還撒了一泡尿，真是個亂尿猴子！孫悟空將改變了的結果告訴唐僧，這一輪自然又是唐僧贏了。

這裡作者用了一個重大隱喻，「山河社稷襖、乾坤地理裙」難道不是暗喻大明的山河社稷、乾坤地理？道士為之操勞多年，搞得風調雨順，如今來了一個和尚，就將其變作「破爛流丟一口鐘」。正是暗諷某些昏君私心作祟，任用私臣，將這大好的山河社稷、乾坤地理變作「破爛流丟一口鐘」。

接下來，又放入一顆桃子、一位道童，羊力大仙、虎力大仙其實也都猜對，但都比不過作弊。孫悟空將桃子吃得只剩桃核，將小道童剃成小和尚，又連線贏下。幾位大仙不斷比輸，但始終保持著修養，沒有大打出手，而是愈發堅定，要跟取經團進行更駭人聽聞的比賽——砍頭、剖腹、下油鍋！其實車遲國王已經被嚇著了，勸他們算了，放取經團過去罷，道士們堅持要比，孫悟空「哈哈大笑道：『造化！造化！買賣上門了！』」

第一輪比砍頭，孫悟空一度陷入險境。他砍下頭來，召喚頭顱回來，卻被鹿力大仙暗中傳令土地按住頭，差點回不去。所幸孫悟空法力高強，又從肚裡長出一個頭。然後虎力大仙砍了頭，也召喚頭顱回來。孫悟空用毫毛變個大黃狗，叼走了他的頭顱，不一會兒虎力大仙冒血身死，並且現出原形，是隻黃毛虎，難怪要叫虎力大仙。

按說妖怪都現形了，還不撕破臉？不，仙長素養之高，令人嘆為觀止，虎力大仙的兩位師弟全不動粗，而是繼續比賽。

鹿力大仙與孫悟空比賽剖腹，結果一剖開腹，孫悟空就用毫毛變隻餓鷹，將其五臟六腑都叼了去，大仙又犧牲了，現出原形是個白毛角鹿。羊力大仙還不罷休，要比下油鍋。孫悟空弄個頑皮，伏在鍋底不動，大家都以為他被炸死了。唐僧倒是講義氣，還來祭奠他一番。豬八戒卻氣呼呼地罵弼馬溫又壞了他的好事。孫悟空聽到罵，跳將出來，把監斬官嚇了一跳，喊道小和尚顯魂了。孫悟空一不高興就行凶打死了這個凡人。

車遲國王被嚇得離座欲走。孫悟空上去扯住他，要三國師也去下下油鍋。「那皇帝戰戰兢兢道：『三國師，你救朕之命，快下鍋去，莫教和尚打我。』」羊力大仙於是也脫衣下鍋，他倒不是孫悟空那樣的耐高溫材料，而是召喚了一條冷龍，隔離火力，避免油鍋升溫。孫悟空拘出冷龍，竟然是北海龍王敖順！敖順慌忙解釋這是羊力大仙自己在茅山煉的冷龍，與己無關，做個假動作收了，羊力大仙一下就被炸得皮焦肉爛，撈出骨骼來，是一副羊骨。

至此，車遲國一戰終。這一回取經團完全沒有和妖怪動武，而是用比賽方式讓他們死亡並顯形，非常有特色。虎力大仙、鹿力大仙、羊力大仙現出原形，分別是虎、鹿、羊成精。但我必須告訴您：這是孫悟空的障眼法，這三位國師都是正經道士，不是妖怪。

取經團剛到車遲國界，孫悟空就升空對城池進行過偵查，只見「祥光隱隱，不見什麼凶氣紛紛。行者暗自沉吟道：『好去處！』」孫悟空這種判斷是很準確的，取經路上從未出錯，其實是作者一來就交代了此處無妖（甚至還有仙）的背景。三位國師的舉止也處處表明他們是得道的真仙，只是段位不高——高就去天庭任職了，不會滯留在這小國。孫悟空最初也只是戲弄他們，沒有打算痛下殺手，後來越鬥越烈，都折了性命，孫悟空才順便使個障眼法，把他們的屍身變作動物，讓凡人以為他們是妖。

須知混入人間的妖怪最是謹慎，生怕被戳穿是妖，一旦戳穿，要麼翻臉來打，要麼緊急逃跑。比如孫悟空在烏雞國當眾說出殿上的國王是妖魔假變，其實還沒來得及出示任何證據，「那魔王在金鑾殿上，聞得這一篇言語，唬得他心頭撞小鹿，面上起紅雲，急抽身就要走路……駕雲頭望空而去。氣得沙和尚爆躁如雷，豬八戒高聲喊叫，埋怨行者是一個急猴子。」至於比丘國的國丈（壽星的白鹿），孫悟空都還沒說他是妖，他先認出了孫悟空，就已經「卻抽身，騰雲就起。」所以妖怪既然要混入凡間，又豈能被戳穿。這三位國師倒好，虎力大仙死時已經現出黃毛虎「原形」，兩位師弟不趕快逃竄，卻說這是孫悟空的障眼法，還要繼續比賽。這說明什麼？只能說明這確實是孫悟空的障眼法，他們心裡沒鬼。

退一萬步講，就算他們真的是虎、鹿、羊修成人形，也不能算妖怪。道家「凡有九竅者皆可修仙」，天庭中多的是動物修成人形的道教神仙，二十八宿也是動物，難道他們是妖怪？其實取經團自己不也是猴、豬和那什麼嗎？有人說，不管是人還是動物，只要上了天庭的編制就是神仙，不上編就是妖怪。真這樣三位道長才是神仙，因為他們的五雷法是真的，玉帝親自發旨給他們下雨，這顯然是體制內人士。反倒是猴、豬和那什麼，至少暫時還沒上編。那您說到底誰是妖怪？

再退一萬步說，就算三個道士是妖怪，妖怪就一定是壞人嗎？他們做了什麼壞事？他們二十三年來保得車遲國風調雨順，享受一下國師待遇難道有錯？對比一下佛教的妖怪，通天河的靈感大王（觀音的小金魚），他同樣保佑河畔的陳家莊風調雨順，但代價卻駭人聽聞。

19.3　送子觀音要吃你兒女

殘殺車遲三國師後，取經團揚長而去，來到八百里寬的通天河受阻，於是尋到東岸陳家莊借宿。當地居民非常純樸，熱情接待了取經團，連豬八戒都盡情吃了個飽。陳家莊是一個百餘戶的小村莊，倒也風調雨順，五穀豐登，只是有一個苦處：這裡有位靈感大王，「一年一次祭賽，要一個童男，一個童女，豬羊牲醴供獻他。他一頓吃了，保我們風調雨順；若不祭賽，就來降禍生災。」

吃人兒女！這種剝削程度無疑是暴政，而且靈感大王真的用法力保了陳家莊風調雨順嗎？他保個屁！書中說明陳家莊是車遲國元會縣下屬的一個村，仍在車遲境內，這裡風調雨順當然就是三位國師的功勞，靈感大王根本什麼都沒做，無非是竊他人之功，向人民巧取豪奪而已！

孫悟空和豬八戒變作本來準備祭賽的童男童女，與靈感大王打了個照面，可惜走了妖魔，未能一鼓成擒。靈感大王更用了個詭計，將八百里通天河冰凍起來。唐僧急於上路，便踏冰過河。靈感大王破開冰，抓住了落入水中的唐僧。這裡作者還不忘調侃一番，孫悟空問師父呢？豬八戒說：「師父姓『陳』，名『到底』了（沉到底）。」接下來三兄弟連番挑戰，靈感大王緊閉水府，拒絕迎戰 —— 當然，也一直不吃唐僧。孫悟空不耐煩了，徑往南海落迦山去找觀音攤牌。

孫悟空到南海，觀音正在紫竹林裡編一個竹籃，見孫悟空來，連梳妝都來不及，甚至「不消著衣，就此去也。」只穿層肚兜就火速趕到通天河，用竹籃在河裡晃了晃，就將靈感大王收來，原來是她的一條小金魚。收了金魚，觀音又急匆匆往回趕。孫悟空一把拉住，說既然來了，就顯形給凡人膜拜一下，讓他們知道是誰救苦救難。觀音在雲裡顯形，眾人跪在泥水裡磕頭禮拜，並畫下圖形，便是所謂「魚籃觀音」。

您還以為孫悟空這是讓觀音露臉呢？整本《西遊記》 —— 甚至閱遍《二十四史》，都沒有神仙（統治者）這麼丟臉的一幕了呢！

觀音為何急匆匆趕到通天河，連梳妝都不顧，甚至衣服都不穿，女孩子這麼不注重形象？因為醜事敗露啦！這靈感大王是她的寵物小金魚，在凡間敲骨吸髓，難道主子沒有責任？陸虞侯逼死林沖娘子，林沖不會認為仇人就是陸虞侯而和高太尉無關吧？孫悟空此舉恰恰是要讓大家看清楚 —— 到底是哪個菩薩在吃你們的兒女！噯，還送子觀音，你吃子觀音還差不多！

這不就是萬貴妃派出小太監在民間盤剝敲詐，一不小心被西廠捅破的慌亂場面嗎？而且還是這種威逼中本質是欺騙的下作手段，真是令人不齒！不過好歹把問題解決了，趕快回去，不要讓肚兜給更多的人看見。孫悟空偏偏一把拉住，這麼性感的美豔肚兜女子喲，大家一起來欣賞呀！其實我們中國的肚兜和日本的學校泳衣、美國的比基尼到底哪個更性感一直頗有爭議，但我相信李春芳沒有寫觀音穿著另外兩種出鏡，不是由於時代局限性，而是為了突顯中國風韻，不信請看他的描寫：

遠觀救苦尊，盤坐襯殘箬。懶散怕梳妝，容顏多綽約。散挽一窩絲，未曾戴纓絡。不掛素藍袍，貼身小襖縛。漫腰束錦裙，赤了一雙腳。披肩繡帶無，精光兩臂膊。玉手執鋼刀，正把竹皮削。

請容我吞一下口水再跟您細講，封建禮法和現代差異很大，女子穿成這樣已經夠得上那個字了。這首詩堪稱四大名著性感第一，賈寶玉都不好意思這麼描繪警幻仙子，唯有《金瓶梅》裡可能有兩三首勉強能與之一比。封建女性最忌肚兜給男人看，至於精光著仙足玉手，更是成年後連父親都不能看的，公共場合大展覽更是不可想像。可惜我不是寫小黃文的 —— 至少這個筆名不是，所以這個問題就不展開講了，只是必須再揭露作者一個非常猥瑣的筆法 —— 魚籃觀音，因為這個諷刺比「送子觀音」還要辛辣八倍！

圖 10 孫悟空扯住觀音亮相給世民圍觀

所謂「魚籃觀音」是觀音三十三法相中的第 10 個，同時與第 28 個「馬郎婦觀音」其實是重複的。明初學者、《元史》主編宋濂的《魚籃觀音像贊》講，唐代陝西本不信佛，金沙灘上突然出現了一個挎著魚籃的美豔女子，人們都想娶她。她提出誰能背誦佛經就嫁給誰，結果大家都背不了，所以再好的條件她也不嫁。唯有一位小馬能背，於是魚籃美女嫁給小馬，但一進門美女就死了，屍身也立即糜爛，只好下葬。後來一個僧人來找小馬，掘開棺材，只見屍骨呈「黃金鎖子骨」，即屍骨不腐而呈金黃色，層層相鎖，是修仙得道的象徵。僧人這才告訴大家：「這是觀音大士在點化大家呀！」從此，陝西推廣了佛教信仰。

但事實上，這是佛經傳入中國多年後的美化版本，尚且不太符合中國人的傳統道德觀，其原版以中國人看來更是不堪入目。

據中唐李復言《續玄怪錄》「延州婦人」條：唐代宗大曆年間（西元766～779年），延州（今陝西延安）有一美豔婦人，「與年少子狎暱薦枕，一無所卻」（親暱地主動上少年郎枕頭，來者不拒），死後葬在荒蕪的路邊。後有一胡僧來到墓前，頂禮焚香讚嘆，告訴大家：「這其實是位菩薩，她以大慈悲布施自己的肉體給大家，滿足世俗的慾望，不信看她的屍骨是黃金鎖子骨。」眾人開墓一看，果真如此，於是為她設齋建塔。北宋葉廷圭《海錄碎事》則稱：「釋氏書：昔有賢女馬郎婦，於金沙灘上施一切人淫。凡與交者，永絕其淫。死，葬後，一梵僧來，云：『求吾侶』。掘開，乃鎖子骨。梵僧以杖挑起，升雲而去。」大意相同，筆法更開放，總之就是潮音洞南海觀音向中國人民的表白：讓海潮伴我來保佑你，請別忘記我永遠不變黃色的臉。

唐宋資料是對古印度原文的直譯，大意就是觀音大士以美色為餌，誘愚民為信眾，用色相布施大眾，推廣佛教信仰。需要強調的是，這在古印度（也不是現代印度）並不違背道德，跟中國人在災荒年施捨糧食誘饑民入教是一個道理，但確實很不符合中國的封建道德，所以明以後逐漸將其美化成為後來的「魚籃觀音」、「馬郎婦觀音」。不過「魚籃觀音」終究是中國人羞於啟齒的一面，這個法相在中國堪稱冷僻，大眾對觀音菩薩的認知主要還是「送子觀音」、「千手觀音」。李春芳就故意先寫個「吃子觀音」，諷刺下大眾信仰，再陰險地顯出個「魚籃觀音」，再加上那段在明代堪稱色情的描寫……嘖嘖嘖，萬貞兒到底跟你多大仇？

您別說，萬貴妃和李春芳的時代隔了一百多年，但真的有很大仇。

首先，成化帝是明朝第一個和文官集團公開決裂的皇帝，很多人認為禍根就在萬貴妃。其次，萬姐姐為了霸占她小老公的獨寵，戕害其他宮妃，甚至給很多宮妃墮胎！你這滅了多少龍子啊！我才寫你吃點小村莊的童男童女，我好善良啊！再次，孫悟空、豬八戒變作那對小姐弟，童男叫陳關保，童女叫一秤金，這似乎也有所指。萬貴妃到處給人墮胎，太監張敏想盡辦法把一個懷了孕的宮女紀氏藏起來，偷偷產下一子，但不敢見天日，關在一間小屋偷養，與坐牢無異，直到六歲才讓成化帝得知。關起來保護，陳關保？皇子曝光後不久，紀氏無故暴亡，張敏吞金自殺，顯然是遭萬貴妃報復。吞金，一秤金？這個皇子朱佑樘就是後來的大明孝宗弘治皇帝，締造了偉大的「弘治中興」，與漢文帝（劉恆）、宋仁宗（趙禎）並稱為中華帝國三大聖君。你這爛淫婦居然敢這樣對待全國人民的偶像，你說仇有多大！

其實史學界一直不乏一種聲音，說真實的萬貴妃也沒那麼邪門，什麼在皇宮裡給宮妃排著隊墮胎，這完全超現實，是被後世文官妖魔化了而已——別誤會，這裡不是準備給她翻案，只是提醒您——「後世文官」，不就是李春芳嗎？這樣算來仇才大哩！再說遠點，後世研究中國究竟是從何時開始落後於西方，有人便將時間節點指向成化年間，其實李春芳這種人相當在乎這個問題，這個仇才叫大得包天。

19.4 孫悟空與道教決裂的選邊站行為

透過車遲三國師和靈感大王（實為觀音）的刺眼對比，道教和佛教統治人民的方式一目了然，那我們的主角孫悟空到底站哪邊？就在這一回，作者讓孫悟空作出了堅決的選邊站動作。

要打入一個派系的核心，首先就得斷棄與其他派系的牽連。孫悟空曾是一個遊走各種勢力，左右逢源的人，但這種人往往只能當權力掮客，要想真的挺進高層，必須明確選邊站，否則到了高層要面對的就不是一兩個虎力大仙這樣的初段玩家，而是道教、佛教這樣的集團勢力，個人力量不可能獨扛，必須倚仗政治派系的合力。而派系是不會為首鼠兩端的牆頭草拚盡全力的，只有你明確選邊站了，才會著力捧你。

孫悟空走到這一步，必須選邊站。他選擇站佛教這一隊並無懸念，只是他如何與其他派系翻臉，以此向佛教表明態度，這就是官場技巧了，孫悟空的技巧可謂又精又狠。

首先，孫悟空打死虎力大仙的兩個徒弟，放走五百個囚徒和尚，然後去三清觀搗亂，這已經表明了和道家敵對的立場。過程中他還用了一些小技巧，比如假裝不識三清，還問這是什麼菩薩。當然，這個表演稍微有點生硬，不過接下來的舉動就很有誠意了：他讓豬八戒把三清聖像扔進茅坑吃屎！師兄弟三人變成三清，撒尿給道士喝。

佛教大老拈花微笑：「這小悟空有點兒誠意嘛。」

除了舉止有誠意，還需要點業績作真材實料，小悟空做得也很出色，攪沒了虎力大仙引以為豪的祈雨術，把求得甘霖的功勞攬到和尚頭上，這在相當程度上已經促使部分凡人的信仰由道轉佛。其實按孫悟空的原計畫，這已經夠了，他本意也是演完降雨這場戲就蓋章走人，只是未料三個道士氣不過，非要跟和尚比個輸贏，孫悟空才「哈哈大笑道：『造化！造化！買賣上門了！』」

是啊，既然你們非要送死，俺老孫也不妨接了這單上門買賣，拿你們幾個小道士的血肉，讓佛爺見我決志加盟的誠意。不過緊接著，孫悟空也打擊了一下凶殘過甚的觀音，制止了她吃童男童女這樣令人髮指的暴行，讓玉帝也讓人民看到他畢竟是有良心有底線的好人，直讓人嘆服他的官場技巧何其高妙！

19.5 李春芳斗膽嘲諷永樂大帝

車遲國王在位二十三年，這可能是暗喻永樂帝在位年數。永樂帝本是藩王，造反奪了姪子建文帝皇位。很多忠臣義士不願投降他這個反賊，被他殘酷殺害，這其中就包括著名的方孝孺、鐵鉉等。

鐵鉉本是來中國留學的波斯(今伊朗)王子，國子監畢業後留國內工作，官至濟南知府。在朱棣造反的「靖難之役」中，鐵鉉堅守濟南，被譽為「城神」。最後朱棣只好繞開濟南，南下直取南京，僥倖獲勝。登基後，永樂帝把鐵鉉抓起來，將他鼻子、耳朵割下來塞進他嘴裡，還問他好不好吃。鐵鉉怒目道：「忠臣孝子之肉，有何不好吃！」永樂帝又說你活著不拜我，我把你用油鍋炸酥你也得拜。但校官炸死鐵鉉後發現其骨架仍然背對永樂帝，他們想把骨架翻過來，油鍋竟然爆炸了！永樂帝仍不得鐵鉉的骨架一拜！氣急敗壞的永樂帝只好遷怒，殺死了兩名校官[30]。

這不正是羊力大仙的橋段嗎？兩位師兄相繼慘死後，羊力大仙依然不懼，毅然投身油鍋，被炸得只剩骨架。但是他投降了嗎？沒有。羊力大仙就像兩百年前的洋大人鐵鉉一樣，皮焦肉爛，但浩氣長存。大明湖畔的鐵公祠，至今平靜地注視著這片他曾誓死捍衛的湖面。反倒是贏了的孫悟空，他從油鍋出來那一刻，就因為監斬官說了一句小和尚來顯魂，他就暴躁地抽出金箍棒殘忍地將這手無寸鐵的凡人「打做了肉團」，完全是永樂帝殺校官遷怒的藝術再現。

至於道士用真法術請來雨神，結果孫悟空跑過去竊人家的功，讓凡人誤認為是他請來的，另一邊靈感大王也在小村莊冒領三位大仙的功，這種做法其實牽涉到明朝一個頗具爭議的話題：對洪武之治和永宣盛世的評價。

洪武是太祖年號，永宣是太宗年號永樂和宣宗年號宣德的合稱。洪武三十一年自然是著名盛世，號稱「治隆唐宋」。永宣盛世更攀高峰，尤其是鄭和公公七下西洋，更是「超三代而軼漢唐」。但也有觀點認為永宣盛世無非是承洪武餘蔭，其實很多具體做法比太祖差遠了[8]。李春芳這樣寫，看來他是傾向於認可此說的。

其實永樂大帝當真無愧為一代雄主，是嘉靖帝最崇拜的祖先。但嘉靖小兒崇拜他，主要原因倒不是看他皇帝當得好，而在於他們都是藩王出身。嘉靖帝宣稱永樂大帝蓋世偉業震古爍今，非一個太宗廟號可以概括，於是改成更高級的「成祖」。當然，李春芳這樣的明眼人一看就知道，這是他在故意折騰禮制，是「大禮議」中的一個小花招。所以你最崇拜的祖先，我偏要辛辣諷刺。永宣盛世是吧？其實就是個篡賊坐享其成，一個孫猴子求雨的伎倆而已。

李春芳自然不是一個鐵骨錚錚的硬漢，但作為一位明代文臣，勇於向「幅隕之廣，遠邁漢唐。成功駿烈，卓乎盛矣」（《明史．成祖本紀》）的永樂大帝開嘲，這才是浩氣滿翰林、碧血寫汗青的高級勇氣。

19.6　碧血青天楊家將

三位道長都是法力低微的初段修仙者，連到天庭任職的資格都沒有，相當於明朝的舉人、秀才，沒有考上進士，所以只能在地方政府擔任一些幕僚職務。但他們同樣是飽讀聖賢詩書的文人，在品行和價值取向方面和進士並沒有本質區別，這三位還作出了不俗的政績。然而他們的能量又是那麼弱小，遠遠不是什麼內宮私臣的對手。所幸他們只是混混州縣，沒有什麼機會跟廠公、督公正面衝突，但如果不幸遇到取經團路過這樣的小機率事件，等待他們的結局就真的只有砍頭、剖腹、下油鍋了。

隨著私臣集團的勢力拓展，不斷侵入地方，尤其是鎮守太監、礦稅太監的大肆擴張，這種機率也越來越大。有分析提出三位道長的原型是大奸臣嚴嵩及其子嚴世蕃宣揚的三大才子：胡宗憲、陸炳、楊博。因為「胡」同「虎」，「陸」同「鹿」，「楊」同「羊」。我認為此說過於牽強，關鍵這三人跟車遲三仙確實扯不上關係。我倒認為，三仙更像是楊慎和他的同學們，以及「明朝第一直諫」楊繼盛，這幾位楊家兒郎才是羊力大仙的原型。

楊慎，字用修，號升庵，四川成都人，名相楊廷和之子，明武宗正德六年（西元 1511 年）辛未科狀元，明代公認的第一大才子，其代表作〈臨江仙〉被毛宗崗[48]用作四大名著另一部《三國演義》開篇詞：

滾滾長江東逝水，浪花淘盡英雄。

是非成敗轉頭空，青山依舊在，幾度夕陽紅。

白髮漁樵江渚上，慣看秋月春風。

一壺濁酒喜相逢，古今多少事，都付笑談中。

本來按制度，狀元直接授翰林修撰（從六品），很快就能位列公卿甚至登閣拜相。但楊廷和為了避嫌，始終不准兒子升官，以至於楊慎初授翰林修撰後原地踏步 13 年。須知李春芳中狀元 13 年都已經當到禮部侍郎，彭時、商輅這些狀元早就入閣了。按明制，「輕清上騰」，清流官每三年考核一次，升或不升必須有個說法，如果連續三屆也就是九年不升，那說明這個官員很差勁，就要面臨降職甚至開除。所以清流官不能原地踏步，這是為了保障進士有一個自然晉升的通道，避免為晉升而競相依附權貴。楊廷和這種故意壓制楊慎的行為反而違背制度，但也從側面反映出楊家的人品家風。

嘉靖三年（西元 1524 年），「大禮議」達到高潮，代表天下禮法文章最高水準的翰林院無疑是爭鬥的風暴眼。嘉靖帝詔張璁、桂萼等幾位在辯論中站自己一隊的文官為翰林學士，楊慎率 36 員翰林官堅決抵制，張璁等人奉詔後不敢到翰林院上班。明代翰林官號稱「儲相」，是菁英中的菁英，任職資格最為嚴格，必須由進士中的三鼎甲、庶吉士擔任，像張璁這些普通進士都是沒資格的。這個清流的核心精華要素，文官們是絕對不會允許皇帝安插私人的。

七月，爭鬥高潮達到頂峰。嘉靖帝在張璁、桂萼等人的策劃下，正式宣布尊生父興獻王（朱祐杬）為皇考，弘治帝（朱佑樘）為皇伯考。大批朝臣彙集到金水橋南伏闕慟哭，嘉靖帝大怒，將吏部稽勳員外郎（從五品副司長）馬理等 143 人逮入錦衣衛獄，審理後罰以廷杖，16 人被當廷打死！不過這並沒有嚇退正直的文官，反而激起了他們心中「文死諫，武死戰」的無邊正義感。此前，曾牽頭議定由興王朱厚熜（即嘉靖帝）入繼大統的首相楊廷和已經被辭職，現在繼任的兩任首相蔣冕、毛紀又相繼辭職抗議。滄海橫流方顯英雄本色！此刻，從六品史官楊慎挺身而出，率領中低階文官繼續抗爭。

他們爭鬥的方式是什麼？開會廢黜嘉靖帝，還是調外鎮軍入京？都不是，而是由楊慎召集在京的正德六年（西元 1511 年）辛未科進士二百四十餘人，再赴闕前力辯。這些人大部分是翰林、主事、御史、給事中等六七品官，其實走到路上難免有人害怕，畢竟宋明五百年來都號稱不以言論殺士大夫，這次突然當廷打死 16 人，一下超出了很多人的心理承受能力。見有些同學面露懼色，楊慎丟擲了整個明朝歷史上最豪邁的一句鐵血宣言：「國家養士一百五十年，仗節死義，正在今日！」同學們聽了不再畏懼，隨他到左順門大哭抗議。嘉靖帝更怒，將他們全部逮入詔獄，罰以廷杖，楊慎被打得「死而復甦」。誰知十天後，剛能起床的楊慎第一件事便是又約同學繼續抗辯，翰林檢討王元正，給事中劉濟、安盤、張漢卿、張原，監察御史王時柯響應。嘉靖小兒又是一頓杖責，把七君子打得血肉模糊，然後楊慎、王元正、劉濟貶官，其餘四人削籍為民。楊慎被貶到雲南永昌衛（今雲南保山），終生再未起復。

不過楊慎到了蠻荒，倒也沒有怨天尤人，而是竭誠奉獻，為土著百姓的開化作出了重大貢獻，至今雲南還流傳著很多楊慎開發雲南的逸聞。楊慎才華橫溢，高中狀元，卻不能將一身才華奉獻給國家社稷，只能屈才於邊陲蠻荒。是不是有點像羊力大仙，身負五雷真法，卻不能天庭為官，只能在車遲小國求個風調雨順，保一方百姓平安？楊慎和同學們這種挺身而出，為道義百折不回，死而復甦地用血肉之軀抗擊野蠻鎮壓的行為，是不是更像三位道長前仆後繼用生命回答挑釁的行為？

楊繼盛則是大奸臣嚴嵩當權時期，嚴黨虐殺的一位忠臣。嘉靖二十九年（西元 1550 年），兵部車駕員外郎楊繼盛上疏彈劾大同總兵仇鸞勾結蒙古，與俺答汗互相走私策略物資，甚至殺良冒功。結果仇鸞的乾爹首相嚴嵩壓下彈章，反而給仇鸞升官。事後嚴黨打擊報復楊繼盛，藉故將其貶為狄道（今甘肅臨洮縣）典史（無品級）。楊繼盛和二十年前楊慎一樣，在蕃漢雜居的邊陲大力興辦學校，疏濬河道，開闢種植園、煤礦，還讓妻子張貞傳授紡織技術，深受各族人民愛戴，稱他為「楊父」。這不是又一位羊力大仙嗎？

一年後，仇鸞和嚴嵩、陸炳翻臉，被鬥倒，楊繼盛很快復為兵部武選員外郎。回到朝廷，楊繼盛第一件事就是直指比仇鸞罪惡更甚的嚴嵩，但他的方式不是彈劾嚴嵩本人，而是上疏切責嘉靖帝誤用奸相，行諸多罪孽，用詞極其尖銳。嘉靖帝大怒，嚴黨趁機策劃，抓住奏疏的用語不當，反誣他假傳親王令旨，將其陷入詔獄。

初入詔獄楊繼盛就被痛打一百杖，有人送了他一副蛇膽，連獄卒都送他一壺酒，說用酒蚺服蛇膽可以鎮痛。楊繼盛滿不在乎地拒絕了：「我楊繼盛自有膽，何需蚺蛇膽？」一百杖顯然會把他打暈過去，半夜獄卒卻聽到一陣令人毛骨悚然的聲音，點燈一看，嚇得渾身亂顫！楊繼盛在蠻荒自學了一些外科手術，半夜醒來，正在自行處理傷口。他敲碎瓷碗，用碎片割腐肉。有些部位腐肉割盡，但壞死的筋仍掛在骨膜上，他用手一把扯去，再用碎片將感染的骨膜也刮乾淨。悉悉索索的刮骨聲從比死亡還要寂靜的詔獄深處陣陣傳出，連見慣了殘忍場面的獄卒都不由得膽顫欲墜。這不是《三國演義》華佗為關公刮骨療毒的神話橋段，分明是《西遊記》車遲國三位大仙為名譽正義砍頭剖腹的殘忍畫面！

楊繼盛堅不認罪，被羈押在獄三年，最終嚴黨巧用法律漏洞，成功判處他死刑。面對死亡，楊繼盛沒有絲毫恐懼，只作詩一首：

浩氣還太虛，丹心照千古。

生前未了事，留與後人補。

天王自聖明，製作高千古。

生平未報恩，留作忠魂補。

楊繼盛的犧牲不是毫無意義的，士人對嚴黨弄權早有公憤，只是蓄而不發，楊繼盛的死成為導火線，長期恭謹侍奉嚴黨的次相徐階判斷時機已到，終於著手組織推翻嚴黨，很快絕殺奸黨，甚至取了嚴世蕃小命。楊繼盛可以說是用生命點燃了開向嚴黨的第一炮。

是的，中國傳統文人沒有孫悟空那樣通天徹地的神通，甚至沒有陸炳、仇鸞、嚴世蕃那樣的百般狡計。當野蠻降臨，他們根本不作他想，就只會一招：用生命點燃光明。不動粗，不用詐，只將飛蛾撲烈火，笑看碧血染青天。生死尚不足道，勝負於我何加焉？他們只信仰，正義必能讓人心觸動，高尚終將被歷史銘記。

可能有人不理解這種情懷，甚至加以嘲笑。我說不要笑，您真以為您的嘲諷功力比這些人強？看過楊慎的師弟李春芳寫的諷刺小說《西遊記》嗎？

19.7　李春芳的泣血祭文

三位道長明知和尚的法力神通遠高於他們，仍毅然選擇了抗爭到底，九死不悔。其實提出砍頭、剖腹、下油鍋的還真不是和尚，而是他們自己。這分明是傳統文人在強權面前節節敗退，能力不足以挽留逝去的名譽，最終只好慨然赴死的慘烈一幕。

孫悟空一陣胡鬧，道士們覺得完全是和尚理虧，他們牢牢占據道義制高點，但也沒有得理不饒人，而是同意跟和尚比賽求雨的業務，不料輸給和尚，國王就蓋了印，放和尚走。虎力大仙卻說：「陛下，我等至此匡扶社稷，保國安民，苦歷二十年來，今日這和尚弄法力，抓了功去，敗了我們聲名，陛下以一場之雨，就恕殺人之罪，可不輕了我等也？」

沒錯，這既破壞法治，又敗人聲名。現在國王受和尚神通恫嚇，只想趕快送走息事寧人。但真的儒士，最是不能息事寧人。

重名節，輕生死，為爭個是非曲直，絲毫不畏比自己強大得多的對手，不惜前仆後繼地獻出生命，這就是中國文人的崇高價值追求。在幾千年儒家社會的傳統審美觀看來，這是正義，是高尚，是美德。但客觀地說，這在自己看來是美德，在對方看來卻是破綻。三個道士已經氣血上湧，但始終不跟和尚動粗，堅持公平比賽。如果倒轉過來，孫悟空只怕早就掣出如意棒，打將過去了，還比什麼賽？但他們絕不這樣做，即便明知對方作弊，導致自己處於嚴重劣勢，他們仍然堅持用規則捍衛名譽。

這種價值觀可能很多人理解不了，但卻是中華民族萬世相承的精神支柱。

在是非曲面對前，奸臣常曲意逢迎，避免衝突。而剛者易折，直臣卻每每在細節處堅持大是大非，最易激怒權貴。如果奸臣再趁機激化矛盾，往往就是一擊斃命的機會！「大禮議」的爭鬥正是典型。在某些人看來，這無非是個給死人過家家的遊戲，沒必要跟皇帝較真。但在身負傳統儒士風骨的文官看來卻是大是大非，堅決要跟嘉靖帝硬碰硬。一些奸臣趁機激化矛盾，以此向皇帝表明堅決選邊站的政治態度，從而邀寵。他們的寵幸，踩著無數同僚的血肉屍骸，飽含著多少剛直文人的辛酸血淚。

其實要救他們的性命本不難，隨便哪個大神說明一下這是玉帝欽差的取經團（就別說什麼唐太宗了），佛祖正在西路上眼巴巴盼著呢。我相信三個小道士就會冷靜下來，至少不會瘋狂地拿命來賭。但是哪位大神出手了？沒有。沒有任何人來點破。他們成了整本書唯一一夥連取經團的真實身分都不知道，就送了命的「妖怪」。他們用生命捍衛的三清道祖在哪裡？道家遍布三界的派駐官員全都在哪裡？這些大神一會兒變夜遊神，一會兒變井龍王，願意點化烏雞國王，願意幫助朱紫國王的金聖宮娘娘，甚至願意救下牛魔王這樣的妖魔家族，偏偏在最正直的同僚為保全道家名節而赴湯蹈火時，眼睜睜地看著他們被碾得粉碎。

反倒是作為凡人的車遲國王，在賭鬥持續更新時他已看出端倪，不斷勸道士們算了，放和尚過去吧！但一則道士堅決送死，二則懾於和尚的威勢，他一介凡人又有何能制止這樣的暴行？三位國師慘死後，車遲國王「倚著龍床，淚如泉湧，只哭到天晚不住。」孫悟空罵他被妖怪迷惑多年，是昏君。但事實顯然是國王很清楚，這二十三年來保佑他車遲國風調雨順的仙長已經死了，而且死得很慘。雖然他不知道這個佛教取經團具體有什麼天上地下的背景，但他知道佛教的統治方式，他大約已經耳聞靈感大王祈雨的代價是要吃你的童男童女了吧。

凡人的訴求其實很樸素，就像三位大仙這樣給我們求求雨，別像觀音那樣吃我們的兒女，我們就會奉為國師頂禮膜拜。人民的眼睛是雪亮的，凡人並非不辯忠奸貪廉，只是在派系政治爭鬥面前，翹首以盼的人民總是無奈地被摔來擺去。這時，儒家士子更要明白自己肩上的重擔。

這便是古聖先賢常教育我們的，捨生取義。

但我們舍了生，取到義沒有？三個道士便舍了生，結果呢？行凶的取經團成仙成佛，他們卻被定性為妖怪。明代文官無不深受于謙的詩句激勵：

千錘萬鑿出深山，烈火焚燒若等閒。

粉身碎骨全不怕，要留清白在人間。

儒家視名節重於性命，於少保雖蒙冤慘死，好歹能與嶽少保一道魂歸西湖，流芳百世。但這三位剛直的儒士卻真的受盡了千錘萬鑿、烈火焚燒，最終卻舍了命，又壞了名，連留得清白在人間的基本價值追求都只得相反結局。官場爭鬥，真的不只是一命生死那麼簡單。

李春芳無比清楚政治的這一面，但他沒有力量改變，他甚至連說出來的勇氣都沒有，他只能在一部神魔小說中默默地獻上這篇看似妙趣橫生的祭文，偷泣著祭奠那些微笑著站到他身前，冒鏃頂矢的鐵血同僚。

20　青牛金剛圈——太上老君要如來大出血

太上老君的坐騎青牛化身獨角兕大王，手持全書最頂級的法寶——金剛鐲，孫悟空找遍滿天神佛都無人能敵，但結局異常倉促，太上老君一來，青牛二話不說就投降。很多人批評這一篇虎頭蛇尾，甚至沒能自圓其說，其實這其中大有玄機。取經工程損道益佛，如來不出點血，太上老君怎能放行？

20.1　小偷的圈子

取經團坐著老鱉，過了通天河，來到金【山兜】山，四下無人，於是孫悟空啟用長途飛行化齋模式。由於用時較長，怕沒坐性的唐僧亂走惹禍，孫悟空在地上畫了一個圈子，叮囑師父、師弟千萬不能走出圈子，然後飛行千里去化齋。

由於言語不合，施主不願施齋，孫悟空就用隱身法去偷了人家的飯來。另一頭，師父、師弟也在行偷盜之事。這幾個果然沒坐性，跨出孫悟空的圈子，來到一座荒蕪的閣樓，看人家的衣服不錯，便拿來穿，遂著了妖魔的道，被獨角兕大王捉拿。原來這是大王釣魚執法的陷阱，不過他們確實存在犯罪事實，他也抓得有理有據，之後又進入孫悟空救師父(和師弟)的模式。

這裡作者描述了一個小偷的圈子話題。圈子這詞有兩層含義：一個是指圓圈圈，一個是指人際交往的範疇。比如道教有道教的圈子，佛教有佛教的圈子。佛教的大圈子裡，還可以分如來、彌勒、觀音、文殊、普賢、燃燈等很多小圈子。小圈子裡面還可以再分更小的圈子，有些圈子又相互交融，環環相扣，錯綜複雜。

取經團在車遲國明確選邊站，可以算打入了佛教這個圈子，但他們的做法卻是與原來的道教圈子決裂，而且行徑歹毒，所以要先在佛教圈子裡避避風頭，隨便出去就容易遭打擊報復。這不，一出圈子就被道教大老派的人給抓了，還栽了個偷盜這麼齷齪的罪名。而道教打擊報復出圈者的方式也很講究 —— 金剛鐲，是一個白森森的圈子。

孫悟空偷飯，師父、師弟偷衣服，後來打起來孫悟空還去偷人家獨角兕的金剛鐲，並把眾神被沒收的兵器全偷回來。連助陣的雷公都笑道：「若要行偷禮，除大聖再無能者，想當年大鬧天宮時，偷御酒，偷蟠桃，偷龍肝、鳳髓及老君之丹，那是何等手段！今日正該拿此處用也。」最有意思的是故事結束，取經團脫離魔掌，最初孫悟空偷來的飯居然還在，也沒餿，師徒幾個熱一熱繼續吃。我自己靠本事偷來的飯，憑什麼不吃？

李春芳是一個文官、私臣兩個圈子都混得不錯的跨界好朋友，但這有很大的機緣，一般人沒這本事。那在他內心的價值取向中，這兩個圈子有無好歹之分？其實人家表達得還是比較清楚，孫悟空偷飯時說了一句：「道化賢良釋化愚」，意思是道家開化賢良，佛教逗弄愚氓，高下立判。只是我沒辦法，這邊圈子能幫我升官，也得混著。

20.2 滿天神佛奈何不了金剛鐲

獨角兕以偷衣服為由抓了唐僧、八戒、沙僧，也不說要吃，也不說要放，好整以暇地等孫悟空來救。他的武藝和孫悟空相當，使一柄點鋼槍與金箍棒戰成平手。就是那圈兒太厲害，管你什麼法寶，一律收進來，金箍棒自然不例外。戰場繳械，這是完敗。但大王素養極高，繳了械就饒命，絕不追殺。

這個圈兒實為太上老君的至寶金剛鐲，能套百般物事。有不少人討論，同為套物，金剛鐲和鎮元子的袖裡乾坤、黃眉老怪的人種袋哪個厲害。其實書中說得很明，金剛鐲是三界第一法寶，遠超任何寶貝。袖裡乾坤只是個招式，不是法寶，不應在此比較。人種袋雖然也是什麼都能收，但金剛鐲並不是只有套物這一個功能，老君和獨角兕都說了，戴著它水火不侵。後來孫悟空趁獨角兕睡著，請火德星君和黃河水伯放火放水去攻，果然都被金剛鐲的法力輕鬆擋下。所以如果一人持金剛鐲與鎮元子或人種袋對敵，袖裡乾坤和人種袋都是收不了這人的，而金剛鐲可以輕鬆將人種袋收過來，對鎮元子本體也有一百萬種攻擊方式，只是這一篇沒詳寫而已。

孫悟空被獨角兕繳械後，傷心得「撲梭梭兩眼滴淚」，然後放出了他的最大絕招 —— 搬救兵。他先去天庭查驗這妖魔是否天神下凡，玉帝異常熱情，雖未查明妖魔來歷，但主動提出可讓他點幾員天將下界降魔，任選。

第一輪孫悟空點了老熟人托塔李天王、哪吒三太子，玉帝准奏。臨行前孫悟空突然提出還要兩位雷公助陣，依然准奏，詔鄧化、張蕃兩位雷公隨行。這兩位便是車遲國祈雨時出過場的雷公，孫悟空臨時點他們的將，可能是因為兩位在祈雨比賽中站了孫悟空一邊，害死了虎力大仙，已為道家不容，孫悟空很負責地表示帶他們進新的圈子。

哪吒先與獨角兕單挑，變作三頭六臂，持砍妖劍、斬妖刀、縛妖索、降魔杵、繡球、火輪兒六般兵器來打妖魔。這六般神器還變化成千萬種，換一般人身上還沒挨劍，眼睛先眩暈了。但獨角兕才不管你多少神器，只一個圈兒套進來收工。雷公見哪吒不利，居然在空中暗笑，說幸好沒按李天王的戰術放雷，不然雷神之錘都被套了去，回去交不了差。軍人不按計畫作戰，故意逗撓，見友軍失利還幸災樂禍，宰相看在眼裡何等揪心！

李天王又出主意，說水火無情，圈子善套兵器，套不得水火。孫悟空覺得有理，又依次去請火德星君、水德星君。結果火德星君的火具、水德星君派來黃河水伯的水盂通通被沒收。孫悟空一度將兵器全部偷出來，大家發狠圍攻，但依然是圈兒一亮，通通繳械，偷都白偷了。

獨角兕顯然是整個取經路上戰鬥力最強的一個妖魔（含法寶），搬什麼救兵，借什麼法寶都遠遠不是對手，但似乎也是最好說話的一位。他只繳械，不殺人。從軍事角度講，繳械是比殺敵更難的一個動作。因為戰士都很珍視與自己生死相依的兵器，刀在人在，刀亡人亡。很多戰士戰至最後一刻，身首異處，唯刀不離手。像獨角兕大王這樣大大繳械，繳完立即得勝回朝，不傷人毫毛的做法其實也很不尊重對手——把您當小雞玩呢！甚至孫悟空沒了棒子，他居然也放開鋼槍，跟猴子來了一段拳腳對練。這表面上看符合武打槍戰片的招數——主角必有一場戲要丟了武器，跟敵方大 boss 比拚拳腳，最終悟到無棒勝有棒的境界，驚險獲勝。不過這才五十二回，獨角兕可不是什麼大 boss，關鍵孫悟空最終也沒打贏他，所以兕大王純粹是逗你們這些弱雞耍耍而已。

沒辦法，他在這裡的目的本也不是傷人。但總之要過他這一關，靠所謂實力是沒指望了。

20.3 請如來自己暗示主角

官場上很多事，走對公途徑不通，那就只能試試私人關係，尤其是找他老闆最管用。好比您去投個標，具體負責的某內官監監工說您這可研寫得爛，不放過。雖然眾所周知他頭上有太監、少監可以命令他，但人家憑什麼給您開後門？但如果您得知這位監工跟誰私交甚篤，請他在飯桌上說一說，說不定就通了。如果找到他老闆效果最佳，但偏偏一個人的「背景」是最大的祕密，因為千百年來傳統價值觀是「學而優則仕」，一個人能身居高位自然是靠人品才華，而非私人關係。所以一個人就算靠私人關係獲得晉升，那也不能說出來，此事就成了最大的祕密。如果在官場上，有人願意點化，告訴您某人的老闆是誰，那真是幫了天大的忙，比為您直接上陣拚殺都管用。

連敗數陣後，孫悟空找到了如來。如來派十八羅漢取他的至寶十八粒「金丹砂」去降魔。這金丹砂倒也有幾分厲害，化作漫天風砂，一度將獨角兕陷入深不見底的砂層。但不出意料的是，圈子一亮出來，金丹砂又成了兕大王的戰利品。

好了，肥皂劇不能再演了。降龍、伏虎二位羅漢站出來說，其實我們臨走時佛祖已經交代，金丹砂再被收，就去找太上老君。孫悟空得了此話，徑闖兜率宮門衛，又與老君撞個滿懷。而且孫悟空不直說遇到了獨角兕，而是闖入宮中到處搜看，發現老君的坐騎獨角青牛已經偷了金剛鐲下凡。這下老君當然跟著悟空下凡去降魔，過程簡單得令人髮指：獨角兕將圈兒拋起來，老君一把接住，收工。

這麼虎頭蛇尾似乎描述了這降魔是個量子通訊計算過程——本來妖魔變化多端，讓您不知所措（機率疊加不確定態），只要妖魔的老闆一被觀察到，未知的妖魔立即顯出原形（坍縮為確定態）。然而孫悟空找遍救兵，甚至天庭都查不出這妖魔是誰的坐騎所化，最終還是如來點破。畢竟這取經是佛祖的事，他再不開口，經取不下去了。但真的只有佛祖才知妖魔底細？那當然，不然那些神仙場場被繳械，這麼忍氣吞聲都不戳破？開個玩笑，其實獨角兕從一開始就根本沒有掩飾過身分。

妖魔化為人形不是難事，保留動物原形特徵的恰恰是在暗示來歷。

當年太上老君解化老子之名，騎青牛過函谷關，連凡間都人盡皆知，而且這隻青牛特徵還很明顯——缺了一支角，也就是所謂「獨角兕」（其實兕不是牛，而是《山海經》中的上古靈獸，本來就只有一隻角，但《西遊記》誤解成缺了一隻角的青牛）。獨角兕大王顯露這麼明顯的特徵，是生怕別人認不出他。其實一開始孫悟空就說漏過嘴。兩人首場對陣，「他兩個戰經三十合，不分勝負。那魔王見孫悟空棍法齊整，一往一來，全無些破綻，喜得他連聲喝采道：『好猴兒！好猴兒！真個是那鬧天官的本事！』這大聖也愛他槍法不亂，右遮左擋，甚有解數，也叫道：『好妖精！好妖精！果然是一個偷丹的魔頭！』」

「鬧天官」當然是指大鬧天宮的齊天大聖。「偷丹」？眾所周知，兜率宮就是偷丹的總基地呀！兩位棋逢對手，將遇良才，一高興沒忍住把對方身分說破了。那為什麼後來孫悟空又假裝不識妖魔，眾神也絕口不提，甚至玉帝裝模作樣查了半天，也不說破？其實如來解釋了原因：「那怪物我雖知之，但不可與你說。你這猴兒口敞，一傳道是我說他，他就不與你鬥，定要嚷上靈山，反遺禍於我也。」是啊！佛祖是玉帝最親暱的奴婢，青牛老司機也算是太上老君最親密的僕役，皇上的司禮監掌印太監也不能隨意開罪宰相的司機吧！那既然如來都不開罪，李天王這幫人又有誰會多嘴呢？

但這經畢竟是要取的，如來又施巧計，在派十八羅漢持金丹砂去降魔時，特意留降龍、伏虎二位走在後面交代。當時孫悟空就發現只有十六羅漢，鬧將起來，降龍、伏虎才趕上來告訴他是佛祖特意交代，但現在不能說破，若金丹砂再降不了魔才說。這樣一來，就顯得佛祖並非孫悟空一來，就立刻戳穿，相對緩和一些。

所以過這一關的關鍵不在於法寶、神通，也不在於孫悟空盡心打探出妖魔的「背景」——因為根本無需打探，大家一看他那支缺角早就心知肚明，關鍵在於誰來說破。孫悟空早就不是當年那個愣頭青，繞了一大圈，敗了無數陣，甚至一度被打哭，就是不說！這就是混官場的EQ。這西天取經是您佛祖的專案，我們這些小蝦米才不會幫您背這麼大黑鍋，還是您自己說出來，該得罪青牛得罪青牛，該得罪老君得罪老君吧！

20.4　太上老君才是竊國大盜

如來說破青牛是太上老君放的路障，是不是把老君得罪得很慘？按理說是，那他就得付出相應代價，既是補償老君，也是對老君放行取經團的感謝。既然又是補償又是感謝，得有點真材實料。其實，奧祕就在他這個所謂「金丹砂」裡。

眾所周知，太上老君是宇宙第一煉丹術士，他的主業就是煉製金丹。「金丹砂」是個什麼？不就是煉製金丹的原料嗎？您拿金丹砂去打煉丹術士的司機，怎麼不拿肉包子打狗的飯盆呢？篇末，獨角兕回兜率宮，眾神入其洞府取回各自兵器，但沒有專門交代十八羅漢有沒有把十八粒金丹砂取回。很多分析者認為沒有，如來就此送給老君了，是一種巧妙的行賄手段。其實取沒取那十八粒反而不重要，因為就算取了肯定也是十八粒空殼，裡面的砂已經給青牛帶回去了。就好比我給您十八張銀行卡，辦完事再把卡還給我。不少人更直接地指出，這金丹砂還不是什麼砂，就是錢！

我認為作者確實也帶了此意，十八羅漢下砂時用了一首詩：

世界朦朧山頂暗，長空迷沒太陽遮。

不比囂塵隨駿馬，難言輕軟襯香車。

此砂本是無情物，蓋地遮天把怪拿。

只為妖魔侵正道，阿羅奉法逞豪華。

手中就有明珠現，等時颳得眼生花。

「無情物」、「逞豪華」、「明珠現」，這些都是說錢的黑話，關鍵一拿出來就讓人「眼生花」，這不是錢是什麼呀？說穿了佛祖是赤裸裸地花錢過關。其實這個問題無需糾結，送丹砂和送錢沒有本質區別，只是說錢更俗一點，何況作者本來就是想揭露這幫人庸俗的一面。不過說起來還真不是佛祖主動行賄，而是老君索賄。

獨角兕大王套完大家的兵器，居然和孫悟空來了一段拳腳對練，其實是在耍猴，眾神圍著看了還鼓掌喝采。我說你們懂不懂看猴戲的規矩？鼓了掌就要給錢哪！兕大王這不已經舉著圈兒在向大家吆喝：「有錢的捧個錢場，沒錢的捧個人場」了嗎？在下這裡叫「金【山兜】山金【山兜】洞」，金兜啊！夠各位大人裝的哩！所以獨角兕大王既不吃唐僧，也不傷害任何一位陣上之敵半根毫毛，每次套完兵器就停手，還耍猴戲給你們看。這哪裡是什麼教養好，根本就是吆喝著您給錢哪！那，佛祖，我們給您出差這麼辛苦，出差費都還沒報，不可能再給您墊這麼多錢，我還是到靈山來找您自己給吧。

獨角兕這一難，堪稱道教集團發力最狠的一關，連金剛鐲這樣的至寶都用出來了。其緣起很清楚，必是車遲國一篇，取經團摧毀了道教在一國的統治，並且很不禮貌地讓道士吃屎喝尿。這仇必須得報！你們不是正搞取經嗎，我們就設這麼一卡，要你們好看！李老君，這一關就拜託您啦！

道友請放心，貧道已經派出最親信的司機獨角青牛下凡設卡，還帶了我的至寶金剛鐲，管教禿驢哭爹喊娘！

眾道友無不為老君的無上仙法喝采，並暗自慶幸自己加入的這個集團有這樣的好上司，對仕途前程更添一份信心。

然後呢？然後他就這樣當著滿天神佛的面索賄成功了。

《西遊記》中索賄本不罕見，如來派文殊去辦理烏雞國王成佛事宜，文殊便先行索賄，不成後狠毒報復國王。取經團到了靈山，阿儺、迦葉二位尊者也向取經團討要「人事」才肯傳經，還嫌「人事」少了，剋扣了經文數量。乍一看作者在抹黑佛教，這多醜陋的腐敗行徑啊！那當然，作者自己是文官，他當然抹黑太監囉。但禿驢索要點小花差算個屁呀！牛鼻子那圈兒一套就收了漫天的金丹砂，您數得清嗎！

往深處講，私臣集團雖然貪婪，但掌握的公權力畢竟很少，危害有限。文官口含天憲，自居正義，攬盡天下大權。像太上老君這樣公然放行取經團，任憑玉帝割讓道教利益給佛教，本質上是將公權力切到私臣集團的盤子裡，然後任由他們啃噬，目的只是為了私人撈一筆。這種腐敗，比太監、宮妃收紅包辦點後宮瑣事根本不在一個量級。這一篇講了半天的偷，和尚全是小偷，但偷點米飯、衣服，又哪裡比得上太上老君這個竊國大盜啊！

太上老君顯然暗喻了明代宰相這個群體。宰相是權力的塔尖，當這個角色開始出現腐化，無疑標誌著一個政權已經開始墮落。更令李春芳揪心的是，明朝「學而優則仕」的機制最為完善，到李春芳的時代，宰相已無一例外是三鼎甲、庶吉士出身。但這些讀書人的頂尖精華要素卻也有人鑽到錢眼裡，大肆貪汙受賄，說嚴重點就是斯文掃地，這對於一個以文化傳承的民族而言意味著什麼？亡國亡天下的瑟瑟金風似正輕吟著佛號拂過李春芳的面頰。

「生當宰相，死諡文正」曾是傳統文官的最高價值追求，但每當一個政權腐化，官員追求當宰相的直接動機就從建功立業變異為追求權力撈私利了，由於宰相手中的權力巨大，他們一旦貪起來可就不是小數，嘉靖朝可以說正是一個宰相貪腐開始擺上桌面的腐化時代。

張璁雖被定性為奸臣，但其實頗為清廉。夏言是鬥倒了張璁的大忠臣，反倒有一點微腐敗，不過這個小小的黑色幽默只是大貪腐時代的墊場表演。嚴嵩可謂既貪且奸，他兒子嚴世蕃更是登峰造極。裕王朱載垕（嘉靖帝第三子，即後來的隆慶帝）連續三年沒有領到俸祿，最後湊了一千五百兩銀子給嚴世蕃，嚴世蕃才通知嚴嵩傳令戶部補發歲祿，還得意地說：「連皇帝的兒子都要給我送錢，你們誰還想不送錢就辦成事？」這種索賄的層次比後宮那幫不男不女的不知道高到哪裡去了。

最終，嚴嵩被徐階妙計扳倒，嚴世蕃被斬首。抄沒嚴世蕃家時，抄到黃金三萬餘兩、白銀二百萬餘兩、玉器八百七十五件、字畫三千二百軸、錦緞四萬匹，其他珍寶服玩如象牙、犀角、玳瑁、瑪瑙價值又數百萬，僅金銀就相當於好幾年的國庫收入。後來錦衣衛又從嚴世蕃在京師和老家的地下掘出十餘個各深一丈（約 3.3 公尺）的窖藏，存滿白銀。這些窖銀最初連嚴嵩見了都嚇了一跳，喃喃道：「多積者必厚亡，奇禍！奇禍！」錦衣衛調十艘大船來運，居然還顯得很吃力！

不過嚴嵩真正最令傳統文人難過的還不是貪腐，而是他以宰相之尊投身在後宮私苑充作帝王的私奴。小說中太上老君很少在第九重天的靈霄殿上朝，更多時間卻在三十三天的兜率宮煉丹，有人分析說這是太上老君在道教中地位比玉帝高的證據，您看三十三天比九重天高多啦！其實兜率宮（梵文：तुषित，轉寫：Tuṣita）並非道教概念，恰是佛經中佛祖轉世為人之前在兜率天的住所，現在住著正在準備轉世的未來佛——彌勒。佛教概念顯然暗喻了玉帝的私宅，也就是嘉靖帝所建龐大西苑的最深處。玉帝只是在第九重天的靈霄殿上朝，並不是住在這裡，他恰恰才是住在三十三天最高的離恨天。而太上老君並非住在最高的離恨天，他才是在玉帝家裡工作——也就是所謂的私奴。這正諷喻了嘉靖帝極少在正殿（靈霄殿）勤政，只愛在西苑深處（三十三天）煉丹修道。嚴嵩身為宰輔，不但不規勸，反而也投身在西苑丹房（兜率宮）陪著他煉丹，可恥啊！

徐階雖因扳倒嚴嵩，被歷史定性為良臣，然而尷尬的是，徐階的貪腐數額比嚴嵩要大。紅孩兒一篇我們已經講過徐階在松江欺行霸市的醜態，徐家僅被海瑞查處的非法田產就有 24 萬畝，是嚴嵩的十幾倍。

不過嚴嵩、徐階加起來又都不及張居正的零頭。張居正入閣不久，就收了剛退休的徐階三萬兩重賄，請他罩著徐家在松江大肆開撈。張居正自己也要送禮，主要是李太后和馮保。馮保是個太監，最愛金珠美玉，後經查實張居正送給他的就有黃金三萬兩、白銀二十萬兩、夜明珠九顆、珍珠簾五副。但馮保還不是普通的太監，而是太監中的藝術家，張居正常為其蒐羅名貴的琴、筆、扇，當然還少不了名家字畫，甚至搞到了傳世丹青第一名畫《清明上河圖》！給馮保的賄賂中，藝術品這一個板塊就更難估價了。至於給李太后的賄賂，由於她最終沒有倒臺，所以詳情不知，但猜想比馮保只多不少。

張居正表露了他想在老家江陵（今湖北荊州）擁有一座巨宅的心願，很快有人響應。江陵地方官請張居正私人出錢營造一座府第，資金不足部分由地方政府補助。張居正說怎麼好意思讓你們花那麼多錢，而且我規劃的這座大宅耗資十萬兩，江陵財政根本無法負擔嘛，還是我多出點吧，我派錦衣衛來幫忙，算我出的錢。所謂幫忙就是指幫你們把賦稅收上來，好投到工程中，張閣老的家鄉一時「鄉郡之膏盡矣」。見江陵縣如此賣力，其他官員豈甘落後，湖北布政使、巡撫、巡按御史紛紛規劃給張居正建宅。張居正說房子太多我住哪裡？不如按我「一條鞭法」的精神，折現吧。不是開玩笑，真的是折現，官員們沒有修，把建房成本折成現銀送給了張居正。

張居正倒臺後，錦衣衛僅在江陵大宅就抄出黃金萬兩、白銀十餘萬兩。不要嫌少，因為重點不在江陵，而在北京，尤其是他幾個兒子家。而且張居正似乎對貴金屬興趣小點，他更喜歡占地，真不愧是地主！張居正為相十六年，兼併了良田八百萬畝，是嚴嵩的幾百倍，而且這還只是他本人名下的，幾個兒子的還沒算。

當然，這三位都是東窗事發，其鉅額貪腐才大白於天下，相信某些人只是沒有被揭露而已。明末宰相被發現是鉅貪漸成常態，離王朝的覆滅也就不遠了。什麼？您還要問，太上老君這個大貪官到底是嚴嵩、徐階還是張居正？對不起，我趕時間，你們三清 —— 好像說反了 —— 你們三貪一起上吧，我李某一併罵了。

21　女兒國——後宮那點荒淫事

既然講內宮私臣，怎麼少得了女官？畢竟後宮是以女人為主，不男不女的為輔。這麼多女人也不能讓萬貴妃唱獨角戲，懂規矩的取經人應該主動來拜會。

女兒國一篇在《西遊記》中可謂獨樹一幟，神魔打鬥的主線上突然出現這樣一段充滿愛意的支線，一下激起許多人的浪漫溫馨情懷。據傳，電視劇不但把這段戲拍得感天動地，甚至劇組裡都衍生出一段感動人生百年的情事（但據我目前所知是謠傳）。天竺國玉兔公主雖然打鬥簡單，但李玲玉的《天竺少女》也和《女兒情》一道成為永恆的經典。其實我也是看電視劇《西遊記》長大的，真心不願擊碎這麼美好的情愫，但這一篇又確實是《西遊記》裡最汙穢的一段，李春芳寫的，我也沒辦法呀！我只是比您更善於面對現實而已。

21.1　後宮對食並非沒有政治意義

取經團過了通天河，本來河西便是西梁女國，未料遇到太上老君臨時設卡，在金【山兜】山大戰獨角兕大王，給夠了才來到聞名已久的西梁女國。

這女兒國的設定堪稱奇幻，舉國上下無一個男兒，全是女子。這就無法進行兩性繁殖，她們的辦法是喝子母河裡的水，直接懷孕。這麼重要的機關卻又不立個告示，害得唐僧和豬八戒也誤飲河水，男人懷了孕。孫悟空、沙和尚施用暴力，強搶了解陽山破兒洞如意真仙壟斷經營的落胎泉水，給兩人墮了胎，才進得城來。

此回名為《禪主吞餐懷鬼孕 黃婆運水解邪胎》，形容了煉丹過程中混入了雜質，並結為邪胎，阻斷了水（豬八戒）、火（唐僧）交融，採取從中央（黃婆，對應沙僧）灌水將其化解的方法。此非重點，不詳述，且說這四個精壯成年男子一進女兒國，便引得滿城狂潮湧動，萬千女子夾道歡迎，不但言語調戲，甚至動手動腳。也難怪，全國都是女子，不見男人，這種性壓抑是很可怕的。不過既然有國王，那當然是上司優先囉。然而這女兒國王企圖做一件違法亂紀之事，被唐僧堅定拒絕，那就是她提出和唐僧結婚。

結婚違法？那當然，在其他地方都不違法，在這裡就違法了。這個女兒國並非出於被封印、詛咒之類的原因沒男人，也不是與世隔絕。通天河一回就說了車遲國人常渡河去女兒國做生意，九頭鳥一回也說因為祭賽國有佛寶放光，女兒國要來朝貢。說明這裡只是天庭人為規定只有女人，而不是出於什麼客觀原因。那這樣的地方是哪裡？妓院？不，妓院裡的人沒這麼性飢渴，其實這就是皇帝的後宮。

後宮是嬪妃們居住的私宅，當然不能有男人混入，不然給皇上戴綠帽子甚至串了龍種麻煩就大了。除了有誥冊的正式嬪妃，還有大量奴婢服侍娘娘們。奴婢也不能是男人，以姿色稍遜的女子為主，也就是所謂宮女。其實還有一些姿色更遜的粗婦被聘來宮中做一些粗活，地位就更低了。《西遊記》中，王母娘娘顯然是最大的女神，不是太后也是皇后。黎山老母、觀音等高級女神是正式冊封的嬪妃，七仙女、披香殿侍女之流就是宮女了。至於女兒國，在凡間而不在天宮，應該就是後宮粗婦這個最底層了。

宮婦的本職工作不是上皇帝的床，但說不定哪天皇帝走在路上，瞟見哪個宮女顧盼遺光彩，抓了心魂去，那也並非不能略施雨露。比如弘治帝的生母就不是冊妃，而只是一個低階宮女，走在路上撞見成化帝，一番雲雨，遺得龍種。再如萬曆帝生母李氏最初也只是裕王府的女婢，但因生了個王子被冊為王妃。後來裕王登基，她自然當上貴妃。兒子登基，她成了太后，更因成功捏合馮保、張居正兩大男神，一度權傾天下。

但這種機率畢竟極低，正常情況下皇帝要應付三宮六院七十二妃已經很辛苦，娘娘們為了搶男人還上演那麼多宮鬥大戲，唯一男人還哪來多餘精力去採路邊的野花？有些嬪妃尚且承接不了幾次雨露，更遑論宮女了。這麼多青春靚麗的宮妃長年生活在一個沒有男人的女兒國，性苦悶可想而知。那她們解決性慾的方法是什麼呢？其中一個就是著名的「對食」。

所謂對食，不是對著吃飯，而是兩個女人結為性伴侶，實在沒男人，女人也先將就一下。這個現象在明初就非常嚴重，永樂大帝一生跨斷大漠汪洋，文治武功震古爍今，尷尬的卻是他患上了某種不可描述的功能性勃起障礙類疾病，他的後宮更充斥著女同性戀。最初永樂帝嚴厲糾察這種汙穢行為，把逮住的女同性戀畫成圖形，配上文字，編為教材，讓新招的宮女看：這多麼汙穢呀！純純的女孩你可千萬不要學！

但這種做法簡直跟在小學普及粗口歌教材讓小孩子別學一樣，反而促使同性戀更加昌盛。最可笑的是教材中使用了很多術語，比如女人的肌膚光潔白嫩，兩個女人對著磨，便稱「磨玉」、「磨鏡」、「磨豆腐」等，本意是說這種行徑很汙穢，但反而對行業造成了標準化作用。《大話西遊》便有個周氏橋段，說丈夫（吳孟達飾）進京趕考，一妻一妾在家買豆腐為生。丈夫高中狀元歸來，用京劇唱腔對著一對妻妾道：「辛苦娘子磨豆腐！辛苦娘子磨豆腐！」。

當然啦，宮女磨磨豆腐反正不會懷孕，更影響不了社會公平正義，甚至是可以理解的人性，所以永樂帝後來也沒過多追究，後世也默許了這種行為。但這並不表示此事與政治絕緣，因為除了宮女，還有很多玩政治的男人也加入了對食這個很有前途的事業。沒錯，後宮也不只皇帝一個男人，只不過某種「男人」不是很純粹，有些人不認可人家是「男人」，這就是太監。

本來皇帝說好了家務事也由宮女做，但古代家居自動化程度低，全是女人有些力氣活實在做不了，於是引進了太監這個品種。太監雖然不具備男性生理功能，但終究有副皮囊，至少可以拿來磨一磨，所以到後來一對太監、宮女結為對食漸成主流，超過了女同性戀。太監、宮女？說的是唐僧和女兒國王嗎？所以，女兒國一篇，難道是說了一個低階宮女強邀英俊的司禮監小太監與其結為對食的故事？

皇上派司禮監小太監去經廠取經，這顯然是重用的前奏，宮女們當然搶著要。但司禮太監能輕易委身嗎？這不是漂不漂亮的問題，而是唐僧堅定的政治立場保障了的。

沒錯，隨著時代的發展，純潔的對食行業也難免跟骯髒的政治扯上了關係。

皇帝喜歡引入太監參與政治，卻極少有用宮女的。因為外朝都是男人，宮女沒法出去拋頭露面，太監卻是內外行走兩便。如果太監再加入對食這個因素，相當於將一根能夠連線外朝的紐帶進一步深插入後宮這個私家宅院中[31]。漢唐外戚干政被視為蠹政，呂太后、武則天等多次女主臨朝更是國殤，宋明卻以杜絕女禍著稱。即便如此，明末也有隱約的後宮干政跡象冒頭，明光宗（朱常洛，年號泰昌）寵妃李選侍、著名的閹黨頭子魏忠賢都曾企圖參與皇位更迭，雖然都沒成功，但至少表露了一種危險的跡象。

魏忠賢本來是個很邊緣的太監，與明熹宗（朱由校，年號天啟）奶媽客氏結為對食後迎來了命運轉折，邀得天啟帝寵幸，成長為令人聞之色變的一代權閹。而且客氏早在魏忠賢進宮前已和司禮太監魏朝結為對食，魏忠賢進宮投在魏朝門下，結果搶了老闆的女人。所以說，後宮政治對食與常人政治婚姻本質無異，甚至更沒底線。

當然啦，魏忠賢是比李春芳晚半個世紀的人，但從女兒國這一回描寫看，當時已經有了這種苗頭。只是低階宮女痴心妄想搭上取經的司禮太監，孫悟空也沒必要動棒子，騙騙她們，先讓唐僧假裝同意結婚，然後送到城門口，用定身法全部定住，揚長而去即可。那為何不一開始就定住，直接過？因為根據唐太宗為取經定的規則，每過一國都要倒換關文，蓋上該國印章，才能證明你是踏踏實實走了西天路，而不是做一套虛資料來報假帳，現在就需要女兒國王幫取經團蓋這個章。

這就是想在後宮混，就必須取得各路宮人認可的基本原理。雖然後宮等級森嚴，但也不是說高等級者可以完全不考慮低等級的感受。人嘛，和為貴。何況大家也都只是皇上一個人的奴婢，皇上也不希望後院起火，家和萬事興嘛！後宮就是這樣一個奇妙的地方，明明充滿著陰謀和膿血，但又對表面的和諧美滿卻比外朝重視得多。其實這個原理也不僅在後宮，在社會的許多方面都適用，尤其是政治領域。天庭不也很和諧嗎，其實玉帝心裡恨死這幫牛鼻子老道了。師徒四人表面也一般和諧，但實質上卻如本書一樣充滿了陰險的博弈。

所以孫悟空全不動粗，寧願逼迫師父違背佛家不打誑語的戒律，也要先騙騙女王，騙得一塊紅印才能上路。不過他這種耐心細緻的做法也收到了大福報，女王仔細檢視通關文牒，發現沒有三位徒弟的名字，於是將其添上。這可以理解成低階宮女不但認可了唐僧這位師父，還認可了隨行的徒弟們。雖然這算不上什麼決定性因素，只相當於你某年年度考核評了個優，但畢竟是累積了一個口碑，多少有利於三位徒弟在大老眼中的印象。

21.2　佛祖都怕的蠍子精一嘴炮打死

不過孫悟空終究弄巧成拙，剛定住女兒國一眾凡體，準備轉身走人，卻被埋伏在路邊的蠍子精以迅雷不及掩耳之勢擄走唐僧，帶到洞裡成親去了。

蠍子精不是為了吃唐僧肉，而是為了成親。這裡作者用了不小的篇幅描寫蠍子精與唐僧調情，孫悟空變作蜜蜂在暗中看得一清二楚。蠍子精拿出葷、素兩盤饃饃請唐僧吃，唐僧問：「葷的何如？素的何如？」這也怪了，他一個和尚，自然只能吃素，還用問？蠍子精說：「葷的是人肉餡饃饃，素的是鄧沙餡饃饃。」唐僧這才說自己吃素。然後你一言、我一語，尤其有一段關於是否將饃饃劈破遞給對方的對話，有人認為這個「劈破」暗喻了「破葷」，唐僧在這裡破了葷戒，其實並非如此，這是一段非常色情的描寫。

首先，你要吃葷饃饃呢還是素饃饃呢？這個場景是不是很眼熟？《天龍八部》中馬伕人（康敏）勾引丐幫長老白世鏡時也是用一句：「你要吃甜月餅呢還是鹹月餅呢？」其實這是古典小說中蕩婦撩漢的通用橋段，總之就是你儂我儂那一套。其次，蠍子精遞給唐僧一個劈破的素饃饃，唐僧還她一個囫圇的葷饃饃，這更是一種肢體象形語言，非常淫穢，正是太監和宮女互相「表白」結為對食意願的意思，所以蠍子精才高興得笑了起來。至於後面還有幾句，均屬此例，就不一一劈破了。

暗中窺視的孫悟空「聽著兩個言語相攀，恐怕師父亂了真性，忍不住，現了本相。」才打斷了兩人關係進一步發展。其實唐僧心不心動？他當然心動，按《西遊記》的設定，他本來就是個色中餓鬼，哪裡招架得住蠍子精的性感撩撥。何況這蠍子精也不是野妖怪，而是宮廷中人，是一個可以結為對食的對象。

蠍子精戰力驚人，孫悟空、豬八戒一起上，居然都被她的「倒馬毒樁」分別刺破猴頭、豬嘴。尤其是孫悟空，自以為修練成真，銅頭鐵臂，連天庭都不能傷他分毫，現在居然被一個婦人刺破，不由得心驚肉跳。我想他驚懼的倒不是蠍子精武藝在他之上，而是回憶起曾經被斬妖臺支配的恐懼，猛省當時天庭無論如何弄不死他，無非是故意留他一條小命，真有誰動了殺機，趁機下手，他小猴子早就沒命在了。這種事情一經想通，確實後怕無窮。

那這蠍子精到底是什麼來歷？觀音說這蠍子精「前者在雷音寺聽佛談經，如來見了，不合用手推他一把，他就轉過鉤子，把如來左手中拇指上紮了一下，如來也疼難禁，即著金剛拿他，他卻在這裡。若要救得唐僧，除是別告一位方好，我也是近他不得。」

首先，她在雷音寺聽經，所以本是玉帝私臣，不是什麼野妖怪。她夾在路邊伺機擄走唐僧，並無半點妖氛逸出，不然孫悟空不可能毫無察覺。其次，如來也被她扎過，觀音也怕她。她可能是指那種後宮潑婦，連太監頭子、萬貴妃也避讓三分。那怎麼過這一關呢？這次真不用著急，孫悟空還沒說要去找救兵，觀音就主動顯形，讓孫悟空去找昴日星官（二十八宿中的昴日雞）。所以潑婦當不得，別以為如來、觀音一時怕了你，總有一天會找到機會收拾你的。

不過這後宮的事去找外朝文官？初看到此不可思議，但看到第七十三回，孫悟空又去請毗藍婆菩薩來降服百眼魔君（七個蜘蛛精的義兄蜈蚣精），便說了昴日星官是毗藍婆菩薩的兒子。原來他是這樣一個角色：父母是後宮私人，自己又考上了進士，成為清流文官。這種人史上難遇，一旦有了那可就厲害了！如來、觀音都懼你三分是吧？猴頭、豬嘴你隨便扎是吧？但我是朝廷命官，用國法治你，你還有何話可說！歷史上不乏外朝文官進諫，皇帝廢掉某位宮人的情況，宮門中也不乏援引外朝文官來幹掉後宮對手的手段。

昴日星官就在山坡上叫了兩聲，威風無敵的蠍子精立即現出本相死在坡前，被嘴炮活活地轟死了。這既說明了雞克蠍子，所以昴日雞秒殺母蠍子，更說明天外有天，人上有人。中國傳統哲學講究相生相剋，您看大鬧天宮時二十八宿圍著孫悟空搞不定，孫悟空又完全不是蠍子精對手，但昴宿殺蠍子精都不用動手，只需叫兩聲打打嘴炮。所以年輕人千萬不要太輕狂，個人都是渺小的呀！

21.3 廣寒宮裡歌舞團

既然講到女人，就跳著講一段。取經遇到的最後一個妖魔，便是在天竺國假冒公主的廣寒宮玉兔，已是全書百回第九十五回了。

取經團來到唐僧(須菩提)老家祇樹給孤園，發現這裡居然住著一個瘋了的天竺公主，被妖邪變化成自己模樣，矇蔽了爹娘，自己只好躲在這裡裝瘋，以避迫害。裝瘋來躲避政治迫害也是常見伎倆，永樂帝當燕王時頗受姪子建文帝猜忌，便裝瘋來放鬆姪子警惕。正德年間，寧王朱宸濠蓄謀造反，籠絡江南士子，不從者便打擊報復。唐伯虎為避寧王，也使出裝瘋伎倆，而且跟天竺公主一樣有誠意：「尿裡眠，屎裡臥。白日家說胡話，呆呆鄧鄧的」。

取經團進了都城，恰遇那假公主正在拋繡球招親，她也早知唐僧要來，想取他元陽，於是繡球打中，召進宮來。孫悟空弄了個「倚婚降怪」之計，讓唐僧先同意在這裡當駙馬，他們徒弟三人蓋了官印，收了聘禮(其實是嫁妝)，自顧上路去了。當然，也不是真拋下師父不管了，孫悟空又變作一個蜜蜂回來偷看，見那假公主「頭頂上微露出一點妖氛，卻也不十分凶惡。」於是現出原形，呵叱妖邪。妖邪忙取兵器與孫悟空戰了一陣，抵敵不過，直上青天，欲逃入西天門內。

妖怪被識破，又抵敵不住，第一反應當然是逃回老巢，這假公主老巢何在？在天宮，西天門內。

正常人朝覲都是走南天門，這妖怪卻直奔西天門，說明她老巢在靠西方向。《西遊記》沒有詳細說明天宮的方位布置，但我們明知此書是諷喻明朝，不妨看看明朝皇城西門進去是什麼？答案是——廣寒宮。

沒錯，明代皇城內確實有一座廣寒宮，與月宮同名。那當時這裡是誰住的呢？答案是皇家歌舞團——月裡嫦娥也是玉帝的歌舞團。

不過這裡不是傳統的紫禁城舊地，而是我們前文反覆提及，嘉靖帝為了建設私朝，在主宮殿群西側建設的西苑（示意圖見第 36 頁圖 (4)。西苑很大面積是太液池，分北、中、南三海，其中北海最大，有 70 公頃，南端有一個小島名日瓊華，位於整個西苑的中心位置。瓊華島地勢隆起，最高處建了一座廣寒宮，可以俯瞰整個西苑，用作歌舞演練。從西安門進去，抬頭便可望見廣寒宮。不過清代將北海賜給了喇嘛，廣寒宮被改建成三座藏傳佛教風格的佛塔，也就是今天北海公園裡的白塔，

這妖怪走西天門，正是急於回廣寒宮。可是御馬監的哥哥哪來這麼好得罪，皇宮禁衛是御馬監轄下，騰驤四衛聽你個妖女的還是弼馬溫的？弼馬溫遙遙一聲喊，西方護國天王率龐劉苟畢四大元帥持兵器擋住門。妖女有家不能回，只好竄回地面的山洞躲藏。孫悟空緊追不捨，一頓搗，狡兔三窟也呆不住，只好出來再戰，可惜武藝實在不及哥哥，眼見就要棒下喪命，廣寒宮領班太陰星君趕快跑來救人，原來妖怪是廣寒宮裡一個搗藥的玉兔。

這一篇正是作者給後宮舞女這個群體登場機會，取經也得問問她們，同時也是作者表達了一種人類社會發展至明的社會形態。

先秦封建時代，各種職業都是世襲，包括歌舞伎，所以宮廷舞姬也融入世家。現代一些君主制國家的理論中，宮女、舞女也是王室成員，只是在王室中地位較低。就中國而言，至遲宋代，太監、宮女都已經完全解除了與皇室的人身依附關係，只是一種勞動僱傭關係。宋、明都出現過大規模解聘宮女甚至太監的情況，相應的，宮人也有炒僱主魷魚的自由。只是太監辭了職那話兒也不會再長出來，也很難在市場上找到更好的工作，所以一般就在宮裡混一輩子罷。但宮女就不一樣了，雖然在暗無天日的後宮奉獻了最美好的青春，但畢竟是皇上戰鬥過的地方，那多榮耀啊！很多人還滿好這一口，所以宮女就算三十歲出宮，也很容易嫁個大地主，完全不必擔心當剩女，甚至都不需要找工作。

至於廣寒宮，無論歷史上還是《西遊記》，都是指專業的皇家歌舞團，這些藝伎的地位應該比普通宮女還稍微高一點點，出宮後也能嫁得更好。所以霓裳仙子（卯二姐）從搗藥工轉為嫦娥，難免要甩了豬天蓬，確實配不上了呀！事實上，這些人也不能說完全脫得開政治因素。您想，這些宮女、藝伎好歹在權力核心混了個臉熟，尤其跟某些太監成了熟人甚至對食，一旦這些太監走上了政治職位，那有些事還是可以辦的。

著名閹黨頭子劉瑾恰是從歌舞團起家，最初僅任鐘鼓司太監。鐘鼓司掌管後宮鐘鼓器樂，正是廣寒宮的管理部門，但在十二監四司八局的序列中排名第十四，相當邊緣。明代權閹絕大多數從小在司禮、御馬，最差也是御用監等強勢部門長大，劉瑾的起點極低，偏偏遇到了一個遊龍戲鳳的風流天子正德帝。劉瑾動足腦筋，用聲色犬馬的一套來滿足少年天子，邀得寵幸，最終攀上司禮監掌印太監的寶座，成為一代權閹。既然鐘鼓司出了這麼一個大妖孽，現在又建起了廣寒宮這個大基地，所以千萬別小覷了她的政治能量。

太陰星君解釋十八年前廣寒宮一位名叫素娥仙子的嫦娥打了玉兔一巴掌，被懷恨在心，素娥轉世為天竺公主，玉兔跑來尋仇。這可以想像是某位廣寒宮的舞姬辭職後回鄉嫁了個富貴之家，本來過著幸福美滿的生活，誰知廣寒宮某位有舊仇的低階工人找來尋仇。但這種做法皇室肯定是不讚賞的，一旦被御馬監西廠糾察到自然也要糾劾，不過廣寒宮領班出面，請御馬監的小兄弟看她面子算了。那，這次就算了，下不為例啊！

必須揭露的是，作者又有一段相當色情的描寫，說玉兔精「穿的，戴的，今都丟下，精著身子，與那和尚（孫悟空）在天上爭打。」全國人民在地面圍觀。你打就打，有必要剝個精光在天上跳？這是你們廣寒宮的專業角度？其實這真不是李春芳常在廣寒宮看非色情表演時意淫出來的畫面，因為我也是一個男作家，很清楚這種場面不可能憑空想像。我就從來沒看過這種表演，所以我寫不出來——至少這個筆名不寫。李春芳既然寫出來了，必是耳濡目染，方解個中滋味。古代（但不僅限於古代）色情歌舞又不是什麼新鮮玩意，您就當是深刻批判封建統治階級的荒淫無度好啦。

22　真假猴王——釋放積怨反升官

一個團隊時間長了，成員難免會產生一些小過節，但為了團結，大家又都忍著，大部分是下級忍上級，久之易成積怨。如何釋放積怨便是一門高超藝術，真假美猴王一篇，孫悟空完美展示了釋放積怨的技巧，促進了團隊和諧，自己也得到成佛這麼高的許諾。

22.1　取經團積怨大爆發

眾所周知，取經團的一大苦痛便是唐僧這個膿包當最高領導者，還異常喜歡外行指揮內行，多次亂指揮將孫悟空置於險境。不過越是這樣的上司越要用權術維護權威，經常叱責徒弟，三打白骨精時更恨逐了孫悟空一次，現在第二次又來了。

取經團離了女兒國，孫悟空捉弄上司，打馬快跑。誰知白龍馬一下收不住，放蹄狂奔二十里，把唐僧送到強盜群裡。唐師父只好扯了一大段謊，說他徒弟身上有幾兩銀子，等會兒就來。強盜們把唐僧捆起來吊樹梢，好不苦惱，說來都是猴子亂拍馬屁惹的禍！

不一會兒猴子來了，唐僧叫趕快拿錢救他，不行就把馬送了。猴子卻嘲笑：「師父不濟，天下也有和尚，似你這樣皮鬆的卻少。唐太宗差你往西天見佛，誰教你把這龍馬送人？」唐僧卻說他剛才怕捱打，已經供了你身上有幾兩銀子，猴子一聽必然更加鄙夷憎恨這個蠢上司。

之後孫悟空將兩個賊頭打死，唐僧不但不謝徒兒救命之恩，反倒急著禱告亡靈：「你到森羅殿下興詞，倒樹尋根，他姓孫，我姓陳，各居異姓。冤有頭，債有主，切莫告我取經僧人。」這次連豬八戒都看不下去了，揶揄道：「師父推了乾淨，他打時卻也沒有我們兩個。」誰知那師父真個補充：「好漢告狀，只告行者，也不干八戒、沙僧之事。」真是給人個透心涼，弄得來「孫大聖有不睦之心，八戒、沙僧亦有嫉妒之意，師徒都面是背非。」

很多團隊就是這樣被弄到解散的，難怪金蟬子九次取經都失敗，所幸這次他遇到了孫悟空 —— 倒不是說神通廣大，而是他這種捏合團隊的「EQ」。

再說那夥強盜，賊頭被打死，至夜卻巧遇在楊家借宿的取經團一行，於是陰謀趁夜取他們性命，還好孫悟空機警，反將賊人全部打死。唐僧又怪孫悟空殺戮，直唸了十幾遍《緊箍咒》，第二次驅逐了孫悟空。積怨正式爆發，團隊破裂。

小說在這裡分了兩個場景。一個是孫悟空行到半空，左思右想，無處可去，又回來求饒。唐僧再次明確要驅逐他，孫悟空無奈，只好去找觀音。觀音讓孫悟空侍立蓮臺，看唐僧馬上要遭殃。另一個是唐僧逐了孫悟空後將八戒、沙僧都遣去取水、化齋，身邊無人，卻見孫悟空又回來求饒，將其堅決逐走，又等八戒、沙僧半天不回來，口渴得難受。這時孫悟空突然又出現，捧一杯水請他喝，還說沒我你連一口水都沒得喝，更去不得西天。唐僧說渴死都不喝你的水，孫悟空終於怒氣爆棚，一棒打暈唐僧，搶走了行李。

按後來的說法，打唐僧的是一個假悟空。他不但要打唐僧，還變化出整個取經團，自己要去取經。真、假兩個悟空廝打在一起，找遍天上地下，無人能辨真假，最終還是如來點化眾生，說這是個六耳獼猴變化，孫悟空一棒打死，才圓了真假美猴王這一難。

不過我們現在要說的是，如來這種說法是站不住腳的，根本沒有什麼六耳獼猴，那只不過是孫悟空的分身，這一切都是孫悟空自導自演的一場戲，如來給他圓場而已。

22.2　假猴王無非是孫悟空分身

有種頗有意思的說法，說真假美猴王其實是如來嫌孫悟空不聽話，找了個六耳獼猴來取代。佛前被打死的才是原來的孫悟空，之後去取經的才是替換過的六耳獼猴！這真是種驚悚刺激的提法，本來我也很欣賞，只是原著確非此意。

我們姑且稱這兩隻同時出現的猴子為「真悟空」、「假悟空」。按真悟空的說法，他離了唐僧便去找觀音並一直待在她身邊，另一頭假悟空才去打了唐僧，搶走行李。八戒、沙僧化齋回來，見師父倒在地上，才知發生了凶案，沙僧又去花果山討要行李。沙僧這一趟耗時幾多？書中明言「那沙僧在半空裡，行經三晝夜，方到了東洋大海。」也就說他要三晝夜才能飛到東海邊，而花果山還在仙山、瀛洲以東，他「乘海風，踏水勢，又多時」才到得花果山，卻見假悟空正在高臺上朗誦唐太宗派唐僧取經的通關文牒。

這裡有個小細節，說假悟空「不認得是沙僧」，令小猴將其拿下，很多人說這表明了這確實是另一隻猴，並非孫悟空變化。其實不然，因為緊接著假悟空喚出一隊取經團，原來是他用猴妖變化的唐僧、八戒和沙僧，說明他是知道沙僧的，所謂「不認得是沙僧」確如沙僧所料只是「變了臉，不肯相認」。沙僧見了暴跳如雷，打死變作他的假沙僧，突圍逃走，去找專案經理觀音處理。這裡作者又細心地說明了沙僧從花果山飛往南海落迦山的耗時——「沙僧一駕雲離了東海，行經一晝夜，到了南海。」

沙僧見了侍立在觀音座下的真悟空就要打，菩薩說孫悟空來了已四日，有不在場證明。其實這個時間恰恰暗示了孫悟空的作案時間。孫悟空的飛行時間在小說中不夠清晰，似是作者刻意模糊。只是沙僧回到唐僧暫住的老者家，老者問沙僧往返有多少路程，沙僧說約有二十餘萬里。豬八戒補充道：「若是我大師兄，只消一二日，可往回也。」也就是說孫悟空的速度比沙僧快得多，二十餘萬里往返只消一二日。但請注意，孫悟空並沒有走這麼長的路，真、假兩悟空分頭走，真悟空只是從西牛賀洲的老者家直接飛往南海，並沒有到東海去繞一大圈，單邊最多只消半日。我們不妨在圖上來掐算悟空和沙僧的飛行時間。

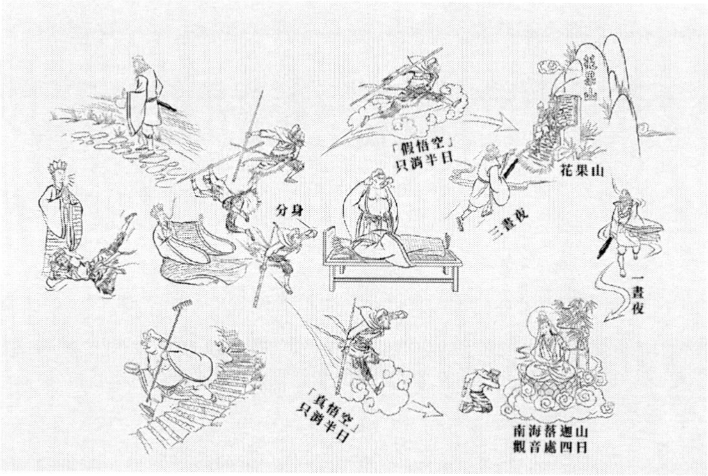

圖 12 孫悟空打倒唐僧後飛行時間圖

由圖 12 可見，孫悟空第一次被逐後，八戒、沙僧都出去取水、化齋，不在師父身邊，他反覆回來求饒的場景並未被師弟所見。師弟回來見師父被打倒在地時，真假悟空都不知已去幾時。八戒、沙僧這才將師父救活，並送到老者家歇息，然後沙僧才出發去討行李。中間耽擱這半日都已經足夠孫悟空飛抵南海，後來觀音說悟空到此處已經四日，正好是沙僧飛行的時間，恰恰說明：孫悟空打了唐僧，再分真、假兩身，分別飛赴東、南。當然，時間充裕只是個必要而非充分條件，但後來的一連串事，還是很清晰地告訴我們：並不存在什麼假悟空，真假都只是他的分身。而且滿天神佛也並非不明此理，只是天上地下無人說破。

觀音讓沙僧和真悟空一起去花果山，果見那假悟空在耀武揚威。真假悟空立即纏鬥在一起，沙僧本欲幫師兄打妖精，無奈分不出真假，只能讓兩猴回南海觀音處分辨。觀音的辦法是暗中念起緊箍咒，這樣真悟空就會頭痛。誰知兩隻猴子反應完全相同，所以觀音也分辨不得，只好讓兩人去天宮分辨。

很顯然，觀音對觀眾撒了謊。真悟空剛到觀音處，觀音就慧眼遙觀，說唐僧有傷身之難，頃刻就要來尋你。可見作為取經工程的專案經理，她隨時掌握情況，所謂真假悟空她很清楚，只是不說穿。這一次大家都不說穿的原理和前文所述大家都不說穿青牛精的背景還不一樣，主要是因為觀音明知孫悟空故意分身弄個真假悟空，您當面戳穿不是打臉嗎？

其實真正最清楚的還不是觀音，而是暗中監視取經的護佑隊，什麼真假悟空，他們在空中看得一清二楚。觀音精確掌握取經動向，也不是什麼吹牛皮的「慧眼遙觀」，多半就是他們隨時通傳而已。但真假美猴王這一篇，他們偏偏全無聲息，樂見你天上地下滿世界找人，這一大幫愣是沒一個吭聲。嗯，政治素養不錯，也說明這不是什麼真正的大難，某人自導自演一場戲而已，我們只負責過不去的大難，取經團內鬥絕不插手。

按觀音指引，真假悟空又鬧到天庭，玉帝斥責二猴：「你兩個因甚事擅鬧天宮，嚷至朕前尋死！」二猴見玉帝動怒，還是有點害怕，口稱萬歲，請玉帝辨個真假。玉帝讓李天王拿照妖鏡來看，結果鏡裡兩猴分毫不差，辨不出真假。玉帝也不廢話，將二猴趕出殿外。二猴的反應是「這大聖呵呵冷笑，那行者也哈哈歡喜。」

當然歡喜，連玉帝都不說破，老子看你們誰還敢多嘴！

這是孫悟空這次權謀最險的一關，照妖鏡雖然沒分出真假，但天庭還多的是辦法，只是玉帝不再多言，照一照意思到了，就把他們趕出去了事。這表明了玉帝的態度：朕不戳穿你個死猴子，但你也別想憑這招在朕這裡撈到什麼。沒關係，陛下不戳穿已是天恩浩蕩，要升官也不一定非要您親自開口，這次本來指望的就是如來。

接下來真假悟空回到唐僧處，唐僧同樣念緊箍咒，自然也分辨不出。二猴又扭打到閻王處，陰司的做法才叫好笑，閻王們居然拿出生死簿來找一個所謂「假行者」，這能找到嗎？更好笑的是，閻王都已經送客了，佛教派駐在陰司的代表地藏王菩薩居然跳出來，說讓他座下的靈獸諦聽伏在地上一聽，便知萬事。這諦聽更是搞笑，聽了半天來一句：「怪名雖有，但不可當面說破，又不能助力擒他。」理由是「當面說出，恐妖精惡發，搔擾寶殿，致令陰府不安。」、「妖精神通，與孫大聖無二。幽冥之神，能有多少法力？故此不能擒拿。」

這話簡直胡扯到幽冥背陰山去了，若真是妖精，犯了破壞取經的重罪，天庭自會鎮壓，還有機會來滋擾你地府？再者，諦聽說這妖怪神通廣大，地府那點貪官汙吏降不住他。能有多廣大？不就跟孫悟空一模一樣嗎？要打起來，孫悟空是和你們一起上的，你怕個屁呀！一個司法機關號稱打不贏犯人，於是連犯人是誰都不說出來，這算什麼邏輯？就你們這樣怎麼建設法治社會？但總之就是不說，你們自去找如來吧。

22.3　如來說個六耳獼猴來圓場

二猴又鬧到靈山，這壁廂如來正在講「有、無、色、空」的佛法，暗示這裡有一樁無中生有，色即是空的公案，並對眾人說：「汝等俱是一心，且看二心競鬥而來也。」正是《華嚴經》云：「人皆有二心，真心、妄心。」這裡又暗示了來者並非二人，只是一人的二心罷了。

果然真假悟空闖入，求如來辨明。如來突然說了一套大家都不知道的新鮮事，他說眾所周知宇宙中萬般生靈被分為天地神人鬼五仙、嬴鱗毛羽昆五蟲，總共十類。但你們不知道的是還有四猴混世，不在十類之列，分別是靈明石猴、赤尻馬猴、通臂猿猴、六耳獼猴。這假悟空便是那六耳獼猴！他的功能是善聆音，能全方位監聽千里之外任何事，所以孫悟空的一切細節都被他聽去，才變得這麼像。

發現新物種啊！這成果不說衝擊諾貝爾獎，至少在哈佛生物系混個終身教職不成問題！但您怎麼不先在 Science、Nature 上發一篇，就把 idea 洩露了？因為他真敢發，妥妥被撤稿。

如來這一套說辭顯然是在胡謅，只是他已看穿孫悟空的真實目的，幫他圓個場而已。別人請您解決難題，您卻在所有人的知識範圍之外突然臆造出一個概念，就說這問題解決了？相當於做選擇題，您自己在 ABCD 四個選項後面添個 E 選項，然後選它；或者說做證明題，您突然因為牛頓第四定律，所以得證，您自己說能給分嗎？

退一萬步講，就算全宇宙的神仙都沒如來的生物學得好，就他知道有新物種，他對新物種的闡述自身便有明顯的邏輯矛盾，根本站不住腳。如來所說四猴，第一個靈明石猴似乎就是孫悟空，至於赤尻馬猴、通臂猿猴，這不是花果山最早擁立美猴王的四健將嗎？兩隻赤尻馬猴被封為馬流二元帥，兩隻通臂猿猴被封為崩芭二將軍，孫悟空上天庭、取西經時都是四健將在花果山主持工作。這四位顯然也不是野猴子，是天庭派在花果山經營水簾洞幹部掛職鍛鍊基地的。再說這靈明石猴，在天庭當了那麼久的弼馬溫、看桃員，還大鬧天宮一場，神仙們還沒發現這個新物種？之後又被壓五行山下六百多年，哈佛生物系都沒來考察過？這可是跟劉伯欽搶發一篇 Science 的大事業啊，怎麼都這麼謙虛，難道都怕落個小保方晴子的下場嗎？

說到底，靈明石猴也好，六耳獼猴也好，不就猴子嗎？真核生物域動物界脊索動物門哺乳綱靈長目猴科猴族猴屬，按如來的分類法就屬於「毛」類，生死簿上本有名，孫悟空親筆劃過，憑什麼不算在十類之中，還說大家都不知道？您這篇 Nature 換誰審稿都過不了呀！

至於如來說六耳獼猴善聆音，所以知了悟空一切細節，變成他的樣子，更是毫無道理。最後如來說破「真相」，這妖精「果然見了本象，是一個六耳獼猴。」那既然有本象，當時照妖鏡怎麼沒照出來？照妖鏡是不會說謊的，人才會說謊。照妖鏡照出兩隻猴子都是孫悟空，只能說明都是真的，現在其中一隻現出個所謂六耳獼猴「本象」，反而才是變化的。如果此時拿照妖鏡一照，立時現出孫悟空本象，才要穿幫，所以孫悟空急忙一棒打死，就此定論。其實，他只是收了一個分身而已。

再說就算猴體能變化，甚至騙過照妖鏡，金箍棒、緊箍圈怎麼變？假悟空已經確切證明過他所帶金箍棒、緊箍圈不假，這就再次證明他也不是假的。其實還有一種解釋說六耳獼猴的監聽能力已經達到能知萬物分子結構的程度，所以據此自製了金箍棒、緊箍圈等一應物體，與真的無異。我說這他媽是全知全能的上帝了，您怎麼不自製一個太上老君的金剛鐲，這樣誰還打得過你？還打什麼呀，您自製一個天庭得了，還當什麼妖怪，還變成別人來取經？而且金箍棒、緊箍圈都能自製，行李卻要用搶，您這又是何苦呢？

所以作者其實處處都留了線索，每次都提醒您，根本沒有什麼六耳獼猴，反覆證明所謂真假美猴王無非是孫悟空用分身法幻化出的分身。

當然啦，還有人說這一篇講「二心競鬥」，假悟空是孫悟空的心魔物化成負面人格，出來搗亂。誠然，《西遊記》確實是在弘揚陽明心學，帶了許多心學哲理，但即便陽明心學也沒什麼心魔物化成多重人格的說法，這是基督教的提法。儘管成書的年代基督教正在中國大力傳教，但至少就我的看法，《西遊記》是不帶基督教色彩的，請不要脫離原著，以不相干理論臆斷，我們不推薦現場胡謅「六耳獼猴」的做法。這裡的「二心」就是傳統漢語中「懷有二心」的意思，最多解釋成《華嚴經》「人皆有二心，真心、妄心。」之說。

那孫悟空鬧這麼大一陣，目的就是表露二心？他到底圖個什麼？

22.4 真悟空喜獲如來許諾成佛

其實孫悟空的意圖非常明確，就是抬高自己在取經工程中的地位，而且這一次是要搏個明確的待遇。在真假悟空廝打至如來駕前時，作者插了一首詩：

人有二心生禍災，天涯海角致疑猜。

欲思寶馬三公位，又憶金鑾一品臺。

這裡「寶馬」、「三公」、「一品」都是指代高官要職，暗示孫悟空搞這一大套無非圖個官職。如來也看穿了他這個意圖，經過慎重研究，決定滿足他。因為一路走來，如來很清楚地看到他那個呆蠢萌的寶貝徒兒金蟬子著實難以完成這個其實也不算很難的任務，必須得有法力、關係、智商、EQ同時高得逆天的徒弟才有一丁點可能帶他通關。失敗了九次，這次好不容易遇到個孫悟空，不能再錯過，就給他一個不能拒絕的價格吧！

所以，打死「六耳獼猴」後，孫悟空又哭鬧自己已被唐僧驅逐，要如來唸《鬆箍兒咒》。如來立即下單：「你休亂想，切莫放刁。我教觀音送你去，不怕他不收。好生保護他去，那時功成歸極樂，汝亦坐蓮臺。」

佛教禮儀中，只有佛才能「坐蓮臺」，菩薩都不行 (其實《西遊記》中觀音菩薩也是坐蓮臺的，這暗喻了明中後期的禮制廢弛)。果然，最後孫悟空得授鬥戰勝佛，果位堪堪在觀音菩薩之上！其實這對師父、師弟也都是大好事，因為大師兄的果位明確了，對他們也有很強的比照效應。果然，唐僧的排名也不能低於徒弟，於是封了個旃檀功德佛。凡人直接成佛，羨煞四大菩薩、八大金剛、五百阿羅、三千揭諦、無數比丘尼。說到這裡，我們似乎也明白如來為何這麼容易給了孫悟空成佛的許諾，他也是趁機哄抬物價，保障他可愛的金蟬子徒兒也能得個好果位呀！

私臣圈子就是這麼有趣，沒那麼多明規則可講，重要的是玩轉潛規則。這裡賞罰升降都憑上司隨意，所以人品才華不重要，搞懂上司的心思才重要。其實明朝恰是授官、升官明規則最完善的朝代，科舉制度非常成熟，基本上就是按考試名次授官，授官後的升遷路線也有一套非常明確的規則。所以當文官重點是拚命讀書，用考分說話，不必去巴結權貴，更不用考慮那麼多潛規則。所以宋明以來的文官大多表現為直腸子、死腦筋，令皇帝非常不爽。所以有些皇帝要搞一套私臣體系，來比比誰能把主子伺候得更舒服，這裡面潛規則就多了，比的正是誰能把孫悟空這套玩得更溜。

其實孫悟空最初動機恐怕並沒有考慮這麼長遠，確實是一時氣極，實在沒忍住毆打了唐僧，作為補救，想了個法將毆打師父的罪責推到所謂假悟空身上。這也是一番妙計，只是在補救過程中發現可以趁機提點要求，順便發展了一下，為自己爭取到了更大利益。當然，更重要的還是如來認可了孫悟空才是本次取經的真正核心，才願意發出重賞。前九次的徒弟我相信也很優秀，但都還不足以帶得動金蟬子這個笨蛋。

團隊相處，必生積怨，這是一個客觀規律。真假美猴王這一篇其實也暗喻了一個煉丹術過程，大意是煉製金丹，第二次去除重金屬元素的環節，所以要第二次驅逐金公（孫悟空），同時也是從自然哲學高度講述了這個道理。

好的團隊應該懂得釋放積怨的技巧，但也有些蠢上司不懂或者不在乎這種技巧，一味要求下屬無條件服從，積怨越來越深，一朝爆發便無可收拾。成熟的團隊也不應該將這種技巧寄託於上司個人的權謀手腕，而應該形成管道，才可持續發展。但我們的取經團顯然是既無這樣的管道，上司也毫無權謀手腕。唐僧就知道叱罵「潑猴」、「夯貨」，以為能憑此立威。不過他從來不罵沙僧，這絕不是因為沙師弟老實，只是司禮監太監敢罵御馬監，敢罵大頭兵，你敢罵錦衣衛嗎？所以這樣一個團隊，既無制度建設，又無菁英人治，這麼簡單個任務失敗了九次也不意外，所幸這次遇到了孫悟空而已。

這裡需要特別提醒讀者的是：孫悟空能玩轉的，您不一定能，這畢竟是小說。老實做人，認真工作，想多了容易被上司一腳踢飛。

23　天上九頭鳥——倭寇的大航海時代

大航海時代，光榮與夢想的時代，我們的祖先曾在這個偉大的時代笑傲碧海藍天，為歷史的豐碑鐫刻下「極天際地，罔不臣妾」的不朽傳奇[63]。然而，浩瀚的大洋是賭場，金銀流淌的航線上，海盜比馬匪更可怕。明朝的一大國策就是征剿海盜，在宣傳上將海盜稱作「倭寇」。另一方面，海商為了自衛，也會為自己的船隊武裝到牙齒，很多時候海商、海盜並無嚴格界線。《西遊記》中的龍族便暗喻了這個亦官亦商亦匪的階層，他們和海軍、文官、太監的關係錯綜複雜。李春芳作為親自頒布「隆慶開海」詔令的宰相，自有無限感慨。

23.1　豬八戒受到榜樣激勵

真假美猴王對取經團的改變是巨大的，如來丟擲孫悟空成佛的許諾，讓這個面臨崩盤的團隊爆發出巨大熱情，連好吃懶做的豬八戒也突然勤快起來。

取經團來到火焰山，孫悟空第一次從鐵扇公主手中騙取了芭蕉扇，卻被牛魔王趕上，一番纏鬥，幾個時辰不分勝負。唐僧等得久了，恐是悟空有失，問八戒、沙僧誰去幫一幫。沙僧還不及張口，八戒便主動說：「今日天晚，我想著要去接他，但只是不認得積雷山路。」其實不識路倒是次要，重點是先要向師父請示。在旁的火焰山土地表示願意帶路，唐僧也批准。「那八戒抖擻精神，束一束皂錦直裰，搴著鈀，即與土地縱起雲霧，徑回東方而去。」非常積極。到了戰場，「你看他沒頭沒臉的使釘鈀亂築」，直打得牛魔王「見八戒的釘鈀凶猛，遮抵不上，敗陣就走。」

牛跑了，豬、猴當然要追，這一次居然是豬先追上。「那牛王只得回頭，使寶劍又戰八戒」，然後猴才「舉棒相幫」。三人苦鬥一夜，豬八戒一句都不喊累。牛魔王的情婦玉面狐狸帶大批小妖來將豬、猴戰敗，豬八戒也毫不氣餒，領了土地陰兵再戰。他們打破摩雲洞門，牛魔王怒罵孫悟空為何敢打破自己的門，孫悟空還沒開口，豬八戒就主動接話：「不要走！看鈀！」牛王本看不上他，喝道：「你這個囔糟食的夯貨，不見怎的！快叫那猴兒上來！」但夯貨卻比猴兒更賣力，三人這一次激戰更酣，「他三個含死忘生，又鬥有百十餘合。八戒發起呆性，仗著行者神通，舉鈀亂築。牛王遮抵不上，敗陣回頭。」孫悟空去追牛王，派豬八戒去找玉面狐狸精。豬八戒一個人不偷懶，將摩雲洞群妖全部打死，又來助孫悟空繼續戰牛王。

對比豬八戒之前的戰鬥作風，比如與黃袍怪一戰，戰事正急時，豬八戒居然號稱要出恭，抛下沙僧一頭鑽進草叢，「一轂轆睡倒，再也不敢出來……拱了一個豬渾塘。這一覺，直睡到半夜時候才醒。」臨陣脫逃，抛下戰友以致被陣上生擒，還睡得這麼香，這睡眠品質真是古今罕見。至於出去化齋、巡邏時，他偷懶睡覺更是司空見慣。孫悟空不習水戰，遇到需要下水時，他也是推三阻四，從沒個痛快的。這一次遇到亂石山碧波潭萬聖老龍及其女婿九頭蟲，需要水戰，豬八戒的態度卻來了個 180°大轉彎。

本來國王問唐僧派哪位高徒出戰，唐僧已經點了孫悟空，國王道：「孫長老既去，用多少人馬？幾時出城？」豬八戒卻在一旁「忍不住高聲叫道：『那裡用什麼人馬！又那裡管什麼時辰！趁如今酒醉飯飽，我共師兄去，手到擒來！』」這邊唐僧也是「甚喜道：『八戒這一向勤緊啊！』」

當然勤緊，眼見師兄得了成佛這麼高的許諾，他能不勤緊點嗎？

至於後面在七絕山稀柿衕，堆積八百里的腐殖質，孫悟空都被臭得捏鼻子，不敢近前，他居然顯出本象，邊拱邊吃來開路，似乎胸前的紅領巾都更鮮豔了。不過遺憾的是，過了幾回，眼見沒有得到什麼許諾，他的態度又轉了回來。獅駝嶺一篇，豬八戒回歸臨陣脫逃模式，只是沒有現場睡覺那麼誇張。

當然，從市場經濟的角度來說，這似乎說得過去。但軍人能講市場經濟？這恰恰是李春芳對古典軍隊向現代軍隊轉型的焦慮。

中國沒有宗教信仰，也不是部落統治，那到底靠什麼驅使軍人上戰場拋頭顱、灑熱血？那就只能靠國家觀念和保家衛國的熱情了。可惜古代國家觀念不強，很多時候還是給錢更頂用。但這樣又容易形成將士希賞，否則不戰，甚至誰給錢就為誰戰的局面，五代十國大亂世相當程度上就是這樣造成的。明朝也一直深陷這個問題，在國家強盛時或許還能掩蓋，但到明末財用不足時就越來越頭痛。這可以說是中國的一個嚴重短處，宋、明都曾繁榮一時，但正因這個短處錯失了從古典大國轉向現代化強國的機會。作為一位封建文人，李春芳必然沒有找到答案，或許這就是他的局限性，他只能在《西遊記》中開開嘲諷。

23.2　海軍元帥奮戰九頭戰機

取經團過了火焰山，來到祭賽國金光寺，發現這裡有一座十三層黃金寶塔，曾供奉一顆佛寶舍利子，晝夜放光，引得四夷朝貢。誰知兩年前突然下了一場血雨，汙了寶塔，舍利子也不翼而飛，於是四夷不再朝貢。國王怪罪是守塔的和尚偷了佛寶，罰他們披枷帶鎖，非常苦楚。

唐僧出發前曾發下弘誓大願，見佛拜佛，見塔掃塔，現在他就要來掃這個塔。孫悟空慮及這塔下過血雨，又很久沒人上去過，恐生了汙穢之物，於是要求隨行。唐僧的毅力很差，掃一會兒就掃不動了，坐在第十層休息，讓孫悟空接著掃剩下三層，結果怪事就發生了。孫悟空在塔頂發現兩個妖怪在喝酒，抓起來一問，原來是奔波兒灞、灞波兒奔，一個是黑魚精，一個是鮎魚怪。

他倆招供是亂石山碧波潭的萬聖老龍麾下，也就是前次孫悟空與牛魔王大戰，牛魔王中途拋下孫悟空去赴宴之處，結果被孫悟空變作牛王模樣，偷了避水金睛獸，第一次從鐵扇公主處騙得芭蕉扇，所以也是老熟人。那老龍有個非常漂亮的女兒萬聖公主，招贅了一個神通廣大的九頭駙馬，正是這駙馬與老龍合謀，下了血雨，偷走佛寶舍利。萬聖公主更非等閒，居然到靈霄殿前偷了王母娘娘的九葉靈芝，在潭底溫養著舍利子，金光霞彩，晝夜光明。前日聽說有個孫悟空到西天取經，一路上專尋人的不是，所以派他倆到此來「巡攔」孫悟空。

奇了！偷了東西不遠走高飛也就罷了，居然還敢回到失竊地點「巡攔」？還是巡攔御馬監（西廠）的名偵探！這到底是嫌命長還是有心要告御狀？

御馬監的人一來你就告狀？海軍對這種行為異常憎恨！豬八戒見了兩個小妖「掣鈀就打，道：『既是妖精，取了口詞，不打死何待？』」弼馬溫連忙阻止，說還要留作活口，豬八戒惡狠狠道：「正要你鮎魚黑魚做些鮮湯，與那負冤屈的和尚吃哩！」和尚怎麼會喝葷湯，海軍元帥這毀屍滅跡的意圖暴露得也太直白了點。

唐僧將兩個小妖帶去面見國王，雪了金光寺僧人的冤屈，並同意派徒弟降妖。本來唐僧點了孫悟空的將，豬八戒卻主動請纓，願隨師兄一道出戰。萬聖老龍知是孫悟空來戰，「唬得魂不附體，魄散九霄」。九頭駙馬倒是不怕，覺得自己的武藝無懼來者。首先，他的外形就震住了見多識廣的孫悟空。他初出水面，還未顯原形，但人形也保留了九個頭，還是有點嚇人。他喊了一聲：「是什麼齊天大聖！快上來納命！」孫、豬居然呆立不答。他又叫一聲：「哪個是齊天大聖？」孫悟空才回過神來，「按一按金箍，理一理鐵棒道：『老孫便是。』」可見其形何其可怖。

然後九頭蟲問孫悟空是誰，孫悟空從花果山開始完整介紹了履歷，並說明此次來糾察偷盜佛寶之罪。九頭蟲很奇怪：「你原來是取經的和尚，沒要緊羅織管事！我偷他的寶貝，你取佛的經文，與你何干？」孫悟空解釋自己跟祭賽國王非親非故，倒不是幫他的忙，只是為金光寺僧人雪冤。其實他這個解釋不能自圓其說，因為抓住奔波兒灞、灞波兒奔就已經為寺僧雪冤了，再來冒險廝鬥，顯然另有所圖。

孫悟空與九頭蟲的人形形態大戰三十回合，不分勝負。豬八戒從背後偷襲，但九頭蟲四面八方都有眼睛，所以不存在「背後」一說，偷襲無效。這時九頭蟲顯出原形，是一個方圓丈二（約 4 公尺）規模、有九隻頭的鳥類。「豬八戒看見心驚道：『哥啊！我自為人，也不曾見這等個惡物！是甚血氣生此禽獸也？』行者道：『真個罕有！真個罕有！』」

九頭蟲顯出原形後戰力暴漲，豬、猴聯手也不敵。「那怪物大顯身，展翅斜飛，颼的打個轉身，掠到山前，半腰裡又伸出一個頭來，張開口如血盆相似，把八戒一口咬著鬃，半拖半扯，捉下碧波潭水內而去。」姿勢相當帥氣地便一招生擒天蓬元帥。「卻說孫行者見妖精擒了八戒，心中懼道：『這廝恁般利害！我待回朝見師，恐那國王笑我。待要開言罵戰，曾奈我又單身。』」能在孫悟空面前大顯身手，讓他懼而不敢叫戰，著實本領駭人！

孫悟空變作螃蟹，潛入龍宮，救出豬八戒。按說手下敗將僥倖得命，應該屁滾尿流而逃才對，豬八戒卻「得了鈀，便道：『哥哥，你先走，等老豬打進宮殿。若得勝，就捉住他一家子；若不勝，敗出來，你在這潭岸上救應。』行者大喜，只教仔細，八戒道:『不怕他！水裡本事，我略有些兒。』」剛得了命就隻身再向虎山行，海軍元帥簡直是孤膽英雄。明軍上一次這麼奮勇是在什麼年代，有兩百年了吧？

豬八戒再次打入龍宮，自然仍不是九頭蟲對手，萬聖老龍也點起蝦兵蟹將圍攻。豬八戒倉皇逃岸。孫悟空埋伏在岸邊，一棒打死老龍，九頭蟲慌忙收屍逃回潭底，取經團總算扳回一局。但奇怪的是，這時孫悟空說應趁勝追擊，豬八戒卻以天色已晚為由，百般推脫，似乎老毛病又犯了。就在兩兄弟推諉之間，更奇的事發生了 —— 二郎神出現了。

23.3 二郎神自動出現

我們之前說得很清楚，官場上的忙不輕易幫，很多時候孫悟空繞了很多圈子，才勉強哄得某人說穿該找誰。這可好，正當他一籌莫展，不知該找誰幫忙時，有人自動來了。

二郎神也算是舊知，當即表示願意幫忙降妖，但說完卻又不動手，而是擺開酒席，請豬、猴喝酒，一喝就喝到天亮。見二郎神毫無動手之意，豬八戒終於忍不住了，主動提出自己又下水去索戰。豬八戒潛下水，龍族正在為老龍治喪。豬八戒一鈀打死披麻戴孝的龍子，九頭駙馬和龍孫趕快帶兵來戰。豬八戒再次成功誘敵上岸，孫悟空和二郎神七兄弟立即將龍孫剁為肉餅。九頭駙馬連忙切換到戰鬥形態，二郎神也早有準備，拿出一種最新研發的先進武器 —— 金弓銀彈，似乎是專門為九頭兄準備的。果然一擊奏效，九頭蟲「急鎩翅，掠到邊前」，利用卓越的氣動布局設計勉強閃避，並使出之前力擒豬八戒那招半腰裡伸出頭來咬二郎神。但同樣的招式對聖鬥士不能用兩次，二郎神早有準備，細犬「攛上去，汪的一口，把頭血淋淋的咬將下來。」

九頭蟲負痛往北海逃去。為什麼要強調他逃北海而不是另外三海？這當然暗示他和北海龍王敖順有勾結囉。我知道，這四個敖某您不是很分得清楚，但細看就會發現，這個敖順的戲份特別多，西海、北海的龍王換著當，這其中自然大有玄機。容我先賣個關子，後文再詳述。

豬八戒還要追，這次卻換孫悟空阻止，說窮寇勿追，他變作九頭駙馬模樣，讓豬八戒趕著他進去，騙取萬聖公主交出寶貝。這個計策本身是不錯的，但也沒必要就此放了九頭蟲，先去追殺他，再回來騙寶又有何難？或者分頭行動，二郎神帶兵去追，孫悟空下海去騙寶也很合適。但孫悟空寧願讓二郎神在岸邊閒著，也不讓他去追殺，所以二郎神和梅山六聖都惋惜道：「不趕他，倒也罷了，只是遺這種類在世，必為後人之害。」

萬聖公主倒是上當，將舍利子和九葉靈芝都交給變作九頭駙馬的孫悟空。孫悟空還沒來得及對大美女動粗，卻被豬八戒從猴子背後躍出一鈀打死。豬八戒又扯住萬聖老龍的老婆，正待一鈀打死，孫悟空連忙出手阻止，說留個活口。孫、豬送走二郎神一行，回祭賽國覆命。孫悟空用靈芝將舍利子溫養在塔頂，再放光芒，並建議將龍婆鎖在塔頂，將金光寺改名伏龍寺。祭賽國也千恩萬謝，畫下師徒四人的圖形，供奉起來。這看似一個皆大歡喜的結局，尤其是豬八戒，在受到孫悟空成佛的激勵下，奮起神威，相當積極，完美闖過一關。但事實上，不僅是豬八戒，很多人的態度頗令人玩味，我們不妨列表 10，對比孫悟空和豬八戒在真假美猴王一回之後的作戰態度變化。

表 10 真假美猴王之後孫、豬作戰態度對比

戰役推進環節	作戰人員態度表現	
	孫悟空	豬八戒
一調芭蕉扇	使出妙計	主動去迎接孫悟空
牛魔王又騙走芭蕉扇	大意失荊州	比孫悟空先追上牛魔王
與牛魔王奮戰	奮戰結拜大哥	捨生忘死大爆發

戰役推進環節	作戰人員態度表現	
	孫悟空	豬八戒
眾天兵圍剿牛魔王	與天兵圍剿牛魔王	打死玉面狐狸
塔頂捉住奔波兒霸	堅持留下活口	當即要打死兩個小妖
唐僧令孫悟空奪回舍利	拱手應承	主動請纓同去
與九頭蟲首戰	正面奮戰九頭蟲	背後偷襲但不成
九頭蟲變身	未護住戰友	被九頭蟲一招擒下
大鬧龍宮	潛入龍宮救出八戒	孤膽英雄再向虎山行
岸邊伏擊	打死老龍	成功誘敵上岸
伏擊後逗撓許久	催八戒趁勝追擊	以天晚爲由推諉逗撓
二郎神突然出現却不動手	與二郎神暢飲到天明	主動下水索戰
再次岸邊伏擊	立即打死龍孫	打死龍子，誘敵上岸
二郎神擊敗九頭蟲	阻止追殺，放走九頭蟲	積極要求追殺九頭蟲
騙回佛寶	從萬聖公主手中騙回佛寶	從孫悟空背後趕上 打死萬聖公主
擒獲老龍婆	留下老龍婆活口	要打死老龍婆

若說牛魔王一戰，豬八戒確實是大受激勵，一味奮勇，但碧波潭一戰，搞起他的老本行——水戰，他的態度反而曖昧起來。尤其是好幾次關鍵時刻逗撓不前，令人生疑。對比孫、豬二人，步調很不一致，用數值模擬方法量化表示二人作戰積極指數如圖 13 所示。

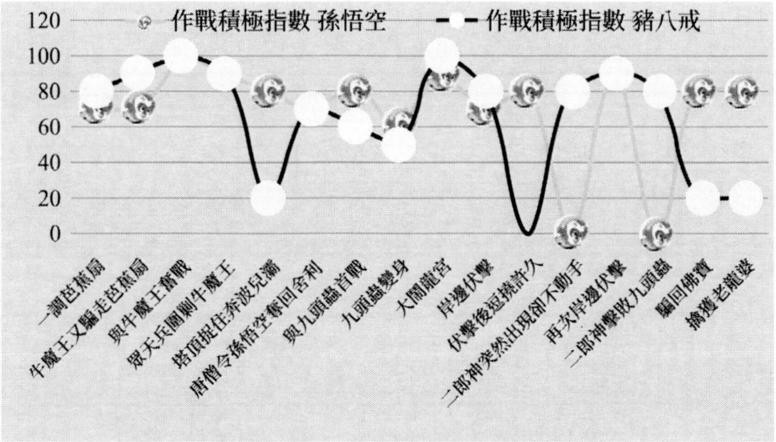

圖 13 孫悟空和豬八戒作戰積極指數數值模擬結果

由圖 13 可見，二人的作戰積極指數在關鍵時期發生了劇烈振盪，尤其是初期兩人的積極性差異還不算很大，關鍵後期卻如量子糾纏夸克禁閉隱性傳態，呈泡利不相容關係，你有多高我就有多低，這是極不正常的。其實豬八戒與龍族交戰的行為規律也好掌握：

(1) 盡量充當急先鋒衝頭陣，掌控戰局主動；

(2) 並不把敵巢當虎穴，孤膽深入毫無懼色；

(3) 一旦抓到俘虜總想打死，不留活口；

(4) 真正有機會全殲龍宮時，反而開始逗撓；

(5) 強援二郎神到來，立即返回急先鋒狀態，也就是 (1)。

其實這才是豬八戒多次態度轉折的原因，他和龍族早已勾結。所謂兵匪一家。長城九鎮的陸軍和草原陸匪有千絲萬縷的連繫，海軍和海盜也是同理。御馬監、皇帝外甥都是外人，他們要剿海盜了，我們自然是要勤快一番，不能由著他們開炮呀！

23.4　倭寇的大航海時代

龍在中國傳統文化中地位非常高，既是民族的圖騰，又是帝王的象徵。但在《西遊記》的神仙視角看來，龍完全是天庭的統治對象，甚至在安天大會上把「龍肝鳳髓」當菜品。《西遊記》建構了一個完整的龍族體系，正暗喻了明代高速崛起的一個新階層 —— 海商，或者用一個更時髦的名字 —— 資產階級。

天下分四大部洲，又分四大海洋，敖廣、敖欽、敖閏、敖順四兄弟分任東南西北四海龍王，另有大量子姪散布在江河瀆海。有人認為龍王是天庭派駐管理水域和降雨工作的官員，甚至認為也屬道教，這是錯誤的。四海龍王確實承擔著天庭指派的降雨工作，但好比銀行也承擔著很多政府財政支付工作，但銀行顯然是企業而非政府部門。在古典小說中，「雨露」、「甘霖」都用於形容君主給億萬生民的恩澤，實際都是以錢的形式。《西遊記》中，天庭對凡間的資源控制主要展現為降雨，比如鳳仙郡求雨一回，便是鳳仙郡的凡人得罪了玉帝，玉帝停他三年雨，相當於哪個州縣得罪了嘉靖，三年不撥款，餓死人都不管。

天庭命令龍王降雨，應該理解成政府透過企業外包進行市場經濟調控領域的公共管理，龍族則是承包降雨（撥款）業務的企業。企業除了外包支付業務外，還有不少自有資金也可以投向市場。但市場經濟不等於財團自由隨意，投向公開市場的資金必須受到政府監管。當然，政府管理能力有限，全面計劃經濟是不現實的，必須搞清楚哪些領域應該由政府直營，哪些應該推向市場。比如電網、城市供水、供燃氣、公共交通這樣的行業就必須由國家直接掌控，相應的營運公司必須嚴格按國家計畫調撥資源。像涇河龍王，承包了長安這樣的重點城市自來水營運，卻不按照天庭計畫配額供水，必遭監管部門（人曹官魏徵）重罰。而一些開放性競爭行業則應該以企業尤其是民營企業為主體，允許市場競爭。比如孫悟空被紅孩兒的火燒了，求龍王噴點水澆一澆，倒也不必向天庭申請配額，這就屬於企業的自由裁量權了。政府和企業的界線是門大學問，很多人釐不清也可以理解，李春芳將龍族這個體系建構得非常完善，展現了極高的宏觀經濟學和公共管理學水準。

其實最能說明龍宮並非天庭下屬機構的證據恰恰是——沒有佛教派駐人員，也就是沒有皇帝直派的私臣來監軍。

比如地府暗喻司法系統，其行政長官閻王是天庭命官，但又有一位佛教的地藏王菩薩，這就相當於皇帝在天牢派駐了鎮守太監一樣。但龍宮顯然是很「乾淨」的，絕無任何佛教派駐人員。沒太監的地方，是政府機構嗎？更重要的是，龍宮還養了很多蝦兵蟹將，這更說明他們既不是政府，也不是國軍。因為我們在講御馬監的真相時說得很清楚，明軍的每個角落都有御馬監派出的坐營內臣、監槍內臣。至於海軍，呵呵，如果您沒聽說過王景弘公公，至少也該聽過鄭和公公吧？蝦兵蟹將裡沒有任何佛教派駐人員，恰恰說明這不是天庭正規軍，而是私人武裝。而這種海上私人武裝其實有一個更著名的稱呼 —— 倭寇。

所謂「倭寇」，其實就是海盜。既然是海盜，就是無國籍的，所以跟倭奴國甚至現代意義上的日本國（Japan）關係不大，這種蔑稱只是明政府的一種宣傳策略，不小心和後來的日本鬼子產生了交集，讓中國人民聞之色變，其實也沒那麼邪門。

宋代以來航海技術日趨成熟，跨越大洲的航海運輸變得便利，而陸上絲綢之路卻被西夏、鄂圖曼土耳其等游牧帝國阻斷，所以歐亞大陸的貿易重心開始轉向海路，印度洋航線成為一條繁榮的海上絲綢之路，開啟了偉大的大航海時代。

大航海時代，是光榮與夢想的時代，多少人懷揣著一顆赤子之心，踏上了追逐夢想直到海天盡頭的帆船。然而，浩瀚的大洋是賭場，一旦駛入這萬頃碧波，才發現人類這種陸生動物將要面對多少新問題，比如海盜。

既然這條航線不光泛起海水，還流淌著金銀，自然會孳生無盡的海盜。國家不可能每次都從御馬監、海軍和錦衣衛抽個徒弟護送您的船隊來回十萬八千里，所以海商必須配備適當武裝自衛。那麼問題來了，既然您的艦隊武裝足以對抗海盜，那當您在煙波浩渺的大洋深處遇到一支不知哪國的商船隊時，您搶不搶？不搶白不搶！其實就算是中國的船隊，搶完把船員全扔海裡餵魚就不怕他游回縣衙告你啦。所以，那個時代海商和海盜是沒有嚴格界線的。國內官員並非不了解這個情況，但也只能睜一隻眼閉一隻眼，否則如果嚴禁船隊配備武裝，那沒人敢出海了。反之，既然他開著砲艦出海，如果在波斯灣海域搶劫了一支掛荷蘭國旗的商船隊，我就不信你河南按察使還管得著。至於在海上搶的貨要回國來銷也容易，我說這是我在里斯本、鹿特丹、斯德哥爾摩分別進的貨，隨便填個交貨單，不怕你廣州市舶司去驗真偽。

所以說，大航海時代，是一個經濟社會發展嚴重超越政府公共管理能力的時代，尤其是明中後期，政府自身開始走向腐化墮落，海商（海盜）的力量卻開始野蠻生長，道高一尺魔高一丈，雙方的力量對比已近失控[64]。

明初是海盜的一個巔峰，一些海盜如陳祖義、施進卿等艦隊實力大到可以操控南洋諸國，不過都被永樂大帝派出超級艦隊次第剿平，即所謂「鄭和下西洋」，海洋秩序一度大好。永樂帝駕崩後，鄭和對新繼位的洪熙帝說：「欲國家富強，不可置海洋於不顧。財富取之於海，危險亦來自於海……一旦他國之君奪得南洋，華夏危矣。中國船隊戰無不勝，可用之擴大經商，制伏異域，使其不敢覬覦南洋也。」展現了大明王朝也是中華帝國一以貫之的這種朝廷不惜巨資維持海洋秩序的傳統策略思想[65]。

然而百餘年過去，嘉靖朝海盜似乎恢復了元氣，王直、徐海這兩位來自安徽徽州歙縣的內陸人士，卻是新時代成為海賊王的男人。當年陳祖義還只是盤踞大洋，搶搶過往船隻，所謂操控小國也是以一些群島為基地，島上小國予以配合而已。王直、徐海卻分別以日本、越南兩個大國的良港為基地，讓當地政府唯其馬首是瞻。他們甚至對這兩國的歷史進程都產生了深遠影響，成為傳奇人物，現在兩國還塑有他們的雕像，每年舉行紀念活動。

明朝將海盜宣傳成「倭寇」，其中一個原因便是時值日本戰國，大量武士在亂世中失去家主，成為浪人，正好被海盜作為人力資源攬入陣中，所以海盜中日本人比較多，但其實主要幾個海盜集團老闆仍是中國人。另一個原因則是當時最大的海盜集團王直將基地設在了日本。不過當時的日本分裂成無數極小的封建藩國，以王直的實力，日本列島沒有任何一個藩主敢和他作對，相反還需要從他那裡購買許多策略物資才能在激烈的戰國硝煙中生存。

嘉靖初，朝廷對海商（海盜）的限制還不嚴，王直可以合法地到城裡來做貿易。當時只有王老闆的船隊最安全，商人都願意走他的船隊送貨。百姓爭相送子女到王直的船隊工作，這就是考不上進士，能去龍宮當當龜丞相、鱉太尉也不錯。不過隨著攤子越來越大，王直集團的不法行徑也愈發顯露，尤其是王直屬下諸多分艦隊互相火併，殺人越貨，進一步發展到公然在近海海域搶劫合法商船。隨著各個分艦隊越來越壯大，很多頭目勢力尾大不掉，王直也逐漸約束不住。其實第二大海盜集團徐海最初也是王直手下的分艦隊頭目，翅膀硬了獨立出去的。這些海盜後來發展到上岸搶人，很多鄰近國家包括日本的封建藩主也暗中參與，一時海盜猖獗，朝廷花在南方的軍費其實比北方邊境應付游牧部族的更多。

面對這種局勢，嘉靖末年啟動了明朝歷史上最嚴厲的「海禁」政策。首先是將海盜宣傳為「倭寇」，上升到國家仇、民族恨，嚴禁國人通倭。就像美國普通民眾分不清喬治亞和喬治亞（英文都是 Georgia），一聽到俄羅斯入侵喬治亞就義憤填膺地以為侵略了他們的喬治亞州一樣，當時的中國人民很多也就真把倭寇當日本侵略者了，洗腦效果不錯。其次是要求海軍嚴厲搜查任何進出中國海域的船隊，一旦配備武裝就被疑為倭寇，接受調查。這一搞就完了，正當生意也沒法做了，本質上造成了海禁甚至閉關鎖國的效果。

面對海禁，王直糾集多國海盜組成大型聯合艦隊，公然向海防進攻，劫掠官船甚至人口為質，「要挾官府，開港通市」。

這……不是晚清西方侵略者的要求嗎？

沒錯，海禁導致海盜招不到人，銷不了贓，甚至都沒船出海了，他搶誰去啊？所以海禁確實是扼殺海盜的一個正確策略，只是不能因噎廢食，把海禁當作常態。趁海禁削弱海盜的時機，胡宗憲、俞大猷、戚繼光等名將迅速行動，經過多場海陸大戰，擒王直、殺徐海，各路海盜或殺或降，海洋秩序重歸寧靜。

明穆宗隆慶元年（西元 1567 年），一個國際貿易史上值得銘記的年度，大明少保、吏部尚書、武英殿大學士李春芳頒布了隆慶皇帝簽發的《開海詔》，宣布大幅降低海警級別，各國商船可以自由進出中國海域，不再接受海軍盤查，史稱「隆慶開海」。

根據多倫多大學弗蘭克（André Gunder Frank）教授 [62] 所著《白銀資本：重視經濟全球化的東方》（*ReORIENT: Global Economy in the Asian Age*），自明穆宗隆慶元年（西元 1567 年）至明思宗崇禎十七年（西元 1644 年）的 77 年間，全球 2/3 的國際貿易與中國有關，約有 5 億兩白銀透過國際貿易流入中國，約占全球白銀總量的 1/2。弗蘭克驚呼：隆慶、萬曆年間的中國簡直就是一臺「銀泵」！中國突然從一個貴金屬匱乏地區變成金銀集中地。

然而宋朝的海關收入一度達到國庫總收入的 70%，明朝的財政收入結構卻沒有因為「銀泵」發生根本性改變，仍以農稅為主 [66]。也就是說商人——或稱資產階級堵著銀泵吸了個飽，國家卻沒收到多少稅。明朝一年的國稅收入二百多萬兩銀，張居正厲行「一條鞭法」後也就增長到五百萬左右，但總之比起 5 億兩的白銀輸入量（考慮乘數效應，其帶來的邊際增長流通量應在每年數十億兩）都是百分之零點幾的數量級 [67]。

那您說龍宮和天庭實際上誰更有錢？

江浙百姓爭相把子女送到王直的船隊工作，已經回答了這個問題。如果不是強大的正統觀念束縛，說不定李春芳三四次考不中進士，也去為王直、徐海當龜丞相了呢。

既然資產階級掌握這麼強大的資源，也會反過來影響政治。明代這種影響還相對較小，最多就是海商出資贊助一下政府的某些行動。古代國家財政能力弱，打個仗必須從民間徵發很多資源，貢獻資源的大戶國家也會記功。其實投資本來就是資產階級參政的一個主要路徑，尤其是直接向皇帝、太監私人捐贈，比走政府徵召的正規途徑效果更好，《西遊記》中就表現為西海龍宮為取經工程贊助了一匹白龍馬作為交通工具。騎白馬的不一定是王子，也有可能是唐僧。白龍馬幾乎和白馬成為王子的標籤一樣，成為了唐僧最著名的標籤，小白龍後來也得了不錯的佛教果位，應該說這次特約贊助相當成功。

白龍馬的真實身分是西海龍王敖閏之子，因縱火燒了殿上明珠，被父告上天庭。玉帝把他「吊在空中，打了三百，不日遭誅」。碰巧被前往長安尋找取經人的觀音撞見，觀音立即覲見玉帝，討要了白龍，給取經人做個腳力。唐太宗本身給唐僧配備了一匹白馬，但凡馬顯然走不了取經路，須得要匹龍馬。玉帝傳旨赦宥，小白龍恢復龍身，潛在蛇盤山鷹愁澗，等候取經人。

值得注意的是，觀音遇到齊天大聖、天蓬元帥、捲簾大將，這三人同樣是戴罪之身，但觀音跟他們談妥戴罪立功的條件即可，直接代收為取經人徒弟，但只是作為一個腳力的白龍馬，反而要專門跑一趟天庭，秉報玉帝親自批准。

嘿嘿，少年，這個問題可得記牢了！以後你當主管，體制內用人是你的權力，但如果非要跟商人打交道，尤其是接受白龍馬這麼重大的贊助，一定要最高主管親自批准。切記！切記！

雖然倭寇（海商資產階級）在經濟方面對國家的奉獻不那麼令人滿意，但這更應該說是明王朝沒有處理好這個歷史進程。其實，倭寇對大明的赤膽忠心，日月可昭，天地可鑑。

崇禎十七年（西元 1644 年），清軍入關，276 年大明王朝轟然崩塌，舉國剃髮降清，卻有一支孤忠艦隊高懸日月軍旗，開赴臺灣，趕走荷蘭殖民者後，將這裡建成反清復明的最後基地。然而這不是大明海軍，更不是陸軍馬鹿，而是一支倭寇艦隊，首領是萬曆年間著名倭寇鄭一官（又名鄭芝龍）的日本小妾所生混血兒子鄭森，後被南明永曆帝（萬曆帝之孫朱由榔）冊封為延平王，賜名鄭成功。當初被民族英雄戚繼光百般剿殺僥倖漏網的一支倭寇，如今卻成為孤忠救國的又一位民族英雄。

倭寇 —— 或者說歷史給大明王朝開了這樣一個巨大的玩笑，比豬天蓬八戒海軍元帥號艨艟鉅艦的排水量都大！猜想以李春芳的封建文人局限性就萬萬沒想到了吧。

圖 14 倭寇的大航海時代

23.5 太上老君的金錢帝國

據傳孫悟空剛上天宮時，最愛和各路天神討論擁有的神通法術，有一天他問太上老君：「那麼，您的超能力是什麼？」老君悠然答道：「我有錢。」

我們說朝廷沒收到稅，不等於官老爺沒撈到錢。您想，這萬聖老龍在一個小小的亂石山碧波潭，便積蓄了如此殷實的家底，連九頭蟲這樣的戰鬥力都願意入贅。若說那佛寶舍利子還是從凡人處偷的，到靈霄殿前偷來王母娘娘的九葉靈芝就絕對不是龍宮的能量辦得到了。而且這麼多年沒有天官糾察，這真是因為女兒、女婿本事大？其實真正的奧祕在於他請來的那位座上賓——牛魔王。

沒錯，牛魔王是誰？是太上老君坐騎獨角青牛的族長，充當老君在凡間的利益代言人，也就是所謂的權力掮客，俗稱「白手套」。萬聖龍宮瘋狂撈錢，怎能不倚仗政治權力？徐階回松江開撈，也知道先給張居正送三萬兩保護費。那萬聖老龍也給太上老君送三粒金丹砂？呵呵，你送我就收啊？如來也沒你這麼大面子。所以只能拐彎抹角地去找他凡間的白手套，聽說有個牛魔王，是老君司機的族長，有個如意真仙傍上他，霸著女兒國的落胎泉坐收打胎費，爽！我也去找他引薦引薦吧！那先請牛爺來碧波潭龍宮喝個酒聊聊，什麼？水路不方便，老龍我送您一臺——哦不，一隻避水金睛獸當坐騎吧！誰說妖怪不能配坐騎啦，您是妖怪嗎？您是太上天尊的家裡人哪！

所以，就像鐵扇公主守著火焰山收滅火費，如意真仙守著落胎泉收墮胎費，完全沒人管一樣，萬聖龍宮同樣做了很多正邪之間的灰色生意——就像海商和海盜的模糊界線一樣。這不是因為市場經濟自由散漫，無非是他們都或遠或近地搭上了線，找到了權力保護傘，白骨精、豹子精什麼的敢這麼做，你看有沒有人管。自古官商勾結才能撈大錢，尤其是海商、海盜混淆不清的時代，要想在海上絲綢之路這臺銀泵開撈，不找個權力靠山是不現實的。

可以想像，太上老君撈錢的體系還很龐大，書中所舉火焰山、落胎泉、碧波潭無非是三個利潤點而已。就連牛魔王這隻白手套，想必也不只碧波潭這一處生意，何況我相信他絕不只這一隻白手套。不少人認為所謂鉅貪就是來者不拒，拚命收紅包，其實收紅包的層次就很低，真正的鉅貪是雷洛那樣用權力形成規範的抽水管道，源源不斷地吸金。這些白手套，就是他們建設的管道。孫悟空、豬八戒戰鬥態度百轉千迴，正是因為他們明白這裡是誰的管道。

孫悟空是御馬監派出的西廠特務，他要糾劾與倭寇勾結的朝臣。勾結當然是很隱祕的，所以西廠特務步步為營，想引出幕後黑手，重點是查實保護傘的通倭證據。最直接的線索還不是遠在北京的朝臣，而是當地海軍。所以眼見西廠查到他們罩的這股倭寇頭上，某海軍元帥就坐不住了，每次戰鬥衝在最前，目的就是掌握主動，能放跑就放，實在放不跑了也要滅口。

本來形勢對海軍元帥很有利，九頭蟲戰力驚人，不需要表演，確實也戰不過。明軍經常報告倭寇確實厲害，裝備了很多新式武器，離子電推、八聯垂髮、電磁彈射、隱形上艦，委實戰不過呀！當時新科技、新武器確實層出不窮，海軍經常亂報些名詞朝廷也聽不懂，但這一次元帥萬萬沒想到的是，玉帝外甥突然自動出現，而且配備了專門克制九頭蟲的新武器 —— 金弓銀彈。呵呵，電磁彈射，真當我不懂？來見識一下神機營最新研發的彈道導彈攻擊水面大型機動目標。

而孫悟空一見二郎神不請自來，立即明白這次玉帝是鐵了心要收拾碧波潭，所以他反而不著急，先陪二郎喝點酒，看誰先按捺不住。就在他們岸邊暢飲之際，不知多少人度過了一個不眠之夜。為了避免太上老君或者別的誰按捺不住，棋差一著，豬八戒終於下定決心，還是自己親自下水妥當。孫悟空當然不能讓他單獨下水，之前他殺人滅口的意圖實在太明顯了，孫悟空最初缺乏準備，被他滅了好幾個活口，最終好歹救下了龍婆，鎖在伏龍寺塔頂，待天庭日後細細審訊。

碧波潭一戰，玉帝借取經剷除一股太上老君透過牛魔王勾結的龍宮勢力，相當於嘉靖帝派御馬監督戰，剿滅一股宰相透過海軍勾結的倭寇。此戰，各方勢力都反應了符合各自身分的行為。什麼，您說沙僧沒動作？既然你們的動作都符合身分，錦衣衛當然就不多嘴囉。

23.6　天上九頭鳥——湖北佬張居正

說到宰相勾結倭寇，首先想到的是嚴嵩，因為嚴嵩最終倒臺，確有通倭這個罪名，他兒子嚴世蕃正是因此沒保住腦袋。但我還是認為李春芳這次主要諷刺的是張居正，而且還滿露骨，九頭蟲，這幾乎是指著張居正的鼻子罵了。

先說容易轉移注意力的嚴嵩。嚴嵩弄權二十年，積怨頗深，尤其是後期連續冤殺了楊繼盛、沈煉兩位大忠臣，朝野激憤。一直默默注視著他的徐階認為時機到了，授意監察御史鄒應龍彈劾嚴嵩，果然奏效。嘉靖帝詔令嚴嵩退休，但沒有治罪。大家想趁勢追殺，但徐階判斷嘉靖帝對嚴嵩的感情還在，此時無法一擊斃命，於是一律勸阻。直到幾年後，徐階判斷嘉靖帝對嚴嵩的感情已疏淡，才授意另一名御史林潤收集嚴嵩父子的重罪，置他們於死地。大家等徐相這個指令很久了，林潤立即彙編一道奏疏，痛訴嚴嵩父子大罪，其中尤以冤殺忠臣為甚，不死不足以平民憤！

誰知嚴世蕃打聽到林潤奏疏的內容，反而欣喜地說：「放心，這罪成不了。」因為他很清楚，楊繼盛、沈煉雖是冤案，但造成冤獄的主要還是嘉靖帝自己，他不是一個開明聖君，怎會自承罪過？林潤這個攻擊反而會被嘉靖帝幫他們擋下來。然而奏疏上報皇帝要先通過內閣，徐階看到，召問刑部尚書黃光升、左都御史張永明、大理寺卿張守直三法司長官，先問：「諸公想讓嚴世蕃活還是死？」諸公紛紛答道：「必要他死！」徐階向他們解釋了楊繼盛、沈煉案治不死嚴世蕃的道理，眾人恍然大悟。徐階將嚴世蕃製造冤獄、欺壓百姓甚至貪汙腐敗等罪名通通刪去，只精選了兩條：一是在家鄉挑選了一塊有「王氣」的地造宅，這不合禮制；二是暗通大倭寇王直。

嚴世蕃確實與王直的一個親戚羅龍文有交，羅龍文也確實在安排一旦嚴氏敗亡，就要帶嚴世蕃「跑路」去日本的事宜，證據確鑿。徐階很清楚，嘉靖帝這人最恨的就是禮制、通倭二事，所以集中火力，攻其一點不及其餘。嘉靖帝接到實為徐階所寫的這道奏疏果然大怒，下令將嚴世蕃、羅龍文等一律斬首，抄盡嚴氏家產，導致 85 歲的嚴嵩突然失去生活來源，只能寄居墓穴，靠偷祭品果腹，苟且偷生兩年後悲慘地死去，大家總算出了一口惡氣。

明朝歷史上因通倭罪名倒臺的宰相只有嚴嵩一個，而且有個細節，細犬咬掉九頭蟲的一個頭，然後九頭蟲流著血逃了。二郎神說：「只是遺這種類在世，必為後人之害。」旁白說：「至今有個九頭蟲滴血，是遺種也。」似乎暗喻只有嚴世蕃這一個頭被砍掉，嚴嵩本人還苟活了兩年。即便如此，我仍認為九頭蟲更多的還是在謾罵張居正。

天上九頭鳥，地上湖北佬。這句俗語最初其實是專指張居正這一個湖北人的，後來才演變成對所有湖北人的戲稱[68]。在當時出現「九頭蟲」這個詞，就跟「立帝貨」一樣，明眼人一看就知道是在罵誰。至於說九頭蟲留了禍害，這更像是暗喻朝廷對張居正的清算不足，朝野上下很多人不滿 —— 包括李春芳。

至於您還要問，張居正怎麼跟倭寇勾結了，他操作的方式是什麼，怎麼對上《西遊記》細節？事實上，張居正的貪腐體系比嚴嵩龐大得多[69]，而且嚴嵩侍奉的嘉靖帝畢竟是個智力正常的成年人，嚴嵩只是倚仗私寵行諸不法，還不至於把皇權當小學生耍。張居正專權時，萬曆帝是個十歲小兒，真的是他從小帶大的學生，他和李太后、馮保構築的權力網把小皇帝罩得嚴嚴實實[70]。萬聖公主能到靈霄殿前偷來王母娘娘的九葉靈芝，您不會真認為是她法力通天吧？這自然是有近臣幫她運作。具體怎麼運作？噯，知道張大人跟太后的關係不？別說一株草，您只要把張太師的司機的族長伺候舒服了，李太后的原味絲襪都能給您弄來。

24 小雷音寺——太子黨的宣示

老大的繼承人選是每個組織最敏感的話題，佛教教義有「過去、現在、未來」三世佛的理論，正好對應王朝有先帝、當今、太子。不過既然佛教是皇帝私臣，那三世佛也就不是三代皇帝，而是三代私臣。明朝的禮法制度極其嚴苛，其實從未在繼承人問題上上演過所謂宮鬥，反倒是太子東宮的私臣比較敏感。彌勒佛作為未來佛，相當於太子東宮的私奴頭子，取經他也有話說。

24.1 豬八戒披荊斬棘甘當掏糞男孩

掃蕩了碧波潭龍宮這股倭寇勢力後，取經團繼續西進，來到一座八百里高嶺，漫山荊棘。豬八戒再次勤快，使出法天象地，變作二十丈高身軀，披荊斬棘，為唐僧開路。中途見一通石碣，上書「荊棘嶺」，下有兩行小字：「荊棘蓬攀八百里，古來有路少人行。」八戒笑道：「等我老豬與他添上兩句：『自今八戒能開破，直透西方路盡平！』」真是展現了樂觀主義。連唐僧都心疼徒兒，說天色已晚，睡一覺明天繼續。八戒卻說：「師父莫住，趁此天色晴明，我等有興，連夜摟開路走他娘！」、「那長老只得相從。」

沒有退路的下屬是最好的下屬，豬八戒現在就是比孫悟空更好更勤奮的下屬了。孫悟空得了如來成佛的承諾，相反豬八戒卻慘了：碧波潭的場子被砸了，而且一定程度上應該怪他沒保住，最要命的是還留了個龍婆當活口，說不定哪天就從她嘴裡吐出點什麼。現在玉帝隨時拿你，老君心中怪你，海軍沒法保你，連去萬聖龍宮當倭寇的路都斷了，你除了一路向西還能如何？

其實釘耙除點荊棘還不算什麼，之後取經團又遇到一個七絕山稀柿衕，是一條八百里山谷，千百年來積存了大量腐殖質，臭得連孫悟空都不敢近前。其實這暗喻了所有建築群——包括皇宮必不可少的一個系統——糞汙排洩，專業一點叫工業與民用建築給水排水工程系統。我們說蠍子精這種粗婦是後宮的底層，其實掏糞工更低。這裡也有妖怪，是一個勉強修成人形，但還不通人言的紅鱗大蟒，可見作者將其設定得多麼低賤。也難怪，他在皇宮進進出出幾十年，恐怕還真沒跟這種人說過一句話，乾脆寫人家不會說話。

此妖也偶爾吃吃當地居民，居民請了些法師來除妖，但都不奏效。取經團答應為他們除妖，妖孽的神通當然遠不如孫悟空，但牠一打不過就現出本相往糞堆裡鑽，孫悟空捏著鼻子不敢過去。豬八戒不怕髒不怕累，趕上去打。蟒蛇鑽到洞裡，孫悟空用金箍棒捅，這是在捅馬桶嗎？蟒蛇逃出來，猴、豬緊追不捨。蟒蛇忽轉頭一口吞掉孫悟空，誰知被孫悟空在肚裡活活搞死了。孫悟空多次鑽進妖怪肚子裡，逼迫妖怪講條件，唯獨這個不講，直接練死。也怪蟒蛇自己修為太低，不會講人話，所以未經啟蒙的最低階層連講講條件的方法都不知道。

不過這蛇精明明死了，豬八戒還要趕上一頓鈀，大師兄還在蛇肚子裡呢！孫悟空從蛇肚子裡鑽出來，質問他怎麼還打。豬八戒搪塞道：「哥啊，你不知我老豬一生好打死蛇？」有人分析老豬受背後大老指使，企圖打死孫悟空，所以到了朱紫國孫悟空要那麼多藥來療傷。其實這就是明軍搶功的伎倆，在朱紫國孫悟空將小妖有來有去的屍體扔在庭中，豬八戒也是衝上去一鈀，留下九個孔，搶記軍功。當然，說起來也可憐。滅了蛇精後，取經團還是要過稀柿衕，孫悟空只管捏著鼻子說難。「三藏見行者說難，便就眼中垂淚。」孫悟空說只有豬八戒變個大豬，拱開路。豬八戒見派他這麼髒臭的工作，起初不願意。唐僧卻說：「悟能，你果有本事拱開衚衕，領我過山，注你這場頭功。」

嘿嘿，等了多久，就等您這句話啦！雖然唐僧的級別比如來低得多，但好歹有了個承諾。豬八戒「滿心歡喜，脫了皂直裰，丟了九齒鈀，對眾道：『休笑話，看老豬幹這場臭功。』」掏糞男孩本應是三人組合，但現在另兩個不接髒活，那就只有老豬獨個變成大豬，一路拱開糞汙，拱了兩日，累得不行。眾人送飯來，掏糞男孩吃了繼續左手右手一個慢動作，終於拱開千年稀柿，拱出條乾淨大道請團隊通關。

然而唐僧承諾「注你這場頭功」是如何踐行的？根本沒有。豬八戒挑擔十萬八千里，最苦最累，還做這樣的髒臭活，最終卻得個極低的果位。如來口封淨壇使者給豬八戒時，八戒不服爭辯，這時唐僧為何不站出來幫兩句？可見「注你這場頭功」屁用沒有。唐僧這種人就是這樣，老鱉馱他過八百里通天河，請他幫忙問問佛祖幾時能修得人身，唐僧滿口應承，最後也沒有踐行，表面上是忘了，其實還是他不肯開口。

混這種沒有明規則的私臣圈子就是這樣，很多上司輕口許諾，騙得你一時賣命，到頭來給個什麼全憑他一句話。所以絕大多數人還是好好讀書，去考功名罷！那邊讀書雖苦，至少規則是明確的，考上狀元就授修撰，榜眼、探花編修，二甲主事，三甲知縣，舉人局長，秀才科長[71]。像如來、唐僧他們這樣口頭許諾，看似充滿想像，不可限量，實則看不見、摸不到，很多到頭來白白賣了命，只得一場鏡花水月。這也解釋了為什麼考公務員那麼熱，倒不是公務員這個工作多麼好，畢竟是吏而不是官，但好歹有個考場，您說的那些好工作，肉眼凡胎看得見路子去嗎？

24.2　陪落第考生聊聊詩

取經團行至荊棘嶺深處，遇一座木仙庵，在這裡幸會了最高雅的一夥妖精，他們不吃唐僧肉，也不取什麼元陽，只是留他吟詩作對。唐詩果然舉世聞名。

第一個妖怪以仙翁姿態出現，當著徒弟們的面將唐僧擄到一個頗為清雅的煙霞石屋，繼而請出另三位皓髮蒼顏的仙翁。四人分別叫十八公(號「勁節」)、孤直公、凌空子、拂雲叟，之後又來一美女，稱作杏仙。幾位雅緻清妖跟唐僧吟詩作對，兼談哲理。這一段篇幅頗長，但猜想各路導演覺得不如神魔打鬥精彩，往往也就忽略了，事實上此回隱喻了相當核心的問題。

古典詩詞最愛引經據典，妖精與唐僧賽詩，引用了大量與其原形植物有關的典故，暗中透露真身。但說真的，他們的詩詞水準真不高，勉強押韻，平仄、對仗完全牛頭不對馬嘴，只能算打油詩。這絕對不是李春芳狀元的水準，倒有點像吳承恩。但他們的哲學拆解卻一度折服唐僧。尤其拂雲叟一句「你執持梵語。道也者，本安中國，反來求證西方。空費了草鞋，不知尋個什麼？」唐僧聽罷，立即「叩頭拜謝」，本來不願交往，此時也欣然隨他們入庵品茗暢談，似乎發生了意識形態領域的動搖，這才是取經事業最危險的一刻！

話說植物能成精嗎？當然能，《西遊記》的設定便是「凡有九竅者皆可修仙」，人類並不壟斷修仙的資格。所謂九竅，是指哺乳動物的面部七個陽竅和下體二個陰竅，但事實上此句也只是表個意，並非嚴格限制。二十八宿中的翼火蛇是蛇，軫水蚓是蚯蚓，並無九竅，照樣修成天仙，所以植物也沒問題。其實玉帝本人也不是人類，因為「他自幼修持，苦歷過一千七百五十劫。每劫該十二萬九千六百年。」算下來 2.268 億年，可見玉帝的幼年處於三疊紀和侏儸紀之間，那時根本沒有人類，只可能是恐龍甚至三葉蟲修練成仙，三清四帝則應是稍晚的猛獁象、劍齒虎等物種，總之不可能是人。後來孫猴子大鬧天宮，似乎昭示了靈長類的崛起。

當然，這只是一個小玩笑，不過很好地展現了《西遊記》的核心思想：「我命由我不由天」，「金丹大道」的客觀標準就在那裡，你只要勤修苦練就能成仙，無須什麼高貴門第，亦無須祈求神佛恩賜。這表達了中國社會人人都能讀書考學以求上進而不受門第限制的傳統觀念，這和西方的貴族制度、種姓制度恰恰背道而馳。西天取經，不是去取什麼先進的東西，反而是將西方的一些落後意識形態引進中國，以保障某些門閥權貴的私利。

那這幫樹精到底是現實社會的什麼角色呢？其實就是那種落第考生，讀了不少書，修養也還不同凡夫，可惜終究沒能考取功名，也就當不了天庭仙官，只能在凡間吟詩作對聊作遣懷。說起來吳承恩就是這樣一種身分，但我相信他不會把自己寫成樹精，只有李狀元才會這樣調侃小吳。其實李春芳這種進士級的文人往往不會跟不熟的人糾纏辯論，恰恰就是這種民間文人，空有滿腹經綸無處施用，只能過過嘴癮，這次逮著個取經的和尚，較起真來還不放人家走了。有沒有想起一個更通俗的文學形象？沒錯 —— 孔乙己。這群人就是《西遊記》中的孔乙己，只不過李春芳比魯迅筆法更隱晦。

最後徒弟們找到師父，妖精趕快變回植物想隱藏，孫悟空戳破了他們：「十八公乃松樹，孤直公乃柏樹，凌空子乃檜樹，拂雲叟乃竹竿。」這裡作者隱藏了一個小機關，從名字看，顯然勁節十八公才是竹子。「勁節」在古詩詞中從來都是形容竹子一節一節的形態，暗喻清高、剛直、昂揚向上的氣節。張居正 12 歲時便作了一首震驚文壇的名詩《詠竹》：

綠遍瀟湘外，疏林玉露寒。

鳳毛叢勁節，直上盡頭竿。

所以在「九頭鳥」之前，也有人贈了「勁節」這個外號給年輕的張居正。而晚年的張居正卻成了一個獨夫民賊大貪官，尤以打擊勁節之士最為人所痛恨。他提拔了很多人，有些成了他的走狗，但也有不少勁節之士反對他的獨裁。張居正很清楚這是一些品行高尚的人，但他甩出一句惡狠狠的名言：「芝蘭當路，不得不鋤。」意思是再高貴的花草，擋了他的路，也得鋤掉！在這個指導思想下，無數忠貞剛直的勁節儒士正如松柏檜竹慘遭取經團虐殺一樣，慘遭他的打擊[70]。

李春芳在這裡生硬地插入一個外號「勁節」的十八公，或許只是在懷念張居正年輕時那種理想主義情懷，感嘆這官場怎麼就把曾經如此剛正清直、胸懷理想的大好青年染成了如今這個獨夫民賊？其實，他又何嘗不是感慨自己。一入官場深似海，不忘初心是年輕人許給自己最奢侈的承諾。多少純潔的少年懷揣著治國平天下的理想踏入釁門，十年，二十年，回頭再看，如今的自己似乎正在變成當年最鄙視的那個人，輕撫著年輕時那首像賈府門口石獅子一樣乾淨的詩篇，眼角有什麼熾熱的東西滑過。

而拂雲叟才應該是高聳入雲的松樹，但他引用了七賢、六逸、淇澳、渭川千畝、湘娥、漢史、子猷（王徽之）等大量與竹有關的典故，只是孫悟空並未參與賽詩，沒有聽到這些詩，他為何判斷無誤呢？所以這一個機關，作者設定得比樹精的詩才都生硬。

中國傳統文化中有以素雅的植物暗喻人品清高的筆法。南宋詞人陸游在落魄之際寫下了著名的《卜算子．詠梅》，用一句「無意苦爭春，一任群芳妒」來表達自己雖得不到任用，但堅持高尚的獨立人格，不願投身在某些權貴門下。唐代名相張九齡被奸臣排擠罷相，寫下一首《感遇》，用一句「草木有本心，何求美人折」來表達自己堅持本心，不向權勢低頭，不願曲意逢求皇帝、權臣的讚許。就連《西遊記》的真正主角張居正也是用「芝蘭當路」來形容品性高潔的儒士。不過這種高潔的品性結局如何？篇末，豬八戒揮起釘耙，將這些樹精打得鮮血淋漓。唐僧有所不忍，孫悟空卻說：「師父不可惜他，恐日後成了大怪，害人不淺也。」豬頭又將他們全部拱倒，斷了根。

是啊，現在還是小怪，拱倒無妨，成了大怪你們這幫私臣還敢殺嗎？大奸臣嚴嵩便是殺了小有名氣的楊繼盛、沈煉，激起公憤，導致嚴黨倒臺。所以說私臣對這種自命風雅，考不上功名但也不願投身在私臣圈子的人更加忌恨，因為這種人才是真的身負氣節，在外面當孔乙己還好，一旦讓他們考進了體制，最難妥協，最讓奸臣頭痛，如果已經當到一定級別就連殺都不能殺了，所以就要趁他們還在當小妖，沒升為天庭神仙之前，趕快斷了他們的根哩！

樹精這一回首先是點出了明代科舉制度的一大缺陷：對人才的浪費。科舉雖然較好地將頂尖人才提拔到了高位，但對次優的落第考生的開發利用卻相當匱乏。李春芳自己也曾落第十餘年，深有感觸。需要特別說明一下，「清流」這個概念是指進士出身的高級文官，這是通過客觀、公正、嚴格的科舉考試選拔出來的，不是後來那種空口自詡、自命清高的酸腐文人。這些樹精乍一看頗有幾分才情，但考試是手底下見真章的工作，考不上就是考不上，情懷再清高，自吹再賣力也是妖怪，不叫清流。

其次，這一回更重要的意義是表達了當時的社會基礎。為什麼在某些時代清高文人能占據高位，掌控政權？正因為樹精這些段位稍低的文人雖然沒能考進體制，但他們構築了體制內文官的社會基礎，支撐著他們引領社會主流。靠權貴寵幸而非才華晉身的私臣集團雖然正在崛起，但在這種社會基礎上，與文官集團的爭鬥仍處下風，難以把控主流[71]。而現在他們似乎找到了問題的根源，開始避開文官的正面防禦，向他們的社會基礎下手。用釘耙打得鮮血淋漓也只能平添血染的風采，用豬嘴拱倒才是斷根之法哩！海瑞、楊慎、楊繼盛這樣的高級文人可以與私臣集團戰個氣壯山河，名垂青史，樹精這個級別的就只能一拱一大片了。這樣下去，充當清流文官社會基礎的樹精們還剩多少？多乎哉？不多也！

24.3　彌勒佛祖為太子東宮發聲

取經團屠殺樹精的行為堪稱血腥，馬上就遭報應，下一回開篇詞寫道：「這回因果，勸人為善，切休作惡。」暗示這一回他們「四眾皆遭大厄難」是因果報應。取經的通用模式是唐僧或八戒、沙僧遭擒，孫悟空去救，但這一回堪稱孫悟空被困得最慘的一次。

取經團過了荊棘嶺，行許久到一座高山，見一所恢弘殿閣。孫悟空升空偵查，他的經驗很豐富，能憑祥光或妖氣判斷這裡是仙還是妖，唯獨這一次他也看不真切，只得報告「不知禪光瑞藹之中，又有些凶氣何也。」結果四眾走過去一看，居然是「小雷音寺」，難道是如來的行宮？果然進殿一看，佛祖帶著五百羅漢、三千揭諦、四金剛、八菩薩、比丘尼、優婆塞、無數的聖僧、道者，一個都不少。但這反而暴露了是假，孫悟空雖看不真切是神是妖，但佛祖他還是認識。膽敢冒充佛祖，管你是神是妖，打了再說！

但那假佛祖神通極高，丟擲一副金鐃將悟空合在其中，眾小妖上前捆了另三人。取經團一路也遇了不少厲害妖怪，但這是第一次連妖怪面目都還沒看清就團滅，果然報應。

這金鐃號稱關了孫悟空，限三晝夜化作膿血。孫悟空百般不得解脫，而且確實渾身燥熱，只恐確實正在被膿血化！既然這次師徒四人團滅，就只有暗中監視的五方揭諦動動腿了。揭諦「須臾間闖入南天門裡，不待宣召，直上靈霄寶殿之下，見玉帝俯伏啟奏。」這一方面展現了救人心切，一方面他們可以不宣召直接覲見，而且稱玉帝為「主公」，不稱「陛下」，可見他們是親近私臣，而非外朝文官。

玉帝聽說孫悟空「看看至死」，慌忙傳旨二十八宿去救。救兵星夜趕到小雷音寺，群妖已睡。孫悟空讓星宿打破金鐃，放他出來。星宿卻說恐驚醒妖王，不能打，只是用盡掀、捎、鑽，想在鐃上弄點破口放他出來。但這金鐃恰是一種記憶合金，銳器挫過，立即復原，留不下破口。最終還是亢金龍想到個辦法，他先將角變成針尖細，鑽進金鐃，再變成碗口粗。雖然金鐃也隨著角周變化，緊緊噙住，不留縫隙，但孫悟空在角上鑽一個洞，身體藏在洞裡，被亢金龍帶了出去。

二十八宿對孫悟空可謂披肝瀝膽，但猴子卻真是坑人。他一出來，二話不說就打碎金鐃。人家說得清清楚楚，一打碎就要驚醒妖王。這下果不其然，妖王披掛來拿眾人，祭出一個更厲害的舊白布搭包兒，功能類似於鎮元子的乾坤袖，一下把取經團和二十八宿全裝進去。半夜孫悟空解脫繩索，救了眾人，誰知他去取行李時又驚醒妖王。妖王依舊祭起布包，孫悟空倒是機靈跑了，眾人卻依舊被裝去。

孫悟空的行跡相當可疑，按說他是個機靈鬼，二十八宿那麼大一群人都能保持安靜，他一個人卻次次驚醒妖王。不過說真的，問題不在他，而在於這妖王太不負責，每次抓了人就倒頭大睡，要是取經團就這麼悄悄過去，少歷一難，你負得起責嗎？機靈鬼這才是在想辦法。

接下來啟動滿天找救兵模式。孫悟空依次去找了道家的武當山太和宮蕩魔天尊、佛家的盱眙山大聖國師王菩薩，兩位都派出大批援兵。但那妖王管你來多少人，反正一褡褳裝進去了事。不過裝了也不蒸不煮，就捆在那裡等你來救。這場面是不是有點眼熟？沒錯，模仿獨角兕大王，只不過這布包沒金剛鐲那麼高階，每次把朋友們囫圇裝了，有幾分狼犺。

見連累了這麼多救兵，關鍵是拿妖王一點辦法都沒有，孫悟空不由得望空悲啼。見他哭鼻子都不再去求救了，正主彌勒佛祖只好主動出現，解釋這妖王「是我面前司磬的一個黃眉童兒……那搭包兒是我的後天袋子，俗名喚做人種袋。那條狼牙棒是個敲磬的槌兒。」不過這算最麻煩的一次，一般主人一來，童子、坐騎立即伏法，這次彌勒變作一個瓜農，讓孫悟空引黃眉到瓜田，變作一個西瓜，瓜農將這個瓜遞給黃眉吃了，孫悟空才在肚子裡逼他投降。

彌勒收了黃眉童，飄然而去，孫悟空解放眾神。有意思的是，黃眉怪剛做了午飯，還沒來得及吃，取經團吃個現成。可見黃眉怪是吃素的，確係佛門，不是野妖怪。他抓取經團的動機就更不是吃唐僧肉了，而是宣稱他要去西天取經，果證中華。值得注意的是，他說他取代唐僧去取經，不是像六耳獼猴那樣冒充取經團去，而是要滅了唐僧取經團這個競爭對手，自己接下這單專案。可見，他們是完完全全的佛門內部人士，只是沒接到取經這個專案，所以跳出來吼一吼。那他們到底是佛門內部什麼人物呢？

佛教教義有過去、現在、未來三世佛的理論。其中，如來就是現在佛，也就是當權的老大。過去佛有很多，《西遊記》中以燃燈古佛為代表，而未來佛主要是彌勒佛。由於中國文化非常憧憬未來，所以彌勒佛在漢傳佛教地位頗高，形象也不斷美化，最終形成一個大肚羅漢笑哈哈的形象。漢傳佛寺一般進門便是彌勒殿，很多還配一副對聯：「大肚能容，容天下難容之事；開口便笑，笑世間可笑之人。」深顯佛教漢化之精髓。世界上最大的石刻佛像便是四川樂山凌雲寺的彌勒坐像，也就是著名的「樂山大佛」。

孫悟空在見彌勒時用了一個很奇怪的稱呼「東來佛祖」，但佛教從無這個稱謂，有人分析系作者訛傳，應作「未來佛祖」、「當來佛祖」。其實不然，作者生造了一個「東來佛祖」，正是明示 —— 太子東宮。

佛教「過去、現在、未來」三世佛的理論很容易讓作者聯想到中國的先帝、當今、太子，而太子一般居住在皇宮東側的東宮，所以「東來佛祖」顯然是指從東宮來的佛祖。不過不要誤會，彌勒一黨不是指太子本人，而是指太子東宮的一幫私臣，也就是俗稱的「太子黨」。現代有一種俗語，將一大群高官的子女稱作「太子黨」，但這種用法至少不是最初的習慣，古語中「太子黨」是指圍繞在太子身邊的一群近臣，而不是指一大群太子親自結成一黨。

西天取經是現在佛如來運作的一項大工程，將極大增強佛教的利益，與彌勒一黨也息息相關。但從黃眉童子不斷表露出的不滿情緒來看，似乎他們中有人對取經將他們完全排除在外不滿，要發出自己的聲音，參與這個利益重置過程，才好將利益盡可能多地切塊到自己盤子裡。說難聽點，他們也是在跟現在佛的人馬搶盤。那孫悟空是如何回應的呢？

首先，孫悟空要讓他們得到圓滿答覆，而不是置他們的訴求於不顧。所以孫悟空沒有偷跑過境，而是適時地喚醒妖王。當然，這次這個妖王工作態度很不負責，不然不需要孫悟空這麼出醜。

其次，孫悟空找的救兵其實就是巧妙答覆。第一次二十八宿來救，這是揭諦直接找玉帝派的救兵。孫悟空自己出來後，找了兩輪救兵，分別是蕩魔天尊和國師菩薩。遇到這麼厲害的妖魔，為何第一反應不是找玉帝、如來這兩個大老（太上老君就不指望了），而是去找兩位歸隱山林的前大老？這兩位派出的援兵也算不上精兵強將，更沒帶他們的法寶，所以都只是意思意思。這就是孫悟空故意示弱，表明不打算拿出現在佛的實力跟未來佛硬拚，只是找過去的兩位老叔伯來說和說和，我們在他們面前都是晚輩。

所以找完這兩輪救兵，彌勒也略知其意，主動出現。而且也不是直接擒下黃眉，而是配合孫悟空演了一場略顯複雜的戲，表明老叔伯拿不下的妖怪，晚輩我也沒那麼輕鬆。不過各位也好好聽聽我的聲音：「認得我麼？」招呼悟空時是這句，在黃眉老怪面前顯形還是這句。世人大多目光短淺，只認得臺上的當權者，不識得未來的成長股，所以有機會時要提點提點你們。彌勒建這小西天小雷音寺，明白告訴所有人：我這裡是小朝廷小皇宮，正宮的一切要素我們都具備，而未來是屬於我們的，你們現在那些位置，每一個我們都有人預訂好了。

24.4　東宮私臣比太子本人更敏感

宮鬥奪嫡本是政治爭鬥的一個重要方面，但法制越完善，宮鬥的空間就越少。明朝堪稱禮法制度最嚴苛的一朝，有嚴格、客觀的繼承法，人選天生天定，所以沒什麼宮鬥、奪嫡之類戲碼。明朝太子從小圈養在深宮，沒有任何露臉的機會，某天老爹昇天，他突然就成了皇帝。這種過程實在沒什麼好說的，連宮鬥戲都編不出來，所以有些人認為明朝政治晦暗，其實只是不夠精彩而已。但這並不意味東宮就與政治爭鬥絕緣，只是爭鬥的主體從太子本人轉移到他身邊的私臣而已。

所謂一朝天子一朝臣，在私權力大於公權力的時代，整個朝廷都是某人的私臣，一旦換個當權者，整個朝廷都跟著換。但隨著權力公共化、制度化，這種情況似乎改觀。明朝文官全是科舉進士，不是誰的私臣，換天子對朝臣反而是好事，每換一次，n 朝元老就 +1。難道這才是天天罵皇帝想把人家氣死的真相？

但對私臣而言，一朝天子一朝臣的情況反而更嚴重了。所謂東宮私臣，大多是和太子從小一起長大的好朋友，太子登基他們立即就權傾後宮，成為新的「現在佛」。最典型的便是正德帝從東宮帶到正宮的八個小太監，後來都成一代權閹，號稱「八虎」。尤其是為首的劉瑾，成為著名的閹黨頭子。更好的範例是嘉靖帝好友陸炳，因為嘉靖帝只是正德帝堂弟，沒當過太子，他的入繼相當突然，陸炳這幫人翻身翻得更陡。不過反之私臣沒有制度保障，以往只要獲得公職，還能相對固化，宋明以來純粹的私臣無非是件馬甲，皇帝真身一死，你就是塊破布。魏忠賢一度權傾朝野，完全仗了天啟帝對他放縱式的信任。天啟帝一死，繼位的崇禎帝殺他比踩死一隻臭蟲都容易 —— 其實根本連踩都懶得踩，是掃地出門讓路人踩死的。可見明代所謂權閹，和曹操、董卓甚至就和唐朝那些真正掌握著皇帝廢立生死的太監李輔國、仇士良比，完全是兩碼事，所以玩法也大不一樣。

既然明白東宮這個屬性，有遠見的人就會提前布局，張居正、馮保這對內外組合便是一個成功範例。馮保早在嘉靖中期入宮，但他目光長遠，知道嘉靖帝某天一死，他們這幫老奴就只能墮入冷宮，他必須提前布局。馮保的做法是一方面和東宮太監交好，一方面和講習東宮的文官張居正交好。一般來說私人圈子是很難打進去的，雖然你是當權大太監，但東宮太監們恐怕也沒那麼容易接納你這個外人。然而馮保又巧借張居正這個教師，直接和太子建立了連繫，所以太子登基後也很信任「大伴兒」，讓他這個前朝老奴繼續擔任太監頭子，令原東宮的朋友們都俯首聽命於他。當然，張居正死後馮保失勢，被他壓制多年的原東宮太監們對他的報復也很嚴重，畢竟不是一起長大的小夥伴。

最後說個輕鬆點的。所謂東宮太子，就是皇帝的兒子，既然說到後宮生殖衛生，作者又沒忍住安插了一些汙言穢語。那黃眉老怪用來裝人的舊白布褡包兒叫「人種袋」，似乎是個接生的工具。該詞前文用過兩次，一次是車遲國通天河陳家莊，老陳將準備獻祭給靈感大王的那對小姐弟一秤金、陳關保稱作「人種」。這個還好，第二次是取經團進入西梁女國，滿街的婦女圍觀歡笑：「人種來了！人種來了！」稍微有那麼一點點汙穢。過分的是，黃眉老怪用的兵器是個什麼「短軟狼牙棒」，而且孫悟空為了誘妖王入瓜田，左手寫了彌勒的符咒，所以單手掄棒。哎喲，您打個仗，怎麼狼牙棒還是短軟的？可不，這位御馬監的小公公，太子爺這根狼牙棒又短又軟，您可有良方？行啊！您看我單手掄棒，試試他又長又硬起來！封建小說果然誨淫誨盜，我不禁單手推開鍵盤，陷入了聖人模式，沉吟不語。

25 壬寅宮變 —— 道姑菩薩鎮壓蜘蛛精

這世上逼得文官、武將、貴族、祭司、農民、商人各路英雄造反的昏君都有，但逼得自家宮女造反的，嘉靖絕對是獨一份。這次奇特的宮女造反還牽連了嬪妃、太醫甚至外朝文官，不過個中詳情只能淪為永久的宮闈祕辛了。我們且看李春芳是如何用《西遊記》來演繹道聽途說，蜘蛛精、蜈蚣精、賽太歲、朱紫國求醫，其實都暗喻了這一事件引發的重重漣漪。

25.1 史上唯一宮女造反

嘉靖崇通道術，最寵幸的一個道士叫陶仲文，此人也創下一個紀錄：一身兼三孤（少師、少傅、少保），當然，這也是嘉靖帝故意破壞官制，試探文官的一個小動作。可惜他如此寵幸的首道卻不是個真道士，而是知道他崇通道術，所以半路出家，扮作道士來邀寵的佞臣。他身邊這樣的人還很多，也難怪，真道士沒那麼奸佞，就是要這種專門來鑽營的機靈鬼才能鑽到心窩子裡去。

陶仲文最大的功勞是幫久不生子的嘉靖帝誕下了龍子 —— 別誤會，不是隔壁老陶的意思，而是他進獻了很多提升男性功能的藥品和房中術，當然還裝模作樣地進行了很多齋醮禱告。嘉靖帝按策施用，果然很快就連生三子。老陶這套所謂房中術，很多是靠嗑了藥之後虐待女性來刺激男性功能，這下后妃們可就慘了，到嘉靖二十一年（西元 1542 年），嗑藥大色魔已經換上第三任皇后了！兩任皇后都是被他虐待死的 —— 雖然我沒有查到任何史料支撐她們的具體死因，但我就是要這樣說，你不要為他辯護！其實宮女們也慘，老陶的一個方子是要用十多歲的處女經血煉丹，而且還要先餓她們幾天，以保體質潔淨，長身體的小女孩很容易被餓死啊！諸如此類還不少，女性在後宮受欺壓很常見，但這種虐待堪稱嘉靖特色。

當時最受寵的是一位端妃曹氏，受封翊坤宮。嘉靖二十一年十月二十一日（西元 1542 年 11 月 17 日），大色魔臨幸翊坤宮，折騰到深夜，端妃和很多宮女昏死過去，大色魔也呼呼大睡。但小宮女們可慘，因為按大色魔的養生之道，每天凌晨要去採蕉葉上凝結的甘露來喝。宮女們前夜已經被蹂躪得欲仙欲死，還要那麼早起床去採露，再加上餓幾天採處女經血之類的折磨，很多宮女都累倒、病倒。可能也有人故意散布了謠言，翊坤宮的幾個小宮女就聽說已經有宮女被這樣折磨致死了，現在她們也處在死亡的邊緣！為了保命，現在只能跟這個大色魔拚了！

在一位叫楊金英的小宮女帶領下，女孩們躡手躡腳來到大色魔睡榻。咦？難道他不應該抱著端妃一起睡嗎？哦，端妃還昏厥在架子上沒取下來，大色魔就自顧一個人睡了，你自己說是不是活該！

宮女們排好陣型，抱腿的抱腿，扯手的扯手，把大色魔五花大綁起來。大色魔驚醒呼救，楊金英頂著鼻尖說：「這後宮的聲環境設計得多好呀，咩哈哈哈！現在你就算叫破喉嚨也沒人來救你啦！」然後拿出刑具——一條黃綾布，勒在大色魔脖子上打一個結，十幾個小姐妹一起猛拉！誰知楊金英打成了死結，勒不緊。女孩們慌了，她們確實沒有殺手經驗，緊急對策居然是再打一個結，而且又打成了死結！這下徹底勒不死了，大色魔拚命掙扎，宮女們紛紛拔下頭戴的釵、簪，往他身上亂插，直插得鮮血狂噴！但這樣畢竟是插不死人的，有的宮女開始害怕，難道這真是「真龍天子」？一位叫張金蓮的宮女跑到坤寧宮自首，大色魔的第三任老婆方皇后大驚，連忙趕來救下了已經昏死的老公。

宮女們見事敗露，四散奔逃，其中一位姚淑皋還打了三老婆一拳，但最終無處可逃，全部被捕。三老婆立即組織審訊定罪，據沈德符[23]的《萬曆野獲編》記載，共有16名宮女參與，分別是：楊金英、楊蓮香、蘇川藥、姚淑翠、邢翠蓮、劉妙蓮、關梅香、黃秀蓮、黃玉蓮、尹翠香、王槐香、張金蓮、徐秋花、張春景、鄧金香、陳菊花，另有一位宮女陳芙蓉阻止了弒君行為。但經查，另一位嬪妃王氏才是幕後主使，而且端妃也知情不報，疑似合謀，最終判決16名宮女並2位嬪妃弒君，依律梟首示眾。

審判過程非常迅速，大色魔都還沒醒過來，18位宮妃就掉了腦袋。也有人認為是三老婆藉機剷除曹、王兩位情敵，所以大色魔也對三老婆埋下怨恨，甚至有野史編造嘉靖二十六年（西元1547年）火災，大色魔故意阻攔消防人員，讓三老婆燒死。事實上大色魔非常感激三老婆救命之恩，她只是碰巧在那一年病死了而已。大色魔後來還為她的祭祀禮儀問題和文官們又吵了很久，雖是「大禮議」的小過場，也足見夫妻情深。

由於那年是壬寅年，所以史稱「壬寅宮變」，是嘉靖帝一生最難堪的一個醜聞，被綁在——哦不釘在歷史的恥辱柱上。此事也被認為是嘉靖朝政治轉向黑暗的一個標誌，從此嘉靖帝更加崇通道術，整天藏在西苑煉丹，可怕的嚴嵩專政由此開啟。

此案到底是宮女自發起義，還是曹、王二妃甚至外朝文官主使的陰謀，眾說紛紜，我們也不探案了，只說李春芳是怎麼把這麼重大一個素材寫到《西遊記》中，狠狠地諷刺荒淫暴虐的嗑藥大色魔。當然，他所得消息也未必全然屬實，細節也無非是道聽塗說。何況正如前文所說太上老君故意讓金角大王推送唐僧肉廣告一樣，有人還會故意向他這種人透露點假消息，借他來散布謠言呢。

25.2　朱紫國救活大色魔

取經團過了稀柿衕，來到朱紫國。該國人民頗有見識，不怕三兄弟相貌，反而圍觀取笑。後面的國度多屬此例，可見越往西方，妖魔越是平常，他們的樣子根本嚇不到人了。

孫悟空了解到朱紫國王病重，正張榜求醫，於是揭榜去當醫生。這一段作者炫耀了一下醫藥方面的知識，鋪陳了大量醫藥術語。不過恰如孫悟空所說，他讓朱紫國把 808 味藥都拿來，只是為了迷惑凡人，保密藥方，真正管用的無非是半盞龍馬尿。然後孫悟空又鬼扯了一通「王母娘娘搽臉粉、老君爐裡煉丹灰」之類所謂藥引。別人說委實沒有，他說那就只要一點無根水，也就是天下降下尚未落地的雨水。

其實這正是陶仲文那幫假道士忽悠嘉靖的把戲，經常拼湊些玄之又玄的藥方、藥引，一陣亂煉，煉出丹來就餵他亂吃。我透過諮詢包括具有中醫學科背景的多名生物醫藥工程專業人士，確信他們絕無利益相關地獨立提供了客觀資訊，從而認定：處女經血的化學成分無非就是人類血紅蛋白，甘露、無根水也無非就是 H2O 而已啊，有個屁用！但這樣弄些玄虛就顯得很高階，把迷信的大色魔給唬住啦。據我所知，明皇室始終沒有得到老陶的核心技術，而明末陶氏後人創辦的「陶逸堂」卻成為中華百年老字號，至今還在衝擊諾貝爾生理學或醫學獎，可見技術保密做得很好，嗑藥大色魔給老陶當了一輩子活體實驗小白鼠，最終也未能窺得祕方。

經過孫悟空一番折騰，朱紫國王嘔出來個帶血的糯米糰，病頓時好了！這時國王才識得神通，乾脆將病因和盤托出，原來是三年前端午，他正和后妃吃粽子，突然半空出現個妖怪，自稱賽太歲，聽說他的金聖宮娘娘貌美，要拿去做壓寨夫人。他只好將娘娘推出去，讓妖怪攝走，自己受了驚嚇，將那粽子哽在食道裡，落下病根至今。

這朱紫國不同別國，有三位皇后，稱金聖宮、玉聖宮、銀聖宮。其實這不符中國傳統婚姻制度，中國從來都是一夫一妻多妾，一個人同時只能有一位妻子，所謂「三妻四妾」是指三個不同時期的妻子，而非同時存在。比如方皇后就是典型的三老婆，但這必然是前兩位老婆不在的情況下才會出現第三位。朱紫國生硬地設了三個皇后，其實是硬往「三老婆」這個概念上扯。

壬寅宮變時，大色魔被狂插昏厥，醒來仍口不能言，所以三老婆才趁機定罪，殺了他兩位愛妃。當時有謠言稱大色魔雖受了重驚，但不至於口不能言，是有醫生趁療傷給他下了迷藥，好給三老婆留出殺情敵的時間。那您這麼一傳，誰還敢出頭？一大群太醫圍著行將就木的大色魔沒一個敢吭聲，眼見就要一命嗚呼，一位太醫許紳站了出來！史載「氣已絕。紳急調峻藥下之，辰時下藥，未時忽作聲，去紫血數升，遂能言，又數劑而愈。」（大色魔氣息已絕，許紳趕快用猛藥調治，早上七點下藥，下午一點忽然作聲，吐紫血數升，於是能說話了，又幾副藥痊癒。）

你不是那麼通道士嗎？怎麼這個時候還是靠醫生？

許紳這個治法和孫悟空治好朱紫國王頗為類似，而且血是硃紅色，大色魔吐「紫血數升」，難道這才是「朱紫」國名之義？不過大色魔好了許紳卻病倒了，他自己解釋：「我沒救了。當時宮變，我明白如果治不好，必殺身，因此驚悸，這不是藥能治的。」果然不久病死，可見當時極度緊張的氛圍。《西遊記》當然不能寫主角也這樣治好別人自己就上了西天——噯不對——他好像確實也上了西天。

痊癒後國王乾脆又託孫悟空幫他把金聖宮娘娘救回來，孫悟空應承，去偵查了敵情，卻發現妖魔與國王並非沒有交往。賽太歲將金聖宮擄去，還要國王提供宮女服侍，但尋常宮女進了妖洞，幾下就被折騰死了，所以賽太歲三天兩頭來找國王再送。至於那金聖宮，妖怪倒並未沾身，因為她剛被擄，就有一位神仙來送了一件五彩仙衣，穿上如渾身長刺，摸都摸不得。這完全就是大色魔熬煉處女經血的演繹：女人不能碰，還三天兩頭折騰死。

這位送仙衣的神仙是紫陽真人張伯端，歷史上是道教全真派南宗創始人（北宗創始人即呂洞賓、王重陽等），在哲學上是佛道合流的代表人物，功法上以主張「性命雙修」著稱，大色魔那一套很多源流於他，《西遊記》中不少道教色彩的詩詞也有抄襲他的嫌疑。所以明朝作者才把這位宋朝人（張伯端生於宋太宗太平興國八年，卒於宋神宗元豐五年，西元 983 ～ 1082 年）硬塞到唐朝背景的小說中，順便把《說唐》也帶歪了，寫紫陽真人是唐高祖（李淵）之子李元霸的師父。

孫悟空發現賽太歲本領倒也稀鬆平常，就是有個紫金鈴，是太上老君在八卦爐中鍛造而成，可以發出三百丈的火、煙、沙，非常厲害。有人說這是太上老君故意把這寶貝放在這裡阻撓取經，這倒未必，這應該是早就歸屬觀音的寶貝，《西遊記》中太上老君打造的寶物非常多，包括金箍棒、九齒釘耙都是，但早就給了別人用，並不負終身責任。孫悟空巧計盜得紫金鈴，將賽太歲困在火海中，正待燒死，他老闆觀音來了。

觀音解釋妖王是她胯下金毛犼，而且他來此作怪的理由非常奇特，不是給朱紫國王降災，反而是消災。原來國王當東宮太子時，曾射傷了西方佛母孔雀大明王菩薩的一雙兒女，佛母便說要他「拆鳳三年，身耽啾疾」。金毛犼聽了去，便跑來給國王「消災」。現三年期滿，她來收回。注意，佛母只是嘴上說說，並沒有頒下指令，因為她並無這個權力，只是表露了私下打擊報復的念頭，一個奴才聽了，趕快就去給她辦。當然，這奴才也順便自己過了幾年快活日子。

權力核心的私臣圈子正是如此，你得罪了她，她隨口一說，自有奴才來打擊你好向她邀功。不過金毛犼這事更有可能是觀音私放家奴作惡，然後推脫給佛母。這個所謂「三年」之說毫無意義，萬一取經團沒在這個時點到達，或者孫悟空就不幫這個忙，那三年之後又三年，三年之後再三年，到底還有多少個三年？只是碰巧現在孫悟空戳穿了金毛犼在此的罪行，觀音便想起三年前佛母丟過這樣一句狠話，順勢推到她頭上。您看，是在幫您的忙哩，您好意思再追我的責？萬貞兒太狡猾了！

其實我倒覺得，朱紫國這一篇作者更像是在表達：紫陽真人在此用處女經血煉丹，觀音為他提供保障，被孫悟空戳破後只好收攤，隨口拉個佛母背書。是啊，在通天河直接吃活人技術含量太低了，請紫陽真人用仙法煉製一番，效果更好喲！

25.3　蜘蛛精是仙姑不是妖魔

離開朱紫國，取經團走了很久，忽見一座庵林，唐僧要親自去化齋，猴、豬認為有事弟子服其勞，這不合師徒本分，這時沙僧說和，讓師父去。唐僧充滿愛憐地說：「我買幾個橘子去。你們就在此地，不要走動。」他為什麼堅持勞動？才不是呢，因為這裡有好看的。徒弟們也只好目送他肥胖的背影翻過月臺，進了那座庵林。

唐僧進了庭院，見四個大美女在窗邊做針線，「長老見那人家沒個男兒，只有四個女子，不敢進去，將身立定，閃在喬林之下。」這話本身就是故意矛盾，他既然立定了，又怎麼閃去喬林之下呢？然後唐僧就躲在林下仔細欣賞容顏，「少停有半個時辰，一發靜悄悄，雞犬無聲。」唐僧是著名的沒坐性，但看美女還是沉得下心來。看夠一個小時，聖僧不驚擾四美，躡手躡腳往裡走，果然又發現「比那四個又生得不同」的三個美女在踢足球。「三藏看得時辰久了，只得走上橋頭，應聲高叫道：『女菩薩，貧僧這裡隨緣布施些兒齋吃。』」具體是多久沒詳寫，猜想是看餓了不得不喊。所以後來孫悟空見了七個大美人，「笑道：『怪不得我師父要來化齋，原來是這一般好處。這七個美人兒……』」

七個美人兒非常熱情，立即下廚，可惜都是葷腥，長老不吃。美人兒們便生起氣來，將他五花大綁，懸梁高吊。「那長老雖然苦惱，卻還留心看著那些女子。」唉，還看！大色魔被楊金英她們五花大綁時也沒您這番愛美之心啊！他稱大色魔，那您是大色啥？女子又脫了衣服，從肚臍中噴出絲線，將莊園裹個嚴實，構造了一種類似後宮的靜謐聲環境，咩哈哈哈！大色啥，現在你就算喊破喉嚨也沒人來救你啦！

然而不需要喊破喉嚨，孫悟空在樹上看到銀光閃閃，便知有情況，立即來救，但見蛛絲綿軟，不敢用強，將土地老兒拘出來問。這裡有一段很奇怪的描寫，說土地老兒「在廟裡似推磨的一般亂轉」，不敢出來見他。這其實是表達宮變時，有人已經知道了情況，卻猶豫要不要站出來。最終土地老兒還是要出來，告知這裡是著名的盤絲嶺盤絲洞，住了七個妖精，也不知有多大神通，把上方七仙姑的浴池濯垢泉給占了，「仙姑更不曾與他爭競，平白地就讓與他了。」說完「那土地老兒磕了一個頭，戰兢兢的回本廟去了。」

為何這土地如此害怕？因為和許紳一樣啊，這次不是尋常看病，而是被牽入後宮三千年未有之大變局。好嚇人哪！

作者這裡刻意模糊了所謂「七仙姑」，有人根據其他傳說認為是玉帝的七個女兒，有人說只是王母娘娘的七個侍女，也就是大鬧天宮時被孫悟空定住那七位。無論如何，必是天宮仙女無疑，她們為何平白將浴池讓給七個妖怪？因為七對七打不過？當然不是。這濯垢泉亦非凡品，而是當年后羿射日，射落的九個太陽所化，絕非妖怪可以享用。就算七仙姑自身神通不濟，難道天庭就平白割讓？哪有憑宮女的武力保衛不動產的道理？所以很清楚，這是天庭安排給七仙姑洗浴的寶泉，這七個女子也並非趕走了七仙姑，她們就是七仙姑。蜘蛛原形未必是假，但蜘蛛修成仙體，到天宮當了宮女又有什麼問題？古代宮廷人員除了在宮中宿勞，一般也在外購置別墅，至於帝王后妃的行宮，她們也愛去遊樂，因為宮中禮節嚴苛，只有到了這些地方可以放鬆放鬆，甚至現出原形也沒人管。當然，在這些地方遊樂時，不能還打著皇家的招牌，所以散布個七仙姑讓給七妖精的謠言，稍作修飾。

孫悟空心裡有數，所以他不急於動手，而是先和師父一樣偷看許久美女洗澡，然後很猥褻地偷了人家的衣服回來找師弟，號稱偷了衣服女子無法起身，他們去解了師父走路。豬八戒聽說是七個美女，堅持要打了再走。其實孫悟空也是故意，既然偷了衣，趕快就要去解放師父，還跑回來跟豬頭廢什麼話？而且豬頭「抖擻精神，歡天喜地舉著釘鈀，拽開步，直接跑到那裡。」鏖戰了許久孫悟空都不作為，其實就是故意唆使豬八戒去戰。

果然那呆子去了哪裡是要打，卻是跳進浴池要和七個美人兒共浴。美人兒自然不肯，他便變作條鮎魚，「只在那腿襠裡亂鑽。」將七個美人兒「都盤倒了，喘噓噓的，精神倦怠。」真是封建糟粕，我都不好意思解釋了！大色豬玩兒夠了，現出本相，威嚇女子。其實女子真無凶心，聽了大色豬亮明取經人身分，當即跪下求饒。無奈大色豬要打，她們只好赤條條地跳出水來，放蛛絲纏倒豬玀，然後又「赤條條的，跑入洞裡，侮（捂）著那話，從唐僧面前笑嘻嘻的跑過去。」師徒倆總算看了個夠。七女跑去一個師兄處避難，也沒有擄走唐僧，只是留七個收作兒子的昆蟲類小妖來擋一擋。七小妖理直氣壯地大喊：「我乃七仙姑的兒子。」確切說明他們的乾孃就是七仙姑。不過小蟲不是孫悟空對手，幾下被踩死，徒弟們才解放唐僧繼續西行。

這一篇寫幾個美女將唐僧五花大綁，顯然是在調侃大色魔被宮女五花大綁。不過大色魔被弄得幾乎丟命，唐僧綁起來什麼事都沒有，還過足了眼癮。別急，馬上就讓您進入大色魔當時的狀態。

圖 15 蜘蛛精與王寅宮變

25.4　毗藍婆是菩薩還是道姑

徒弟們解放了五花大綁的唐僧，繼續西行，來到一座黃花觀，一位正在煉藥的道士客氣接待。由於孫悟空沒有說這裡有妖氣，可見這是正經道士，不是妖魔，只是不巧這正是那蜘蛛精的所謂師兄。

那道士聽七位師妹訴了苦，願給她們報仇，拿出他煉製的劇毒，放在茶裡請取經團喝。孫悟空機警不喝，師父、師弟卻當即中毒，進入大色魔當時的狀態。孫悟空與道士和七個蜘蛛精打起來，不敵後逃出道觀，又拘出土地，這次土地才告訴他是七個蜘蛛精。孫悟空對症下藥，用鹿角叉破了她們的蛛絲。本來孫悟空抓住蜘蛛精，要與那道士交換人質，蜘蛛精也齊喊師兄救命。誰知那道士卻說：「妹妹，我要吃唐僧哩，救不得你了。」孫悟空大怒，將七個蜘蛛「盡情打爛」。那道士「見他打死了師妹，心甚不忍，即發狠舉劍來迎。」

道士的劍法戰不過大聖的棍，但他有個絕招，剝開衣裳，亮出兩脅下有一千隻眼，眼中迸放金光，將孫悟空罩在其中。孫悟空「慌了手腳，只在那金光影裡亂轉……他急了，往上著實一跳，卻撞破金光，撲的跌了一個倒栽蔥，覺道撞的頭疼，急伸頭摸摸，把頂梁皮都撞軟了。」最後是變個穿山甲，地遁二十里方才逃脫。「出來現了本相，力軟筋麻，渾身疼痛，止不住眼中流淚」。

這時黎山老母主動來指點，說紫雲山千花洞毗藍婆菩薩可降這個百眼魔君，又名多目怪者。孫悟空按指引找到千花洞，「見一個女道姑坐在榻上」。這毗藍婆既名菩薩，卻作道姑打扮，她兒子是道家的昴日星官，也就是前次一聲叫死蠍子精的二十八宿之一昴日雞。很多人對這對母子到底屬於佛教還是道教百思不得其解，其實這是一個罕見的進士出身的宮人，兒子又考中進士，所以這家子在外朝、後宮兩邊都有地位，有時插手後宮事務，特別厲害。毗藍婆降服多目怪的兵器是在她兒子眼裡煉成的一根繡花針，孫悟空一聽，反應是「驚駭不已」。恐怕他當西廠特務這麼久，也是第一次見識毗藍婆母子這種內外眼線結合的厲害，也才猛省當初昴日星官收拾蠍子精為何那般俐落。

毗藍婆用繡花針輕鬆破了多目怪的金光，甚至讓他目不能視，疑似刺瞎了雙眼，又用三粒紅丸救活了師父、師弟。孫悟空要打死多目怪，毗藍婆說她洞裡無人，要收這道士去看門。孫悟空當然同意，只是想看看這怪的本象，原來是條大蜈蚣。後來孫悟空和師弟論及，說昴日星官是隻大公雞，這老媽媽必是個老母雞，雞最能降蜈蚣，所以能收伏也。那這麼厲害的蜈蚣，雞神家族想必早就收了，所以今日不傷他命，照舊收回，理同觀音的黑熊精。

沈德符[23]專門記載了宮人子姪高中進士的例子，整個明朝只有那麼兩三例，最有可能是毗藍婆母子原型的當屬景泰年間的成敬、成凱父子。成敬本是永樂二十二年(西元 1424 年)甲辰科進士，館選庶吉士，不幸被牽入漢王朱高煦(永樂帝次子)、晉王朱濟熺(太祖第三子晉恭王朱棡之子)叛亂。本來被判流放充軍，但成敬不願累及子孫，要求改為死刑，宣德帝援引司馬遷以宮刑替代死刑的古例，判處成敬閹割後送次子郕王府當太監。意外的是，郕王(朱祁鈺)後來當了皇帝，即為景泰帝，成敬這位才高八斗的太監自然最受寵愛，入正宮為御馬監太監、內官監太監(當時內官監是內宮首銜)。

史載成敬謙遜內斂，無論與後宮的太監、宮女還是外朝文官都保持著良好關係。宮人和文官文化層次差異巨大，思維方式和價值觀都有很多衝突，但成敬作為一位進士出身的太監，對雙方都有充分理解，所以常居中協調，堪稱內宮外朝的黏合劑。景泰帝非常感激成敬的貢獻，多次主動提出蔭及子孫，但成敬都婉言謝絕了，也從不引薦私人，只是深居簡出，潔身自好，不像很多太監、宮妃那樣在後宮搞宮鬥。

毗藍婆是一位穿道袍的菩薩，應是隱喻成敬由文官轉為宦官這種奇特經歷。她的洞府非常冷清，孫悟空剛去時「直入裡面，更沒個人兒，見靜靜悄悄的，雞犬之聲也無，心中暗道：『這聖賢想是不在家了。』」與動不動就八大金剛、五百阿羅、三千揭諦、無數比丘尼前呼後擁的佛祖、菩薩們的排場形成鮮明對比，顯然是在贊喻成敬這位千古不遇的進士太監在後宮顯得鶴立雞群的高潔人品。

其實還有一位由進士轉為濁官的人物離成書年代更近，他就是嘉靖十七年(西元 1538 年)戊戌科進士沈煉，為官十分剛直，上疏彈劾權奸嚴嵩。嚴黨定下奸計，將其調往錦衣衛，想讓陸炳教訓教訓他，見識一下權力的黑暗，從此老實一點，他也成為史上唯一進士出身的錦衣官。然而沈煉絲毫不懼，繼續揭發嚴黨罪惡，最後嚴黨誣陷他是白蓮教妖人，定其死罪。但嚴黨連續虐殺楊繼盛、沈煉這樣的義士，終於激起公憤，以致倒臺。電影《繡春刀》男主角沈煉似乎就是以他為原型，不過沈煉的兒子沒有再考中進士，所以我認為毗藍婆母子應該還是暗喻年代更早的成敬、成凱父子。成敬拒絕了景泰帝蔭及子孫的善意，而是嚴格要求兒子成凱，透過自身努力考取景泰二年（西元 1451 年）辛未科進士。堅持不走蔭官濁流，努力考中進士成為清流文官，這不就是昴日星官嗎？

其實作者寫昴日星官也有個大講究。昴宿（Pleiades）在天文學上稱「昴星團（M45）」，是西方七宿第四位，即在正中，最顯眼。目前哈伯望遠鏡已確認星團內至少有 280 顆亮星，但在古代肉眼只能見七顆，所以又稱「七姊妹星」。中國人曾在宋代之前某年觀察到七姊妹中的一顆消失了，於是產生了許多「七小妹下凡」的傳說，稱這一顆下凡到了人間。比如黃梅戲《天仙配》便講七仙女衝破天庭阻撓，下凡配合凡人董永，尤以唱詞「樹上的鳥兒成雙對，夫妻雙雙把家還。你我好比鴛鴦鳥，比翼雙飛在人間。」最為經典。但至遲宋代已確認只是昴宿六（Alcyone，金牛座 η）亮度較低，被看漏了而已。

在希臘星相學中，昴星團同樣被稱作「七姊妹星」，位於黃道十二星座之一金牛座的肩部。傳說她們是月神阿蒂蜜絲的七個侍女，將宙斯之子酒神戴歐尼修斯撫養大。獵人傲來翁貪慕她們的美色，欲行輕薄，放獵犬追逐。宙斯念七姐妹撫育有功，將她們升上天空，遂成星相。明末西方天文學大行其道，尤其在李春芳這種高級文人中最為時髦，他不知是否道聽塗說了些，便寫東勝神洲傲來國花果山人士（漢語可稱「傲來翁」）孫悟空放獵豬追逐七姊妹，可惜沒有宙斯來救，七姊妹被豬拱了之後又被傲來翁「盡情打爛」。

昴宿和七仙女淵源頗深，同時李春芳似乎也在暗示，毗藍婆、昴日雞娘倆成為跨斷前朝後宮的大勢力，尤善安插眼線（在眼裡煉製武器、豢養多目怪)，這多目怪正是他家安插在太醫院的眼線。宮變時有許多謠言，稱有后妃甚至文官是幕後主使，又稱有醫官趁療傷給大色魔下了迷藥，好留出時間來給三老婆殺情敵。李春芳顯然採用了這些謠言，寫唐僧被七仙姑五花大綁飽受一頓驚嚇後，道士又下藥毒倒他，孫悟空趁機打死了七蜘蛛，黎山老母暗示他請來毗藍婆降服多目怪。當然，在朱紫國孫悟空又大展許紳的醫神技能，讓君王口吐紫血而痊癒。不久，他們都上了西天。

表 11 小說情節與王寅宮變史實的對照

小說情節	史實
朱紫國送宮女給賽太歲折騰	嘉靖帝送宮女給陶仲文熬煉
紫陽真人送仙衣保金聖宮貞潔	陶仲文要求取經血的處女體質清潔
唐僧被七仙姑五花大綁	嘉靖帝被宮女們五花大綁
唐僧被多目怪毒倒	謠傳有醫官趁機毒倒嘉靖帝
孫悟空趁唐僧毒倒，打死七仙姑	方皇后趁嘉靖帝毒倒， 殺宮女並曹、王二妃
孫悟空妙藥治好朱紫國王	許紳下猛藥讓嘉靖帝紫血數升復甦
朱紫國王吐出三年前端午哽下的粽子	許紳辰時用藥， 嘉靖帝午時方酥（三個時辰）
治好國王後孫悟空上了西天	治好皇帝後許紳上了西天

26 獅駝嶺——再論私臣家屬待遇

若說《西遊記》中最氣勢磅礴的妖魔王國，當屬青獅、白象、大鵬三大魔王構築的獅駝國無疑。然而這只是一個和紅孩兒類似的伎倆，只不過別人已經用過的不能再重複，如來這次的陣仗弄得更大，誠邀整個佛界共同見證他舅喜獲正果。老鼠精也說自己是李天王的家屬，既然所謂私臣是皇帝的私人關係，那私臣的家屬呢？家屬的家屬呢？

26.1 氣勢磅礴的妖魔王國

取經團終於從可怕的王寅宮變中走了出來，不過立即又步入一個更可怕的妖魔王國！太白金星主動守候在獅駝嶺示警，這在取經路上異常罕見。但這也說明某些神仙非常清楚這夥妖魔的情況，只是不打算收伏，甚至都沒向天庭報告，現在就是要取經團你們自己解決。

豬八戒去向太白金星變的老者諮詢，聽聞此處是八百里獅駝嶺，內有一個獅駝洞，有三個魔頭、四萬七八千小妖，而且都是有名字帶牌的，分工細密，組織完善，當即被「唬出屎來了！」孫悟空認為太白金星誇大其詞，入洞去偵查，還把妖魔戲耍了一番。而且他在洞口見了妖怪訓練的陣法整齊，反應竟是「這大聖心中暗喜道：『李長庚（太白金星）之言，真是不妄！』」他知道這夥妖怪很正規，不是野妖怪。而且這麼大的規模天庭也不管，說明是有關係有背景的人設的卡，如果真來刁難取經團說不定還是有求於俺老孫——事實確也如此。只是聽說大鵬有個陰陽二氣瓶，能將人一時三刻化為膿水，稍微有點擔心。

這個瓶確實帶來了不小的麻煩，孫悟空入洞偵查被大鵬識破，捆起來放入瓶中，剛開始不說話，任何反應都沒有。誰知這瓶裝的是聲控開關，不說話沒事，一聞得人言便放出龍、蛇、火攻擊。孫悟空百般應付，不一會兒居然腳踝都燒軟了，只怕確有性命之憂！這時，觀音給的三根救命毫毛終於發揮了作用！猴子全身的毛都已軟熟，唯獨這三根還硬槍，連忙將其變作金剛鑽，鑽穿了瓶底逃得性命。這瓶兒本來「內有七寶八卦、二十四氣，要三十六人，按天罡之數，才抬得動。」現在洩了陰陽二氣，頓時成了廢物。

這法寶威力倒是不小，但缺陷也多，一則沒有主動攻擊方式，二則過於笨重，有點像 68 噸的 T-U 構型熱核彈頭，其實沒有實戰能力，有人分析這是太上老君煉器的次品，被大鵬撿了來。這瓶兒也暗喻了官場上的一個潛規則：禍從口出。只要您別開口，什麼事都沒有，一開口得罪了人便遭報復，所以官場上練就了無數噤聲不言的人。成化年間政治晦暗，高層被蔑稱為「紙糊三閣老、泥塑六尚書」，鄙夷他們箝口不言的狀態。不過就算在這種環境下失口獲罪，萬貴妃的三根救命毫毛也還能救你一救，說到底還是權力主宰一切。

孫悟空逃得性命，回去見了師父，說明這是一場超大規模戰役，再次強調了他的軍事指揮權，令沙僧留下保護師父，他率八戒前去搦戰，三大魔王依次接戰。他們先大戰降服了老魔青獅，同意送唐僧過山。二魔白象卻又不服，於途中設計偷襲，一度生擒八戒。孫悟空將八戒救出後又一番大戰，用很多馴象的技藝降服了白象，「呆子舉鈀柄，走一步，打一下，行者牽著鼻子，就似兩個象奴，牽至坡下。」這段描寫頗有意思，明代御馬監本職是馴養皇家禮儀用的駝馬，設有馬房、駝房、象房等。正德帝還建了一個豹房，傳說甚至養過獅、虎等大型貓科豹屬動物。馬、駝自不必說，明皇室還愛用大象來承擔一些禮儀，所以御馬監也傳承了很多象奴技藝。另一方面，御馬監人手不足，遇到大型場合也需從錦衣衛甚至軍隊借一些儀仗人員。大象主要產自南亞，明代又引進了非洲象，均由海軍走水路送至北京。所以這裡信筆來一段御馬監小太監和海軍元帥聯手馴象的小插曲，應該是李春芳這個江南人到了北京開的眼界，收入了寫作素材。

老魔、二魔心悅誠服，願送取經團過山，三魔卻又不服，定計送取經團過獅駝嶺，到獅駝國時再行擒拿。孫悟空升空偵查獅駝國，「見城池把他嚇了一跌，掙挫不起。」原來太白金星說獅駝嶺有四萬七八千妖怪都是謙虛，老魔、二魔再厲害也是按妖怪的規矩在山裡作怪，三魔完全霸占了一個人類國度，將全國人吃光，如今國中全是妖魔！而且豺狼虎豹們在這妖魔國度安居樂業，井然有序，天庭完全不管。「那大聖正當悚懼，只聽得耳後風響，急回頭觀看，原來是三魔雙手舉一柄畫桿方天戟，往大聖頭上打來。」小妖已抓了唐僧去，三個魔頭與三個徒弟捉對廝殺，最終技高一籌，將師徒四人都抓進獅駝國寶殿。

魔頭暢談吃唐僧肉的講究，總之就是不能急著吃，要慢慢整治。吳閒雲[10]認為他們很專業，甚至引申出大鵬是佛教高層，所以知道佛教五百年來靠吃唐僧肉渡劫的奧祕。其實正如前文所說，唐僧肉沒什麼神奇功效，他們這樣無非是更合理地拖延時間而已。果然，他們像黃眉老怪一樣，將師徒四人放在蒸格上便自顧去睡覺。拖戲男北海龍王敖順又來了，他變作一條冷龍，護住鍋底（可見他自己才是冷龍，當時羊力大仙是召喚他，而不是在茅山煉製的）。孫悟空趁夜解放了師父、師弟，而且這一次他又說不能急著逃命不要行李，躡手躡腳去把馬匹、行李偷了出來，但這一次沒有驚醒妖魔，連看蒸格的小妖都保障了睡眠品質。

那怎麼辦？還能怎麼辦，當然只有魔頭自己醒來囉！三個魔頭不約而同醒來，憑空就說「走了唐僧」。小妖趕快去看，果是走了。妖魔大舉來抓，只走脫悟空一個，師父、師弟依然抓回。看來還是這幫妖怪訓練有素，東宮那幫沒經過實戰鍛鍊的菜鳥就是嫩得多。

魔頭依然不吃唐僧，只是放謠言說等不得蒸，夾生吃了。孫悟空聽信了謠言，大哭一陣後跑去找如來要個說法。到了靈山，守門的四大金剛喝道：「這裡比南天門不同，教你進去出來，兩邊亂走！咄！還不靠開！」嘿嘿，有趣。國門可以隨便進出，私苑反倒如此嚴格。有些人完全搞亂了國法禮制和私人關係，可以想像他們在公共權力和私人利益方面又是如何處置？

如來聽完孫悟空哭訴，剛答了一句：「你且休恨，那妖精我認得他。」就等你這句！孫悟空「猛然失聲道：『如來！我聽見人講說，那妖精與你有親哩。』」如來也意識到自己說漏了嘴，連忙喝止：「這個刁猢猻！怎麼個妖精與我有親？」如來本意只是說這妖精我認識，你別太狠，誰知被刁猢猻逮住了把柄，只好供出是他什麼親戚。原來老魔、二魔是文殊、普賢坐騎，金翅大鵬雕是如來乾娘佛母孔雀大明王菩薩的弟弟，也就是他娘舅。這佛母整本書沒露過臉，弟弟、兒女惹的禍卻不少。這是後宮私臣自帶屬性，私臣本人在皇帝身邊，或許還相對收斂，他的家屬衙內在民間橫行霸道起來，往往更加殘暴無束。孫悟空現在也老練多了，其實三個魔頭以動物形態出現，已經將身分透露給他，但他也不敞口亂說，而是逮住如來一次說漏嘴，順勢逼他承認是自己的親戚犯罪。

如來點起五百羅漢、三千揭諦，並請過去、未來兩尊佛和文殊、普賢二菩薩隨行，堪稱傾巢出動。青獅、白象見了主人，立即現原形回到主公胯下，大鵬依然不服，還要繼續追打悟空。其實現在大鵬被靈山全明星陣容團團圍困，已窮途末路，如來一聲令下，瞬間可將他轟殺至渣。但佛爺又怎會這樣對待自己的舅舅呢？如來把自己的頭變成一塊鮮肉，大鵬嘴饞來叼，被如來用手一指，使大法力困住了他。舅舅被困急，喝斥外甥。外甥修養比觀音姊姊還好，說你在這裡只能犯罪，跟我去，還能加官進爵。舅舅說出為何不去他那裡當菩薩的緣故，原來是嫌西天吃素，太過貧苦，還撂了句狠話：「你若餓壞了我，你有罪愆！」外甥忙好言相勸，說「我管四大部洲，無數眾生瞻仰，凡做好事，我教他先祭汝口。」大鵬才勉強給個面子皈依，做了佛祖駕前火焰護法。可見也是嘴上說不要，身體還是很誠實嘛。

西天取經就是因為如來管不了最富裕的南贍部洲，才挖空心思搞的一場戲，這裡卻大言不慚地說「我管四大部洲」，儼然全天下的肥缺任他支配，正如大鬧天宮時口一張便對猴子說他能決定誰當玉帝。這種上司就是善於誇大神通，讓人覺得跟了他什麼肥缺都能撈到。他這話不僅僅是說給大鵬，更是說給所有人聽，提前宣示一統天下的願景，勾動所有人的貪念，萌生跟著自己混的念頭。

26.2　大鵬為何將天賦帶到獅駝嶺

很多人想不通，獅駝嶺三大魔王中，金翅大鵬雕為何甘當老么。

論身分地位，老魔、二魔是文殊、普賢的坐騎，而三魔卻是如來的舅舅，跟兩位哥哥簡直是有階級鴻溝。太白金星說：「那妖精一封書到靈山，五百阿羅都來迎接；一紙簡上天宮，十一大曜個個相欽。四海龍曾與他為友，八洞仙常與他作會，十地閻君以兄弟相稱，社令城隍以賓朋相愛。」其實細看他的關係網倒不是高層，只是諸如佛教的五百羅漢、道教的星曜、閻王這個級別的中層，不過尋常妖怪都是被攆得滿街跑的級別，能聽說過中層的名字已經很了不起了，何況認識。

論本事，大鵬更在哥哥之上。三對三時，青獅對八戒，白象對沙僧，大鵬對悟空，這顯然不是田忌賽馬，而是雙方切實的戰力評估。而且以往孫悟空打不過至少能跑，筋斗雲很少有人追得上。但這大鵬號稱「雲程萬里鵬」，搧一翅就有九萬里，搧兩翅就能趕上猴子。所以這次是打也打不過，逃也逃不了，這樣的妖魔在《西遊記》中恐怕絕無僅有。更重要的是大鵬那種藐視權威的桀驁風姿，明明已經被擒，還當著全佛教的面，喝得如來連連放軟，就算齊天大聖的巔峰也不過如此啊！所以大家就更想不通他為何甘居人下，敬陪末座了。

按小鑽風的情報，最初只有青獅、白像是獅駝嶺的山大王，而大鵬五百年前就占據了獅駝國，近年來打探到唐僧取經的情報，但怕一人戰不過孫悟空，才上山找二位哥哥合夥。若說先來後到，他確實應該當小弟。但獅駝國的國力遠在獅駝嶺之上，就算要合夥，也應該是大鵬招安青獅、白象才對。就像美國覺得競爭不過蘇聯，所以拉了個北約，但北約也是以美國為核心，拉其他小國入夥，而不是美國迫不及待地跑去認英法德當哥哥，所以大鵬為了擴充實力就甘當小弟依然說不通。

那他到底圖個什麼？其實也無非就是想借取經的機會在體制內混個正果而已，只不過被紅孩兒搶了先，他不好依樣畫葫蘆，所以才被迫更費周折。大鵬雖然占據了一個偌大的獅駝國，吃盡一國老少，堪稱妖界翹楚，但他的發展模式顯然不可持續。你把一國人吃盡了，然後吃什麼呢？獅駝國雖然建成一個氣勢磅礡的妖魔王國，但最基本的資源——人肉已然耗盡，其實已經維持不下去了，所以他只好去找姊姊幫忙：「哪，老姊！你兒子那麼厲害，快讓他給老舅謀個出路啊！」

佛母：「唉，弟呀！人家背景再硬的妖怪也只是做山大王，你跑去吃盡一國人，公然在國都裡做妖！要不是神仙們都顧忌在你外甥背後捅刀子的嫌疑，沒秉報玉帝，你那什麼獅駝國早就被天庭剿滅啦！你現在還要給人家添麻煩，合適嗎？」

大鵬：「少他媽廢話！還當我是親弟弟嗎？這算什麼麻煩，人家劉瑾、魏忠賢的七大姑八大姨都蔭公諸侯，他呢？」

佛母擰個苦瓜臉：「哎喲，我當你是親爹行了吧！現在還是唐朝，別總拿明朝的太監說事行不行？」

大鵬：「哼！舅舅不管，死心塌地地給他那什麼狗屁徒弟金蟬子謀正果，有一小半心思放家裡也好呀！對了，這金蟬子不是正在搞什麼取經嗎？老子去把他抓來，看他還管不管老舅！」

佛母嚇得屏都開了，趕快找到如來：「兒哪！你就幫幫你舅吧，算乾娘求你啦！」

如來長吁短嘆：「唉，也是我照顧家裡人不周。不過說真的，他想借取經謀個正果這主意不錯，取經可是玉帝的大事，咱家已經趁機向他要了不少東西。嘿嘿，就順便讓他再把舅舅的工作解決了也不錯呀！嗳！動作還得快點，要是讓太上老君那個牛鼻子老道搶先這樣做了，咱家也不好讓人笑我偷學。」

這時文殊、普賢進來報告：「秉報佛祖，太上老君借取經的機會，讓觀音菩薩給他私生子紅孩兒解決了個善財童子的果位喲！」

如來大怒：「媽的！還是被牛鼻子搶了先！萬貞——哦不，觀音這婆娘倒是會做人情，連小牛鼻子都收。哼，你倆過來，好好合計合計。」

文殊：「秉報佛祖，吾有一計，可為舅爺爺謀成正果！如此如此，這般這般……只是此法過於複雜，容易穿幫，到時候玉帝認不認就只能求菩薩保佑啦！」

四位聚攏合十，齊聲禱祝：「南無大慈大悲觀世……等等！好像有哪裡不對！」

《西遊記》設定孔雀、大鵬是萬羽之長鳳凰所生的一對兒女，那大鵬就是傳說中的鳳凰男，孔雀就是傳說中的扶弟魔，這種姊弟溺愛有時比對私生子的溺愛還要嚴重。扶弟魔去找如來辦鳳凰男的事，如來本想：「關我舅子事。」轉念一想，噯！還真就是關我舅子事！紅孩兒也無非是在一個貧瘠山澗噹噹山大王，大鵬這種公然占據一個人界國度的做法，不光是《西遊記》，在任何神魔小說中都罕見！這正是出於扶弟魔對鳳凰男無原則的幫扶，所以大家以後相親的時候一定要注意。

細看如來為大鵬解決正果的做法，其實和紅孩兒的技術路線完全一致，只是為了以示區別，更費心思地包裝了更多過場動畫而已。不但需要青獅、白象來幫忙演演大哥，連過去佛、未來佛、文殊、普賢、五百羅漢、三千揭諦都來捧場當臨時演員，無非是為了把戲做足。最終，青獅、白象回去繼續當坐騎，大鵬卻得了如來駕前火焰護法之職。第八十六回孫悟空訓斥南山大王（花豹精）時提到一句：「佛如來是治世之尊，還坐於大鵬之下。」似指大鵬的席位比如來更高。

表 12 紅孩兒與大鵬成正果過程比較

紅孩兒	大鵬
太上老君私生子	如來佛祖乾舅舅
在號山枯松澗爲妖，欺淩山神、土地	吃盡獅駝國人，公然在人間建立妖魔王國
不和牛魔王、鐵扇公主同居	投奔獅駝嶺，給青獅、白象當小弟
阻撓取經	阻撓取經
極度侮辱觀音	當眾辱罵如來
降而複叛	降而複叛了三次
被觀音設計抓捕	被如來傾巢而出，聲勢浩大地抓捕
喜獲觀音善財童子職位	喜獲如來火焰護法職位

至於大鵬當年吃盡一國凡人的罪孽，再也無人提起了，猜想佛教內部是把帳算在他兩位哥哥頭上的，他只是從犯，不嚴重，不嚴重。烏巢禪師向唐僧預告西行路時有一段：「精靈滿國城，魔主盈山住。老虎坐琴堂，蒼狼為主簿。獅象盡稱王，虎豹皆作御。」應該便是描述獅駝國，但他只說「獅象盡稱王」，不提半個「鵬」字，顯然是佛教集團當時就已

經擬定了報告，將獅駝國這攤子事全算在獅、象頭上，不影響大鵬的仕途，或許這才是大鵬不招安青獅、白象到獅駝國，反而將天賦帶到獅駝嶺的真正原因吧！

26.3 老鼠精說我也是家屬

既然眼見紅孩兒、大鵬相繼獲得正果，自然還有人打這個主意，取經團遇到一個山寨大王，她的手段集過往妖魔之大成，但細看全是抄襲，毫無創新，所以最後也沒能撈得便宜去。

取經團來到一片黑森森的原始森林，唐僧聽得有人呼救，過去一看，是個女子被綁在樹上，半截身子被埋在土裡，這姿勢透露了她的真實身分 —— 半截觀音，其實是個金鼻白毛老鼠精。半截觀音向唐僧呼救，編造家人遇到強盜，被搶光了綁在這裡。這不是完全抄襲人家紅孩兒的說辭嗎？不過紅孩兒變個七歲小孩兒，她變個美豔女子。這招真的已經用濫了 —— 好吧，對唐師父還是很管用。

救出她來，唐僧又說女子腳小不能走路，要徒弟揹她。這第幾次了？不過他這次不要孫悟空背，轉要豬八戒背。您這是為了顯示略有創新精神，不完全是抄襲？取經團帶著女子走了二三十里，來到一座鎮海禪林寺借宿。唐僧生病住了三天，女妖每夜都偷吃兩個小和尚，一共吃了六個。後來孫悟空變成小和尚戳穿了她，動起手來，不意被她攝了唐僧去。此妖抓唐僧的目的也不是為了吃，而是配合取元陽。三個徒弟去營救，這女妖本領倒也稀鬆，就是老鼠會打洞，在陷空山無底洞建設了一個龐大的鼠與地下城。孫悟空每次進去也找不到人，不料找到一個供桌，供奉著「尊父李天王之位」、「尊兄哪吒三太子位」。

孫悟空見是熟人家屬，便不再追打，直接上天告御狀。李天王大怒，痛斥孫悟空誣告，因為他三個兒子都有正經工作，另有一個七歲女兒，都不可能下界為妖。他氣得用縛妖索將孫悟空捆住，還拿出砍妖刀要砍猴頭。哪吒急忙用斬腰劍架住砍妖刀，反倒把李天王嚇了一跳，以為他要弒父，連忙將如來賜的黃金寶塔托在手中，才細細聽他說來。這裡作者岔開講了一下李天王的家事。

托塔天王李靖及其子哪吒三太子，也算是家喻戶曉的神話人物，不過他家流傳的事蹟更多以《封神演義》為主，和《西遊記》有較大出入。《封神演義》寫李靖本是殷商陳塘關總兵，有三個兒子金吒、木吒、哪吒。哪吒實為女媧娘娘護法童子靈珠子轉世，所以天賦神通，幼時下海洗澡，殺了東海龍王三太子敖丙，並在天宮阻截龍王敖光，將其痛毆。龍宮大興索仇，哪吒為了不連累父母，自戕謝罪。其師太乙真人用蓮花化身，收其魂魄復活。後李家歸屬武周伐紂，功成道教神仙。燃燈道人（佛教的過去佛燃燈古佛）賜李靖一座七寶玲瓏塔，用於鎮壓變作妲己的九尾狐，故稱托塔李天王[72]。

但在《西遊記》中，哪吒的事蹟就沒這麼感人了。《西遊記》並未交代李家的詳細來歷，只說李天王長子金吒，做如來前部護法；二子木叉，做觀音護法，法名惠岸行者。這個三子哪吒，同樣有下海洗澡的情節，但禍事遠沒有殺了龍太子那麼大，只是踏倒水晶宮，捉住蛟龍要抽筋。注意，捉的只是普通蛟龍，不是龍太子，而且也只是要抽，尚未實施，龍宮也並未來尋仇。但「天王知道，恐生後患，欲殺之。」哪吒怒而用刀割肉剔骨，還了父精母血，魂魄跑去西方極樂世界告佛。如來以碧藕為骨，荷葉為衣，收其魂魄復活。後來哪吒收降九十六洞妖魔，成為佛教大將，來弒父報仇。李天王求告如來，如來「賜他一座玲瓏剔透舍利子如意黃金寶塔，那塔上層層有佛，豔豔光明。喚哪吒以佛為父，解釋了冤仇。」所以這兩父子心存芥蒂，甚至擔心對方有殺身之念[1]。哪吒神通高，但李天王有佛賜的寶塔鎮壓兒子，這種父子關係在中國人看來可謂扎心。

在《西遊記》中，李天王家是典型的佛教神仙，為何市面上普遍誤解他家是道教的國防部長呢？其一是《封神演義》設定他家是道教神仙，僅就哪吒一家的事蹟而言，《封神演義》的影響比《西遊記》更大；其二則是眾多讀者對《西遊記》中天庭、道教、佛教的關係理解有誤，認為李家在天庭任職，所以便是道教神仙；其三可能是李天王的形象糅合了唐代名將李靖[38]，歷史上的李靖便官至衛國公、兵部尚書，相當於國防部長。

其實在《西遊記》中，李天王的工作是天宮衛戍部隊，御馬監的真相一章我們講過，明朝的禁宮衛戍是皇帝私兵，不是正規明軍，李天王的幾個兒子都在佛祖、菩薩手下供職，所以李家是典型的內宮私臣而非外朝文官，這自然是佛教而非道教神仙。不過如來、觀音收了李天王前兩個兒子任職，偏偏將關係最惡劣的那個留在他身邊，甚至讓兩父子隨時擔心對方殺自己，這便是私臣頭子分化瓦解，在下屬中製造矛盾對立的卑鄙權謀手腕了。

不過這一次哪吒倒不是想弒父報仇，而是解釋了這個老鼠精確實是李天王的乾女兒。原來她三百年前成精，在靈山偷吃了佛祖的香花寶燭，所以號稱半截觀音，下界為妖又名地湧夫人。當年如來差李天王父子天兵捉拿了偷吃的妖精，本該打死，如來卻饒了她一命。這猜想是由於李天王父子求情，所以老鼠精感天王父子恩情，認作乾爹、乾哥哥，設牌位供奉。不過顯然李天王沒把她當一回事，以至於忘了個乾淨，甚至牌位擺在眼前都完全想不起，直到哪吒作證才信。李天王當即認錯，急請旨下凡去助孫悟空降妖，很快抓住老鼠精。結果呢？給她弄個善財童子還是火焰護法？想得美！哪吒捆了她，帶回去問罪，「老怪也少不了吃場苦楚。」

應該說老鼠精亦步亦趨地模仿紅孩兒、大鵬，並且略去了侮辱神仙的一環，為何結果迥異？我想她至少犯了三個錯：

(1)她的背景遠不如紅孩兒、大鵬硬。李天王的能量還不足以和太上老君、如來佛祖相提並論；

(2)她和「背景」的關係也不及紅孩兒、大鵬親密。紅孩兒是太上老君的兒子，大鵬是如來的舅舅，她卻只是單方面認的一個乾女兒，連李天王都不記得她了，這讓上司怎麼幫你？混私臣圈子，不管什麼關係，常走動很重要；

(3)她的事不幸捅到了玉帝面前。哪吒說：「這是玉旨來拿你，不當小可。我父子只為受了一炷香。險些兒『和尚拖木頭，做出了寺！』」當然，這本質上還是關係太軟，大鵬作的惡比她嚴重多了，愣是沒捅到玉帝面前，連烏巢禪師都幫著打掩護。

說到底，老鼠精千錯萬錯，最終錯在關係不夠硬。到此就要說說在《西遊記》的設定中，李天王到底是個什麼角色？

有些分析說李天王是天庭的國防部長，這簡直太高看他了。國防部長，那就是明朝的兵部尚書？要知道明代最偉大的民族英雄于謙也就才當到兵部尚書(不過當時尚未形成完善的內閣制，尚書已是文官極致)。而且尚書是典型的文官，不是武夫。宋明以來推行文官掌兵，兵部尚書這個職位是清流文官的上品，絕無旁落之理。李天王多次帶兵打仗，其實帶的都是天宮衛戍，不是對外的野戰軍，相當於明朝錦衣衛或御馬監轄下的騰驤四衛、勇士、旗軍等皇帝私兵而非正規明軍，《西遊記》中出現過的正規軍有且僅有豬八戒一人。按天庭神仙的設定，大致三清是內閣大學士，四帝是六部尚書，李天王雖算得上核心私臣，但在四帝面前還不夠看，他只是個私兵體系中的將領而已。

那李天王具體算玉帝私兵體系中的什麼角色呢？首先，他肯定夠不上錦衣衛最高領導者這個級別；其次，他也不像是御馬監的太監。玉帝私兵中比較明確的是四大天王，顯然是騰驤四衛的指揮使，但若說李天王是他們的領班就不太符合明軍的編制思路了。騰驤四衛是四個相對獨立的衛所，其上並沒有一個都指揮使統領，而是分別直轄於御馬監。就像五軍都督府是五個相對獨立的督府，理論上統領它們的大都督不實授，五府分別直轄於皇帝（實質上是內閣）。事實上，「托塔天王」這個名號和佛教四大天王中的北方多聞天王（毗沙門天王，Vaiśravaṇa）是重疊的。在佛經中，毗沙門天王就是四大天王的領班，而且唐宋對天王的信仰集中於毗沙門天王，而不包括另三位。

傳說唐玄宗天寶年間，有一次西涼城被蕃軍圍攻，不空三藏法師唸經誦佛，毗沙門天王在空中出現，放出一批金鼠，咬斷了敵軍弓弦，唐軍得以獲勝。唐玄宗（李隆基）得報大喜，敕令以後軍營中都要建一個天王堂，供奉毗沙門天王。唐宋一直保持了這個傳統，《水滸傳》林沖雪夜上梁山前，就是住在河北禁軍滄州草料場的天王堂中。同時，毗沙門天王是印度教和早期佛教的財神，手持黃金寶塔，所以唐宋毗沙門天王的形象是手持黃金寶塔，帶有金鼠。看來印度人不忌諱「碩鼠」這種說法，財神公然養鼠。後來中國人覺得不太對勁，至明末《封神演義》，托塔天王從四大天王中獨立出來，剩下的那位毗沙門天王淪為四大天王之末，四大天王的形象定格為分別手持琵琶、寶劍、靈蛇、傘和銀鼠。漢傳佛寺也受此影響，其實已經偏離佛教原典很遠了。

托塔天王李靖可以肯定是天宮衛戍部隊的高級將領，地位可能在四大天王之上，和御馬監關係密切，也和老鼠有極大淵源。但在長期的流傳演變中，托塔天王和原本毗沙門天王的重要夥伴 —— 鼠漸漸失去了連繫，或許這就是作者寫李天王忘了小老鼠的靈感吧？

26.4　私臣家屬的失控濫封

作者花了不少筆墨寫私臣的家屬待遇問題，本來明朝有完善的蔭官制度，但隨著私臣權力膨脹以及法度廢弛，這個問題逐漸失控。

功臣蔭及子孫本是一種優秀的制度設計，但蔭及的名額須有法度控制，否則便成暴政。明代第一次出現私臣名額大規模失控是成化帝繞開選官制度，直接授了上千名官職，稱 「傳奉官」，主要授予萬貴妃及其座下太監、宮女的親屬。成化二十一年（西元 1485 年），首相商輅率內閣、九卿（六部、都察院、通政使司、大理寺九個部門的長官）、六科給事中（專管奏事的言官）、十三道監察御史聯名進諫，極論傳奉官之弊。成化帝有所省悟，同意停止錯誤做法，並裁撤了之前濫授的傳奉官。

第二次當屬嘉靖朝陸炳當紅時期，錦衣衛由一個理論上編制 5,600 兵的衛所，擴充為至少六萬名堂上官、十幾萬兵員的龐大組織。在錦衣衛的帶動下，另幾個蔭官衙門尚寶司、中書科、上林苑監也出現了惡性膨脹。

有意思的是，劉瑾當權時期並沒有出現濫封蔭官的情況，這個底線他偏偏守住了。但魏忠賢掀起第二波閹黨行情時，濫封家屬的問題徹底失控。就拿他本人來說，天啟二年（西元 1622 年），魏忠賢剛剛得寵，其叔魏志德授都督僉事（正二品武職），外甥傅應星授左都督（正一品），姪魏良卿授錦衣指揮僉事（正四品），署南鎮撫司。之後隨著不斷「立功」，蔭及的範圍和程度都不斷加大，天啟六年（西元 1626 年）半年間，魏忠賢家族就獲蔭錦衣衛指揮使（正三品）四人、指揮同知（從三品）三人、指揮僉事（正四品）一人。至天啟七年（西元 1627 年），魏家已累計有十七人蔭及錦衣衛指揮使，同知、僉事、鎮撫使不可勝數。他的族孫魏希孔、魏希孟、魏希堯、魏希舜、魏鵬程，以及一大幫姻親均官至都督、都督同知、都督僉事等高級軍職。姪子魏良棟、姪孫魏鵬翼尚在襁褓之中，竟已得授太師、少師！最親信的姪子魏良卿初任錦衣指揮僉事，五年間屢封肅寧侯、寧國公，後來甚至代天子主持祭祀。魏忠賢本人的家屬如此濫封，其座下的太監、宮妃可想而知。

私臣給家屬額外蔭官的方法主要是敘功。理論上功勳是比科學考察更高貴的得官路徑，但敘功這種方式畢竟比考試主觀得多。選官方式越客觀嚴格對平民越有利，越主觀靈活對權貴越有利。早年大家都有底線，隨著時光的侵蝕，標準越來越「靈活」，直至失控。閹黨分子向魏忠賢邀寵的手段就是冒功，把很小一件事說成魏忠賢的大功，奏請朝廷封賞。修成一座宮殿，說成魏忠賢的功，這還勉強說得過去。後來邊鎮修成一座堡壘，也說成遠在北京的魏忠賢主功；抓住一個間諜，也是深宮裡的魏忠賢的功；編成一部書，也是文盲魏忠賢的功……

歸功於權臣是奸黨邀寵的一大法寶，比如你做成某件小事，本來正常論功可官升一級，但只要你歸功於魏忠賢，他拿到手可以讓自己的子姪官升五級，你也可以官升三級。這似乎是帕累托最適狀態（Pareto optimal state），所以閹黨紛紛鑽營獻功，由是封賞氾濫。論功行賞本來理所當然，但任何無規則、無邊界、無約束條件的所謂制度，最終都只能走向發散。你和魏忠賢的子姪都額外多升了官，國家和人民就增添了額外的負擔，更是讓那些真正的功臣寒心，所以這並不是帕累托最適，而是對社會的嚴重侵蝕。

其實敘功都還算是比較高階的理由，像紅孩兒、大鵬這些人根本連功都沒有，裝一個投降的過場，就殺人放火受招安了。至於老鼠精這種還沒成功的更是數不勝數，這代表了這種機制冒頭後，全社會形成鑽營倖進的風尚，這樣一個社會必將走向沉淪。很多人總結明朝滅亡的原因，認為世襲藩王制度是一個重要因素，因為藩王開枝散葉，到明末成了一個龐大群體，國家要負擔沉重的藩王俸祿，所以籌不夠賑災款，甚至連鎮壓起義的軍費都籌不夠。其實這種印象不是很準確。

明代不繼位的皇子可封藩王，但藩王也僅有嫡長子一人可以世襲這個王爵，其餘子姪不能像西方封建領主那樣獲封較低的公、侯爵位，所以不存在開枝散葉。明代的藩王世系其實並不多，《明史‧諸王世表》清楚地記載了全部世系：太祖有二十三子封王；懿文皇太子（朱標）有三子封王，但均未世襲；建文帝無子封王；永樂帝有二子封王；洪熙帝有八子封王；宣德帝僅二子，即明英宗、景泰帝，無子封王；明英宗有七子封王；景泰帝無子成年；成化帝有十子封王；弘治帝僅一子，即正德帝；正德帝無子；嘉靖帝僅一子封王，且未世襲；隆慶帝僅一子封王；萬曆帝有四子封王；泰昌帝僅二子成年，即天啟帝、崇禎帝，無子封王；天啟帝無子；崇禎帝殉國，明朝終。

滿打滿算，明朝共 55 個藩王世系，且大多沒有世襲到明終。很多人說藩王幾何級數式地開枝散葉超出了太祖的想像力，其實 55 個世系比起太祖所建的 23 個世系也就翻了一倍多一點點，也別把他的想像力說得如此貧乏吧。

作為一個在袁隆平之前就人口上億的超級帝國，這種世襲規模即使比起現代人口只有六千萬，貴族世系就上萬的英國也算很少很少的了。只是中國早在宋朝就廢除了世襲藩王制度，明朝來恢復顯得是開了歷史倒車。具體到財政負擔，藩王的俸祿不可謂不重，但明中後期很多世系已經斷了，而且拖欠俸祿的情況也很嚴重，並未全部實發。真正負擔沉重的恰是那些濫授的傳奉官、錦衣官和寵幸宮人的家屬，動輒數以萬計，一人一千兩就得幾千萬兩。更可怕的是這些人不僅僅是虛領俸祿，還要侵入國政，他們在市場經濟中發揮的負面影響就難以用俸祿來衡量了，這才是真正壓垮大明王朝的最後一船稻草。

27 人民的名義——佛道相爭下的凡人

佛道相爭，最終指向是爭奪凡人信仰。在西天取經這個利益重置的大工程中，凡人的統治權被重新切割，他們雖然弱小，但不可能一點都不發聲。同為統治者，畢竟統治方法和理念大不相同，尤其是在考慮凡人的情緒方面。就在取經團臨近靈山之際，作者突然連續安排了比丘（小兒）國、滅法國、天竺國、鳳仙郡求雨、銅臺府地靈縣寇員外等好幾個凡人場景，便是在表達不同政治派系的馭民之術以及人民對他們的回應。

27.1 小兒國裡壽星長壽的奧祕

取經團過了獅駝國，來到一個奇怪的比丘國，進門時守門軍士便說：「此處地方，原喚比丘國，今改作小子城。」進城一看，是個非常繁華的大城，怪的是每家每戶門口一個鵝籠。這當然不是表達該國正在推動以畜禽養殖業為著力點的現代種養循環農業轉型更新，而是每個籠裡都裝了一個五至七歲的小孩兒，所以軍士才戲稱本國改名小子城。

進城後，唐僧向驛丞打探這是在做什麼，卻得到一個可怕的答案！原來是國王無道，聽信了一個國丈進獻的祕方，要 1,111 個小兒的心肝煎湯作為藥引，可千年不老。

這真是罕見的暴政，中國有這樣的皇帝早就被推翻了，但這個國度似乎老百姓的耐受能力足以承受如此暴政而秩序不亂。唐僧聲淚俱下，要求徒弟們一定要制止這樣的暴行。豬八戒立即回答說不關我們的事，我們換了關文走路罷，還拋了一句名言：「君教臣死，臣不死不忠；父教子亡，子不亡不孝。」這就是我們口語中「君要臣死，臣不得不死」的淵源。很多人把這句話作為批判儒家愚忠思想的素材，其實這句話在任何儒家經典上都找不到出處，它的出處就是《西遊記》——豬八戒說的。儒家恰恰提倡的是「民貴君輕」，對於這種虐民、害民的暴君，應天下共討之。桀紂虐民，湯武革命，孟子不稱其為弒君，而盛讚其「誅殺獨夫民賊，順乎天而應乎人。」

孫悟空答應唐僧，說第二天去面見國王，看看那國丈是人是妖，同時趁夜請來神祇，將 1,111 個小兒都藏起來。誰知第二天一去就惹火上身，那國丈果是妖邪，而且他識得唐僧是金蟬轉世，告訴國王小兒丟了就丟了，現在有更好的唐僧肉。

孫悟空偷聽到消息，趕快回去連喊：「師父，禍事了！禍事了！」其實他還沒說出是什麼禍，但唐僧料定是和小兒心肝有關，只怕會遭打擊報復，竟立即「唬得三尸神散，七竅煙生，倒在塵埃，渾身是汗，眼不定睛，口不能言。」想見義勇為這心理素養也太差了點。作者又繼續調侃他，說孫悟空想了個師父徒弟身分互換的辦法，唐僧立即說：「你若救得我命，情願與你做徒子徒孫也。」你也太沒氣節了吧！孫悟空變作唐僧模樣去頂替，但唐僧也要變作他的樣子才不會露餡。孫悟空變唐僧好變，唐僧變孫悟空的法子卻是用泥巴做個臉殼，貼在臉上。孫悟空讓豬八戒去和些泥來，豬八戒居然是用釘耙築了些土，然後撒泡尿和成泥。這把豬尿泥貼在臉上，唐僧到最後都說豬騷味有點重。

國王果然派來三千錦衣衛，將孫悟空變的假唐僧請去皇宮。假唐僧先表演了一下剖胸驗肺，把一連串五彩心肝掏出來，把國王嚇得口不能言。國丈也認出齊天大聖，兩人現了原形開打。這妖怪本領稀鬆平常，藏身之地也不隱祕，被孫悟空輕鬆找到，就待打死，他老闆壽星趕快跑來，原來這妖是他的坐騎白鹿。

和通天河的魚籃觀音一樣，壽星救了坐騎轉頭就走，自然被孫悟空「一把扯住道：『老弟，且慢走，還有兩件事未完哩。』」一是去收伏這妖怪獻給國王的美女，原來是個白面狐狸精。孫悟空進洞去打死妖狐，出來時正見壽星摸著鹿頭在說悄悄話，「行者跳出來道：『老弟說什麼？』」壽星連忙說：「我囑鹿哩！我囑鹿哩！」這顯然是事情敗露，抓緊串供。然後第二件不用孫悟空多說，壽星自覺提出去見比丘國王。

壽星見了國王，解釋說之前和東華帝君下棋，這白鹿趁機溜來此間作怪。事實上，白鹿已經來了三年，我們之前說過「山中方一日，世上已千年」是仙界放出的謠言，這白鹿分明就是三年前壽星派來執行任務的，任務就是蒐集大量小兒心肝，為壽星熬煉長生藥。神仙的長生長壽，有的是靠自身修練，但也少不了吸食他人精血者。壽星是神仙中的高科技代表，煉製長生藥的方法很多，可能還在不斷試驗，這就需要更多凡人供他做實驗品。

那唐朝人口更多，壽星為何不去，卻在這個小國辛苦熬煉，還被御馬監糾察了？這正是作者的辛辣筆法。因為顯然這種暴政在中國是呆不住的，莫說貞觀盛世，就是五代亂世，中國人的底線也不至於允許公然取 1,111 個小兒心肝來煎藥。然而中國著名聖君唐太宗卻要派取經團不遠萬里去西方取經，這種欺騙比 1,111 條人命更令人不忍直視，連白鹿精第一次接見唐僧時都忍不住譏笑佛教的虛偽。

說到此又需辨明的是，這個比丘國到底是佛教還是道教國度？壽星這個大惡賊是佛教還是道教神仙？很多人認為壽星是道仙，他這麼殘暴是《西遊記》揚佛抑道的表現。這確實理解反了。壽星和玉帝一樣，既非道教也非佛教神祇，只是一種民間傳說。有人說壽星就是道教四帝中的南極長生大帝，更是謬以千里。且不說道教典籍有對四帝的清晰記載，根本與福祿壽三星無關，就《西遊記》中，孫悟空對壽星一口一個「老弟」，豬八戒敢撲在他臉上撒潑打滾，您確定這是四帝的儀從？孫悟空就算還在當齊天大聖時，也知道「見三清，稱個『老』字；逢四帝，道個『陛下』。」斷然不是對壽星這個態度。何況壽星是四帝之一，那福星、祿星呢？顯然沒法對等啊！

既然壽星是個非佛非道的散仙，那問題的關鍵就在於比丘國是佛國還是道國？比丘，您說這是佛還是道？這種佛國（暗喻玉帝私臣勢力，並不是指真正的佛教）才支持領主對人民如此殘酷的壓榨，壽星這種野路子神仙在道教國家（暗喻李春芳心目中正統的儒家治國）根本吃不開，只好找比丘這種佛國來進行非法勾當。海盜、毒販都會找一些亂七八糟的國家尤其是幾國交界的三角洲地帶建立基地，正是此理。

若說神仙壞不壞？當然壞。統治者對人民的壓榨重不重？當然重。但客觀地說比丘國遭到這麼殘酷的壓榨，相當程度上也是他們自己造成的。取經團進城來，打聽這是怎麼回事，國人皆箝口不言，生怕惹火上身。統治者常常就是利用人民這種麻木不仁，來實施越來越嚴酷的剝削統治。造成比丘國人如此麻木精神狀態的因素很多，但我相信崇信佛教，長期受到洗腦必然是其中最重要的一個。令人寒心的是，西天取經的主旨正是要不斷摧毀道教國家，將他們改造成佛國。

27.2　滅法國必須改成欽法國

取經路上最莫名其妙的一難就是這個所謂滅法國。該國國王特別憎惡佛教，號稱要殺一萬個和尚，已經殺了 9,996 個，還差四個，簡直是為取經團量身定做。

專案經理觀音親自變作老媽媽來報信，不過她可不是來提醒唐僧繞道走，恰恰相反，唐僧提出繞道走，她卻說繞不得，除非飛過去。然而不能飛是玉帝給西天取經欽定的基本法則，唐太宗也規定了每到一國要去蓋章，觀音親自來提醒恰恰是在向取經團提出強硬要求：必須進城去。

孫悟空想了個歪主意，讓取經團扮成販馬的客商，牽著白龍馬，挑著擔進城投了個客棧。然而他又很詭異地要求店家提供一個大櫃子，強要取經團都睡在櫃子裡。師父、師弟都不解猴子在搞什麼鬼，不過都走得累了，倒頭便睡。這時猴子才開始故意大聲說他們販馬賺了幾千兩銀子。師父、師弟都睡了，他這話說給誰聽呢？當然給櫃子外的強盜囉！這好好的一個客棧，居然混進來二十多個強盜，聽櫃子裡說有幾千兩銀子，哪還按捺得住，偷了櫃子扛著就跑。

這下唐僧當然醒了，嗔怪孫悟空出了餿主意。孫悟空說沒關係，就讓賊這樣把他們扛到西天也不錯呀。但賊不走西門，卻往東門。為什麼呢？因為這夥哪裡是普通的賊，分明就是暗中監視取經的揭諦、丁甲、伽藍他們變的。孫悟空最大的愛好就是屠殺不長眼的凡人盜賊，多次因此遭到唐僧責罵甚至驅逐，但這一次卻安坐櫃中，因為這根本就是他和護佑隊擬定好的計畫，要弄個大新聞。

盜賊殺死守門軍士，衝出東門。城內官兵出城來追，按說他們已經衝出門，跑到荒郊野外誰也找不到了，他們卻莫名其妙地扔下櫃子落荒而逃。若說扔下笨重的櫃子還勉強可說，白馬可是逃跑的好工具，他們居然不騎，也扔在原地。有人說這白馬是真龍化身，凡人騎不了。作者為了避免您這樣想，立即寫總兵見白馬神駿，棄了自己的馬，騎上白馬，得勝回朝。可見白馬是很好騎的，盜賊不是騎不了，就是故意把取經團包括行李、馬匹完整地扔給官兵。

這時孫悟空才開始他真正的行動，用毫毛變了萬千個小悟空，趁夜去把國王、宮妃、大臣的頭都剃光。這些人一醒來就大驚失色，尤其國王「摸摸頭，唬得三尸呻咋，七魄飛空。」這剃髮既有侮辱之意，又暗含

威脅 —— 既然能夢中剃髮，自然也能夢中割頭，所以國王才如此驚嚇。其實這裡離靈山已經很近，屠殺佛徒，遭到佛祖的打擊報復很正常，他可能認為這就是佛祖的警告來了。這時取經團從櫃裡走出，嚇得他連連求饒，甚至要拜取經團為師。孫悟空又說了那句常用語：「保你皇圖永固，福壽長臻。」國王又求唐僧賜個國名，孫悟空接過話頭，將滅法國改為欽法國，這一關就過了。

強盜抬著櫃子跑這一段，在評書、戲劇和電視劇中都表現得妙趣橫生，但這不是作者全部的寫作意圖，他主要還是想表現佛教集團是如何靠欺騙、恫嚇，將一個原本憎惡佛教的凡人國度收為佛國的手段。那欽法國未來的命運如何？我想比丘國的歷史能說明一定問題。

27.3　玉帝要鳳仙郡拜佛才下雨

取經團進入天竺國境內，首先到了一個鳳仙郡，此地非佛非道，直接供奉玉帝。按說這符合中國傳統政治理念，中國皇帝就是希望億萬人民直接聽命於他一人，最怕有人投充給門閥貴族，導致尾大不掉，威脅皇位。這也是宋明以來的正統，所有官員透過公正的科舉考試選拔，而不是透過權臣薦舉，理論上都直屬於皇帝而相互不存在人身依附關係。但除了清流正統，事實上還存在不少濁流旁路，玉帝現在就是在扶植濁流，抑制清流，這也是嘉靖帝窮極一生的努力方向。

取經團一進城就看到一個聘請法師求雨的榜文，署名是「大天竺國鳳仙郡郡侯上官」。孫悟空又像車遲國故意問三清是什麼菩薩一樣，問「郡侯上官」是什麼意思？眾官告訴他上官是這位郡侯的姓氏，孫悟空「笑道：『此姓卻少。』」豬八戒也像車遲國一樣賣弄知識，炫耀自己讀過一本宋朝才出版的書：「哥哥不曾讀書，百家姓後有一句上官歐陽。」孫悟空的見識可比豬頭強多了，他豈能真的不知。上官氏雖然人口不多，但在歷史上卻聲名赫赫。漢武帝（劉徹）託孤重臣中就有左將軍上官桀，後被另一位託孤重臣霍光所殺。上官桀的孫女（同時也是霍光的外孫女）上官鳳兒 6 歲嫁給漢昭帝（劉弗陵），15 歲成為皇太后，保持著史上最年輕的皇后、皇太后紀錄。唐代最著名的一個門閥世族便是上官氏。上官儀是唐初名相，後因反對武則天被殺，但其孫女上官婉兒卻成武則天最寵幸的女官，雖無宰相之名，卻有宰相之實，被譽為史上唯一女相國。孫悟空不可能沒聽說過這樣顯赫連豬八戒都知道的一個望姓，無非是觀察到這城市破敗，敏銳地察覺到此地恐怕得罪了上天，裝作不識。

此地已三年滴雨不落，一斗粟要賣一百兩銀子（約是隆慶開海前正常米價的八千倍[67]），一束薪柴五兩，十歲女孩換米三升，五歲男隨便牽走，因為人民已經餓死三分之二，根本養不活了。唐僧提出要幫幫這一城生民，孫悟空覺得求個雨有何難，便一口應承。郡侯大喜過望，千恩萬謝。

孫悟空召來東海龍王，請他下點雨。龍王懇切說明了情況：龍王並無私自下雨的權力，須有上天詔旨才能照點數行雨。其實這也是《西遊記》的常識，孫悟空也不為難龍王，徑上天宮去跑關係求雨。結果一去才知此事沒他想的那麼簡單，原來三年前那位上官郡侯在祭拜玉帝時漫不經心，跟老婆吵架時推翻了供桌，還喚狗來把地上的供品吃了。玉帝難得出門一次，碰巧撞見了，於是罰鳳仙郡停雨。懲罰的期限更是古怪，玉帝在披香殿設了一座十丈高的米山，讓一隻拳頭大的小雞啄米；設一座二十丈高的麵山，讓一隻哈巴狗舔麵；設一隻一尺三四寸長的金鎖，讓一盞小燈燎著鎖梃，要等雞嗛米盡，狗舔麵盡，燈燎斷鎖梃，才恢復下雨。孫悟空「聞言，大驚失色，再不敢啟奏，走出殿，滿面含羞。」

在中國這種典型的科層制官場，很多事情就是這樣，越往上捅越難挽回。但畢竟官僚都是拿薪水的，有得商量。只要在某個層級把工作做通，他不再往上捅，就算在他這一級壓下來了。最怕的就是捅到底——到了皇帝面前，往往再難挽回。哪吒捉拿老鼠精時，就說你這事已經捅到玉帝面前，就算是我親妹妹也保不住了——何況還不是。孫悟空常打著玉帝最寵幸的御馬監小廝旗號，讓很多官比他高得多的大神買帳，但這個旗號唯獨在一個人面前無效——玉帝本人。所以這次他才「大驚失色，再不敢啟奏」，想到誇下的海口，不由得「滿面含羞」。

其實封建社會交通、通訊不發達，皇帝很容易被矇蔽——就算有了玉帝的千里眼、順風耳也一樣，奸臣自會製造很多假相來矇蔽昏君。不說別人，嘉靖整天藏在西苑煉丹，外界消息來源僅限於那幫西苑私臣，而這幫人又精於製造假相，把顛倒黑白、混淆忠奸當作歷史任務。之前八十七回，作者對玉帝的正面描寫不多，雖然從深入分析可以看出他扶植佛教來平衡道教這個大的齷齪做法，但從細節上還不能斷言他是明是昏。不過就在鳳仙郡這短短一回，我們無疑可以將他明確定性為一個昏君、暴君，而且氣量狹小，望之不似人君——對了，他本來就不是人君而是神君。

就在孫悟空一籌莫展之際，四大天師笑哈哈地說出了解決之道，只需孫悟空去勸善即可。這話說得比較含蓄，孫悟空是和尚，他勸善自然是勸人皈依佛教。孫悟空回鳳仙郡將前後事體說明，上官郡侯恍然大悟，誠心悔改，如唐太宗一般大辦佛會，請唐僧唸經。「一壁廂又出飛報，教城裡城外大家小戶，不論男女人等，都要燒香念佛。」

孫悟空再上天宮，在天門便「早見直符使者，捧定了道家文書，僧家關牒，到天門外傳遞。」護國天王告訴孫悟空都不用覲見了，直接到九天應元府去請雷神開始籌備降雨。其實這位雷神天尊才是道教四帝之一的南極長生大帝，主管雷府（九天應元府），不是壽星。天尊雖未得玉帝旨意，但也同意派出雷將隨孫悟空去準備布雷，可見他也知道條件已經具備，玉旨即刻就到。鳳仙郡人民見到久違的雷電，更加勤奮念佛。那壁廂玉帝也得了直符使者和鳳仙郡土地的奏報，敕令降雨三尺零四十二點。稍微有點不好意思地指出，這個雨量不叫洪澇，這叫海嘯，石鹿公表達人民苦盼逢甘霖的心情過於澎湃了點。

為何一拜佛玉帝就下雨？如果認為《西遊記》的設定是玉帝統領道教，如來統領佛教，佛道相爭的話，就根本無法理解。但根據我們的解析，佛、道都只是玉帝治下的派系，這就很好理解了，玉帝就是明確要這個地方皈依佛門，才給下雨。民間都知道祈雨是道士的本行，鳳仙郡猜想也請了不少高明道士，只是不見效。原因很清楚，道士走的是正規流程，向雷府投遞請示文書，雷府呈報給玉帝，玉帝批准，風雨雷電各部門就開始下雨，但這次玉帝不批了，所以正規流程走不通。那他怎麼才肯批呢？鳳仙郡這一回玉帝親自給出了答案 —— 道教報給朕不批的事，找佛教幫你運作。

走政府的正規流程，皇帝卡著不批，找太監私下說和，他就給批了。

這樣一來，大家就知道正規流程只是個表面過場，決定性因素還是找太監運作，於是政府的權威下降，太監的實權上升。玉帝（嘉靖帝）一直弄的就是這麼場戲，只不過鳳仙郡這一場做得最露骨，皇帝用性命逼著老百姓投向閹黨陣營，到底算什麼級別的昏君呢？明朝後期，興起了一股為當權太監建生祠的風潮，形成有問題不找政府，而到生祠求訴太監的行情。皇帝知不知情？嘉靖、萬曆、天啟這些皇帝清楚得很，但他們恰恰樂見此情此景，因為太監才是他的私奴，找太監才是找他私人。所以魏忠賢狂建生祠，甚至揚言要加九錫、從祀孔廟，沒有皇帝在背後搞鳳仙郡這類小動作，怎麼可能流行得開。

有意思的是那位上官郡侯，孫悟空一開始裝作不認識的這個姓氏，其實也有所諷。宋太宗（趙光義）有一句著名的《戒石銘》：「爾俸爾祿，民膏民脂。下民易虐，上天難欺。」刻在所有地方政府門口，誡勉地方官不要認為下民好欺負，上天（朝廷）可不好欺騙喲！但上官郡侯倒不是有心虐民，卻是得罪了上天，現在上天要虐下民，怎麼辦？上官郡侯一口一個「下官」，暗諷所謂的朝廷命官根本代表不了朝廷（上天），反而要因為他個人的一個小失誤，為下民帶來巨大的災難，災難的源頭卻是人民寄予了最後希望的上天。

單純的人民總愛說：「管你是佛是道，能為老百姓謀福利的我就支持。」但玉帝這種統治者很容易誘拐人民。鳳仙郡人民請了那麼多道士祈雨一點屁用也沒有，一拜佛雨就來了，這也是擺在眼前的事實，那當然只有感恩戴德地走向陳家莊、小兒國的發展路徑了。

27.4　寇員外被地藏耍了

地藏王菩薩是佛教著名善人，尤以「我不入地獄誰入地獄」、「地獄不空，誓不成佛」這樣的豪邁誓詞深得中國人民讚頌。但《西遊記》不是弘佛故事，而是充滿謊言的官場小說，這一次地藏也一展巨騙風采。其實佛教欺騙寇員外的手法和當初騙唐太宗如出一轍，只不過執行人上次是觀音，這次是地藏，恰是最負盛名的兩位菩薩，諷刺意味更濃。

取經團在靈山前僅八百里的銅臺府地靈縣遭了一難，這裡有一位寇洪員外立誓要齋滿萬僧，目前已齋了 9,996 位，正缺取經團這四位，招數和滅法國一樣。

那此地是否佛法興盛？其實也不是。唐僧在城裡化齋時，市民告訴他：「寇員外家，他門前有個萬僧不阻之牌。似你這遠方僧，盡著受用。去！去！去！莫打斷我們的話頭。」很不禮貌，可見佛教氛圍很差。寇員外更是把取經團當寶一樣供起來，這一方面是他正好缺了四個數，但另一方面也說明他齋僧二十四年才齋夠 9,996 名，就連四個和尚也很寶貴啊！靈山腳下齋個僧都這麼難？沒錯，這就是佛教統治的現狀，連眼前的人民都不信，還號稱要普度中華。這也是嘉靖朝狠剎內臣干政風氣下司禮監的窘境，不過他們正面臨觸底反彈。

取經團在寇家好吃好喝了幾天，圓滿了寇員外的功德，啟程告別，才走了四五十里，就遇到夜雨，只好在一座破廟住下。靈山腳下七百五十里處還有破廟？真可憐哪！另一邊禍事便發了，一夥強盜跑到寇家行劫，一腳踢死了寇員外。只有寇夫人目睹了盜賊踢死丈夫的場景，但她卻汙衊是取經團所為，向銅臺府刺史報了案，刺史當即差人來緝拿唐僧。巧的是取經團一早趕路，居然在西路上遇到了正在分贓的那夥盜賊！盜賊們也認得唐僧，又來搶他們。

孫悟空已經在滅法國放過了一夥凡人盜匪，這次呢？當然又放過囉！他用定身法將他們定住，又變出三十條繩索捆住他們，結果居然連官府都不送，直接又放走了。唐僧卻傻乎乎地帶著強盜搶的寇家金銀往回走，結果遇到官兵，這下人贓並獲，扔進牢房。孫悟空一直用旁白解釋這是因為唐僧該有這一夜牢獄之災，所以也不爭辯，就讓唐僧關進了地靈縣監獄，然後自己變作小蟲出去執行真正的任務。

孫悟空裝神弄鬼，先後騙了寇夫人、刺史、縣官，讓他們重新核證，雪了唐僧的冤屈，然後他號稱要當著所有人的面，讓寇員外活過來。他設想的辦法本不複雜，去地府找到寇員外還魂即可，然而他到了陰間卻得到兩個截然不同的答覆。閻王說寇員外陽壽未盡，冥府並沒有派過鬼使去勾他，不過同時也透露寇員外自己去見地藏了。孫悟空去翠雲宮找地藏，地藏卻說寇員外陽壽已盡，但看大聖的面子，我再給他延壽一紀（十二年），並讓悟空將寇員外魂魄帶回陽世。

寇員外到底是不是生死簿上陽壽已盡，所以一命歸陰？閻王和地藏的說法是矛盾的，他們誰在撒謊？我認為顯然是地藏。

首先，閻王沒必要撒這種謊，生死簿在他們手上，需要的時候改就是了。相反，地藏有給人延壽的權力嗎？他只是佛教派駐在地府的代表，相當於內宮派駐在監獄的代表，可以監督獄官，所以容易和獄官私下勾結，有很多間接權力，但畢竟沒有改刑期的直接權力。就算有直接權力的閻王，要改刑期也得經過一套程序，哪有地藏這樣一句話就延壽一紀的道理？或許地藏一句話就可以讓閻王啟動這套程序，那也得啟動啊！他這樣直接把魂魄交給孫悟空帶走，只能說明寇員外本來就還有一紀陽壽，所以地府沒有用正當程序去勾魂，只是被地藏非法拘禁了而已。至於那些踢死寇員外的強盜，其實就是監視取經的揭諦、伽藍，所以孫悟空根本不找他們的麻煩。

地藏策劃這場戲的目的是什麼呢？不就和觀音欺騙唐太宗一樣嘛，也是為了欺騙寇員外，其實是透過他演一場戲欺騙銅臺府的所有凡人，促使他們信佛。

事實上，這個寇員外二十四年前就已經是佛教在當地打造的信仰示範戶，只是效果一直不佳，當地依然沒有建立起穩定的佛教信仰，所以這次才借取經團路過的機會再來一場大戲。細究這寇氏發家史，其父寇銘本來經營不善，「不上千畝田地，放些租帳，也討不起。」請注意，寇銘的主業是放帳，也就是所謂高利貸，這在古代是合法但受人鄙視的營生。但可悲的是寇家連放高利貸都收不回，可謂倒楣到家。寇洪二十歲繼承了家業，娶了一個旺夫的老婆，「種田又收，放帳又起；買著的有利，做著的掙錢，被他如今掙了有十萬家私。」四十歲時寇洪誠心向佛，立下了齋滿萬僧的弘誓，二十四年來至今。

為何寇夫人如此旺夫，寇洪又將人生的轉折歸功於佛？其實很簡單，這位寇夫人是佛教派來旺夫傳教的。佛教沒本事保佑你走正途發財，也就只能操作下高利貸之流的不仁之財了。寇夫人旺了夫就勸夫信佛，並大搞齋僧行動，這種推廣活動有一定效果，但看來還不夠。現在孫悟空來了，佛教策劃一場大戲，由揭諦、伽藍假扮盜匪讓寇員外提前十二年橫死，地藏直接收容魂魄，寇夫人製造唐僧冤案，鬧得滿城皆知，孫悟空再當著滿城凡人的面將寇員外復活，更是轟動全城。這一次佛教的宣傳效果，總算上了一個臺階。

27.5 通關文牒上的天竺國印呢？

鳳仙郡、銅臺府地靈縣，以及玉華州、金平府(此二地問題較大，後文單獨章節講)都是天竺國郡縣，佛法並不興盛，所以佛教用了很多推廣手段。那天竺國最高層呢？很遺憾，也不太好。為此，如來親自動了手腳。

唐太宗要求唐僧每到一國都要倒換通關文牒，蓋上該國印璽，證明確實走過。這也是取經的正統手續，有些妖怪就想搶奪通關文牒，自己拿著去取經。最終唐僧取經歸來，將文牒呈報太宗御覽，「牒文上有寶象國印，烏雞國印，車遲國印，西梁女國印，祭賽國印，朱紫國印，獅駝國印，比丘國印，滅法國印；又有鳳仙郡印，玉華州印，金平府印。太宗覽畢，收了。」

我們很容易發現一個問題：牒上有獅駝國印，卻沒有天竺國印。獅駝國不是都被大鵬吃光了嗎？就算大鵬自立為獅駝國王，還保管著印璽，但當時大鵬被如來頭頂變化的鮮肉吸引，被困佛祖金光中，隨即帶回靈山，並沒有騰出手來幫取經團蓋這個印。

通關蓋印，是取經的要事，每一次作者都非常鄭重地描寫了蓋印的細節，沒有寫蓋印的場景，那就說明確實沒有蓋。天竺國蓋印的場景寫得還滿別緻，第九十三回，玉兔變的假公主想取唐僧元陽，孫悟空用「倚婚降怪」之計，讓唐僧假裝同意，騙得天竺國給他們蓋了通關文牒，之後才戳穿公主是妖邪假變，可見對這個印的高度重視。唐僧委身做了駙馬，到了十二日會喜（入贅女婿在丈人家住十二日，女子出閨來相見的婚俗），國王確信唐僧願留，才讓三位徒弟呈上文牒給他們蓋印，「行者稱謝，遂教沙僧取出關文遞上。國王看了，即用了印，押了花字，又取黃金十錠，白金二十錠，聊達親禮。八戒原來財色心重，即去接了。行者朝上唱個喏道：『聒噪聒噪！』便轉身要走。」

一路上給取經團送錢的倒也不少，唐僧一律不收，要收只收衣物、乾糧。這次繞開了他辦的這道手續，徒弟們高高興興地收了一筆大錢，爽！作者故意用這麼別緻的方式，讓讀者對天竺國這次獨特的蓋印手續留下深刻印象——然而最終通關文牒上卻偏偏沒有。

這當然不是作者寫錯了，他就是想表達通關文牒被人做了手腳。誰呢？只能是如來。唐僧見到如來，「將通關文牒奉上，如來一一看了，還遞與三藏。」就是這次細看之間，做了點手腳，抹去天竺國印，加上了獅駝國印。

他這樣做無非仍是在推廣佛教信仰，獅駝早已滅國，就算重建也是由佛教主導，所以要向大唐宣傳一下這個佛國。至於天竺國，歷史上是佛教的發源地，但在《西遊記》的設定中卻很不信佛。首先，天竺國王強納一個和尚為婿，說明他並不尊重教規。其次，天竺國王納了唐僧為駙馬，卻禮數不周。駙馬在宮中呆夠了十二日會喜，孫悟空來見時，「見他那師父在旁侍立，忍不住大叫一聲道：『陛下輕人重己！既招我師為駙馬，如何教他侍立？世間稱女夫謂之貴人，豈有貴人不坐之理！』國王聽說，大驚失色，欲退殿，恐失了觀瞻，只得硬著膽，教近侍的取繡墩來，請唐僧坐了。」顯得異常失禮，完全不同一路小國對高僧的禮遇。靈山大雷音寺在天竺地界，想必也很為天竺國這種態度頭痛。

天竺是個大國，佛教很難一口吃下，只能慢慢蠶食其郡縣。但在搞定天竺之前，至少不能讓唐太宗知道靈山所在的這個大國尚且不信佛，不然大唐難免產生懷疑。所以佛教抹掉了天竺國印，卻機警地蓋上了被佛教搞定的幾個天竺郡縣印，最後唐太宗也認可了。

28　翰林講師——活剮高素養獅族

取經團在玉華州賣弄法寶神通，好為人師，結果吸引了一堆獅子精，引出了《西遊記》中展示實力最強的妖怪——九靈元聖（太乙天尊的坐騎九頭獅子）。他抓孫悟空根本不用第二招，口一張就輕輕銜來。這夥獅子精更是全書修養最好的妖怪，與人類公平買賣，共同發展，但結局卻最慘，被剁成一二兩重的肉塊分給全城人吃。他們及其背後的主人太乙天尊代表了明代禮法文章的最高水準——翰林講師，作為進士出身的官方帝師，他們和皇帝的私臣集團關係也很微妙。

28.1　玉華州對佛教異常輕慢

取經團過了鳳仙郡，來到玉華州。此地異常富庶，「白米四錢一石，麻油八厘一斤，真是五穀豐登之處。」這恰是後世傳聞唐太宗「貞觀之治」的物價水準，也是宋明以來「盛世」的一個標竿。對比成書年代，隆慶開海後出現嚴重白銀通貨膨脹，米價約三十五錢一石，即便隆慶之前，米價以白銀計也應該不低於十錢一石[67]，可見玉華州真的是超級富庶。

那這個富庶之地是否信佛？取經團剛進城，不知去處，忽見樹叢裡走出一個老者，唐僧上前問路。老者答：「我這敝處，乃天竺國下郡，地名玉華縣。縣中城主，就是天竺皇帝之宗室，封為玉華王。此王甚賢，專敬僧道，重愛黎民。老禪師若去相見，必有重敬。」「三藏謝了，那老者徑穿樹林而去。」

首先，這老者行徑古怪，走出樹叢，報告完畢又走回去，好似每次遇到厲害妖魔前專程來報信的神仙。若說獅駝嶺這等窮凶惡極之處報報信尚可，如此富庶人間需要嗎？其次，老者說這裡是玉華縣，但後文皆稱玉華州，通關文牒上的「玉華州印」更是錯不了，說明老者地名不熟，絕非當地人。最後，老者說玉華王「專敬僧道」。此話屬實？很遺憾，完全不屬實，恰恰是他不太敬僧，所以才需要神仙專程來督促取經團去做工作。

取經團進城，無一人接待，他們自己找到王府，唐僧進去蓋章，八戒問：「師父進去，我們可好在衙門前站立？」唐僧說：「你不看這門上是待客館三字！你們都去那裡坐下，看有草料，買些餵馬。我見了王，倘或賜齋，便來喚你等同享。」三徒弟進館坐下，館裡差役不管不問，「只得讓他坐下不題。」

玉華王倒不收受賄賂，爽快地給唐僧蓋了章，並讓典膳官帶師徒四人到暴紗亭吃齋。這就有點寒磣了，這個暴紗亭只是王府外面一個浣洗了粗紗後曝曬的地方，根本不是待客之所。九寺中的光祿寺是負責國家宴會禮儀的專門機構，一路上國家無一例外由國王在光祿寺宴請取經團，這當然有看在大唐欽差的份上，但玉華州見是和尚，連唐太宗的面子都不給了。有人說這裡不是國都，沒有光祿寺，那也不應該在什麼暴紗亭啊。而且玉華王不但不作陪，殿上見三個徒弟貌醜，還面帶懼色逃回王宮去向兒子告狀，說唐朝欽差聖僧帶的徒弟是妖魔，小王子竟然持兵器前去搦戰，可見對和尚何其無禮。

也正因如此，取經團才覺得此處的佛教推廣太弱，破天荒地在城裡賣弄神通，三兄弟駕起祥雲，在半空中來了一段表演。這架勢當然足以唬住凡人，「滿城中軍民男女，僧尼道俗，一應人等，家家念佛磕頭，戶戶拈香禮拜。」玉華王一家這時才隆重邀請取經團到王府正堂重新擺宴，由玉華王和他的三位小王子宴請，這才是基本的禮數呀！之前都做什麼去了？三位小王子更是當即要拜師學藝，巧的是他們的兵器是齊眉棍、九齒釘耙、烏油黑棒子，正好和金箍棒、九齒釘耙、降妖寶杖一一對應，那當然就是一人拜一個師傅囉。取經團不但這一次表演取得良好宣傳效果，還留下嫡傳的徒兒在此長期傳教，這次的功果可不小呀！但孫悟空就能高枕無憂，放心西去了嗎？不，還差一點。

靠賣弄神通引得一城軍民拜服，這對傳教來說還不夠，畢竟人民信仰的根源還在於幸福的生活，而不是耍耍把勢再加一陣吹噓就能叫長效機制。孫悟空真正憂慮的是還沒有找到玉華州風調雨順的根本原因，他必須找出來並摧毀掉，再讓人民祈求佛教保佑。您覺得這很陰暗？但政治爭鬥就是這樣，歷史上很多打著宗教幌子的利益集團確實就是這樣騙取人民跌入自己的利益盤子。

師兄弟三人收三位小王子為徒，但凡人拿不動他們的兵器，於是交給鐵匠照樣打造。結果夜間三樣神兵放起沖天霞光，吸引了離城僅七十里的黃獅精跑來偷走。第二天不見了兵器，豬八戒暴跳如雷，要打死鐵匠。唯有孫悟空氣定神閒，勸住八戒，說凡人不可能抬得動他們的兵器，問玉華王附近是否有妖怪？玉華王支支吾吾，說城北豹頭山虎口洞「往往人言洞內有仙，又言有虎狼，又言有妖怪。孤未曾訪得端的，不知果是何物。」孫悟空「笑道：『不消講了，定是那方歹人，知道俱是寶貝，一夜偷將去了。』」

孫、豬的情緒反差極大，蓋因豬頭真以為兵器丟了，傷心欲絕。猴頭卻笑對兵器被偷，因為妖怪見兵器放光便來偷走，恰是入了他的陷阱。為何說這是他刻意設下的陷阱呢？

第一，對於一名武士來說，兵器已經和生命融為一體，豈能這樣輕易離身；

第二，作為一名建築和機械專業的工科生，我可以很專業地告訴您：

無論在建築還是機械工程中，我們都是按設計圖紙施工，而不是照著實物做。實物上又沒標註尺寸，工人的眼睛不是雷射測距儀。

第三，這三樣兵器平日帶在三人身上，從來沒有這樣放過光；

第四，暗中監視取經的功曹、揭諦、伽藍是二十四小時連班倒的，並非入夜就不管。

種種可見，其實是孫悟空及其背後的佛教勢力故意將兵器擺在鐵匠鋪放出沖天霞光，吸引附近的妖怪（神仙）來偷，堪稱執法圈套，目的是引出保一方平安富庶的神力，將其終結，不管你是野妖怪還是天庭在編的神仙——如同車遲國的三個道士。黃獅精第一夜就來上鉤，難怪孫悟空笑得和鎮元子一樣開心。

28.2　修養最高的遭千刀萬剮

說到《西遊記》中修養最高的一夥妖怪，玉華州的獅子一族當之無愧。

豹頭山離城僅七十里，孫悟空前去偵查，路遇黃獅精派出的兩名小妖刁鑽古怪、古怪刁鑽進城來買豬羊，為他治「釘耙會」，慶祝近期得了一個美人兒和三樣神兵。這妖怪要豬羊，不偷不搶，卻發了二十兩銀子給小妖進城去買，這素養相當之高。孫悟空打死兩小妖，和豬八戒變作他倆，又讓沙僧扮作販豬羊的客商，趕著豬羊進洞。到了洞口，黃獅精見客商上門，有點奇怪。孫悟空告訴他二十兩銀子不夠，還欠人家五兩。黃獅精二話不說，立即讓小妖拿五兩出來補足，真是公平交易，遵守市場秩序，素養太高了。孫悟空又說這客商一則是來取錢，二則也想見識一下「釘耙會」。這下黃獅精大怒，痛罵孫、豬變的倆小妖，說這兵器是偷來的，怎敢請外人來看，你倆不是給老闆找麻煩嗎？但怒歸怒，對小妖也只是罵罵，沒有動粗，而且還真的耐著性子把客商請進了洞，還親自導遊講解，這修養也忒高了！只不過他將九齒釘耙放在正中，列為頭牌，取名釘耙宴，這品味可能差了點。

相比之下，豬八戒修養反而很低，見了釘耙就忍不住現原形，衝上去搶回兵器。孫、沙也只好跟豬隊友統一行動，雙方正式開打！黃獅精武藝似乎不弱，能以一敵三，但戰鬥多時終究不是對手，往東南方（翰林院相對紫禁城的方位）逃竄。豬八戒本來想追，但孫悟空阻止了他，因為來路上他們撞見黃獅派出的一個小妖，拿請帖去東南方竹節山九曲盤桓洞請一位九靈元聖祖翁來參會，並透露一共請了近四十位（翰林官人員規模）不低於黃獅的妖王。孫悟空知道這是一個龐大的獅王家族，所以縱獅歸山，讓黃獅將整個家族引出。作者對黃獅精這種修養的描寫其實就是古典小說中對「仁君」、「父母官」的通用橋段，意指獅族這種待民之道正是當地繁榮富庶的根源，玉華王也早就和黃獅熟識，所以孫悟空問時支支吾吾。現在孫悟空的目標是將這窩獅子搗毀，才能換上佛教統治。

果然，黃獅去向祖翁哭訴，九靈元聖根據描述判斷出這三個和尚是孫、豬、沙，笑道你怎麼惹上了孫猴子這個闖禍精，不過還是同意替他出氣，點起猱獅、雪獅、狻猊、白澤、伏狸、摶象諸孫，可謂傾巢出動，來攻玉華州城。雙方先在城下進行了一場公平戰鬥，取經團三個徒弟迎戰黃獅率領的猱獅等六獅。此戰非常精彩，因為這一難並非天庭高層為取經設定的表演，甚至都不是為了吃唐僧肉，而是孫悟空故意挑起事端，妖怪一方傾力出戰。戰了半日，豬八戒率先不支，被猱獅、雪獅生擒，孫悟空、沙和尚也戰敗。不過孫悟空臨敗不亂，用毫毛變作百十個小猴，一時亂了追兵陣腳，反而擒了狻猊、白澤二獅，疑似詐敗誘敵之計。

翌日，雙方押著俘虜到陣前再戰，這一次九靈元聖親自出手。他這一出手可不得了，完全是碾壓級的實力。九靈元聖顯出原形，是個九頭獅子。獅子本以威風凜凜的鬃毛著稱，九個頭的獅子更是氣衝霄漢，張居 —— 哦不，九頭鳥真得好好學著點。除了氣勢威武，九靈元聖的機動性也超強，趁孫悟空、沙僧與五個獅子精在城下苦戰，他輕輕一躍過了城牆，入城「張開口把三藏與老王父子一頓噙出，復至坎宮地下，將八戒也著口噙之。原來他九個頭就有九張口，一口噙著唐僧，一口噙著八戒，一口噙著老王，一口噙著大王子，一口噙著二王子，一口噙著三王子，六口噙著六人，還空了三張口，發聲喊叫道：『我先去也！』」這時孫悟空也突然展示了真實實力，用毫毛變出千百個小猴，瞬間將五個獅子抓住，並在亂軍中將黃獅打死。

由此我們可以清晰地看出，黃獅這一輩獅王遠不是孫悟空對手，之前完全是在陪他們玩。孫悟空在取經路上確實嚴重隱藏了實力，就算他和獨角兕、黃袍怪、紅孩兒等妖魔單挑實力確實在伯仲之間，但身外分身和這招毫毛變小猴就近乎耍賴，真打起來根本沒多少人扛得住，但他每次都跟人單挑許久不分勝負。當然對方往往也留了絕招，比如孫悟空第一次用此招時，黃風嶺黃風洞黃風大王（靈山腳下一隻黃毛貂鼠）吹出三昧神風，「就把孫大聖毫毛變的小行者颳得在那半空中，卻似紡車兒一般亂轉，莫想輪得棒，如何攏得身？」其他妖怪未必沒有類似技法，所以說大家都沒有使全力，單挑一整天往往只是耍猴戲。

但就黃獅等七位獅王而言，顯然沒有克制孫悟空的戰法，孫悟空之前遲遲不拿下他們，只是在故意拖延。九靈元聖則更詭異，他讓黃獅帶六位獅孫出戰，自己趁機端了敵方大本營，這招看似有理，但你有必要抓了六個人就退回老巢嗎？放在陣後看押不就行了，自己還可以繼續上前作戰。他倒好，不但不把新抓的俘虜放在陣後，反而將原本押在陣後的舊俘虜豬八戒也一併帶回洞中。你是贏家，有必要逃那麼快？他這一跑更將幾位孫兒拋在危險的戰場上，孫悟空似乎就在等這一刻，先假裝頂著幾個獅孫，還讓豬八戒遭擒，待到九靈元聖抓走六個俘虜，他才突然發威，將獅孫全部擒下。這怎麼看都是雙方主帥在互送俘虜。

只是雙方對待俘虜大不相同。九靈元聖將六個俘虜捆起來，不打不罵，孫悟空這廂卻已將黃獅剝了皮。九靈元聖剛回洞，並無任何情報卻「低頭不語，半晌，忽的吊下淚來，叫聲：『苦啊！我黃獅孫死了！猱獅孫等又盡被和尚捉進城去矣！此恨怎生報得！』」似乎已經知道孫悟空將如何對待俘虜，這更像是事先商量好了要把孫兒們送他。

孫悟空帶著沙僧到洞前搦戰，九靈元聖也不披掛，也無兵刃，「把頭搖一搖，左右八個頭，一齊張開口，把行者、沙僧輕輕的又銜於洞內。」

輕輕地，我張口了。輕輕地，我把猴子抓了。

九靈元聖抓個猴子，就是這麼輕鬆。猴子的實力在黃獅精面前堪稱無窮大，但九靈元聖顯然又是猴子的高階無窮大。有人說很多妖怪神通本不及孫悟空，靠的是主人給的法寶，但九靈元聖堪稱整個取經路上碾壓猴子最輕鬆寫意的一個（鎮元子不算妖怪），別說法寶，連兵器都不用。

抓盡孫悟空一方的九靈元聖依舊展現了極高修養，都已經死了一個黃獅孫兒，也沒說拿這邊的某位俘虜抵命，只是對著銅頭鐵臂的孫悟空一陣打，連沙僧主動要求承擔百十棍，九靈元聖都不同意，難道是知道別人不禁打？

九靈元聖睡後，孫悟空獨自逃回玉華州，金頭揭諦、六丁六甲押著土地跪在面前道：「大聖，吾等捉得這個地裡鬼來也。」土地「戰兢兢叩頭」，交代了九頭獅子的主人在東極妙巖宮。孫悟空「思憶半晌道：『東極妙巖宮，是太乙救苦天尊啊。他坐下正是個九頭獅子。』」值得注意的細節是：

(1) 竹節山土地並不願交代九靈元聖的來歷，是被護佑隊逼的；

(2) 護佑隊趕在孫悟空啟動搬救兵程序前說穿妖王來歷，所以這一難沒有四處搬救兵，直接找了正主；

(3) 全書僅有兩個妖怪主動顯出原形，一個是祭賽國萬聖龍宮的九頭駙馬，一個就是九頭獅子。看來九個頭真的很威武，醜的帥的都樂於亮出來。

這幾個細節透露出雙方主帥的真實操作。是啊，這九頭獅豈是凡種，寰宇之中真有第二個？九靈元聖毫不遮掩，一照面就主動顯形，分明就是亮明身分，孫悟空一見便知，所以用來引出背後祖翁的黃獅精就沒利用價值了，直接打死。但孫悟空也表現出極高政治素養，連連大戰就是不說九頭獅子是誰。護佑隊見他和對方主帥互送俘虜後，下一步多半是要開始搬救兵了，這樣會牽涉進更多勢力，猜想是上級交代了這次不允許，但也沒人願出頭來說破，於是抓到官最小的土地公，逼他來說，承擔這個政治責任。

既然九頭獅的身分已經說穿，那孫悟空也不能再耍什麼花樣，徑上東天門東極妙巖宮找到太乙天尊。天尊喚獅奴來問，才發現獅奴睡著在地。一問是偷喝了太上老君送的輪迴瓊漿，該睡三天，獅子趁機溜了，換算成下界是三年。有人說這又是太上老君搞鬼，其實這次真跟他沒什麼關係，且先不說太乙天尊此話是真是假，就算真是老君送的酒，也不是給獅奴喝的。太上老君的兒子、兒子他娘、兒子他爹工作都解決了，金丹砂也收了，沒理由再來了。

太乙天尊帶獅奴下界，「喝道：『元聖兒！我來了！』」元聖兒立即現形磕頭。倒是獅奴衝上去當眾痛打九頭獅，「獅奴兒打得手困，方才住了，即將錦韂安在他身上，天尊騎了，喝聲教走。他就縱聲駕起彩雲，徑轉妙巖宮去。」可憐啊！這整部書中氣質最高的一位妖王，卻是唯一一位當眾捱打的，打他的也不是什麼大神，一個獅奴而已。其實太乙天尊對九靈元聖評價頗高：「我那元聖兒也是一個久修得道的真靈：他喊一聲，上通三聖，下徹九泉，等閒也便不傷生。」但卻沒有阻止獅奴對這位真靈的當眾凌辱，讓讀者不勝唏噓。這突顯出太乙天尊的廣大神通，他顯然又是九靈元聖的高階無窮大，不過這也是很多人對當年大鬧天宮的疑惑，這幫人的實力明明是孫悟空的 k 階無窮大，怎麼就是不出手，害得玉帝鑽桌子？

九靈元聖也只是捱了下打，他那群高素養獅孫可就慘了。孫悟空救出取經團並玉華王父子，將獅子洞焚毀，回州城將俘虜的六個獅子全部斬殺，和之前已經剝皮的黃獅一起分肉，「把一個留在本府內外人用，一個與王府長史等官分用，把五個都剁做一二兩重的塊子，差校尉散給州城內外軍民人等，各吃些須：一則嘗嘗滋味，二則押押驚恐。那些家家戶戶，無不瞻仰。」

太慘了！這真是千刀萬剮呀！

整部書修養最高的一夥善良妖怪為何結局最為悽慘？說來又是官場上令人寒心的一幕，其實這也是明代一個著名政治現象 —— 廷杖。

古代一些皇帝被臣子頂撞，一怒之下就當廷杖打，隋文帝（楊堅）甚至有過當廷親自打人的不良紀錄。但歷朝歷代的廷杖都是很罕見的，唯有明朝最著名，甚至堪稱明代政治特色，蓋因前代皇帝怒了就直接削腦袋，最不濟討厭誰就可以趕走，誰還留著打板子玩？唯有明朝不能殺文官，甚至不能隨意任免，那就只能打屁股出出氣了。所以明朝廷杖多，其實是因為殺頭少，也不能隨意免官。

宋明以來儒家「文死諫、武死戰」的思想深入人心，廷杖的本意是當眾毆打，以折辱文士的顏面，但既然是死諫得到的「待遇」，那您才是力扛暴君的真儒哪！很多文官故意以過激言辭激怒皇帝，誘取廷杖。不過皇帝也不是傻子，不會輕易給你這待遇。萬曆十七年（西元 1589 年），大理寺評事（最高法院審判庭長，正七品）雒於仁上著名的〈酒色財氣四箴疏〉，痛罵萬曆帝有酒色財氣的惡習。其實萬曆帝身體不太好，恰恰很注重迴避酒色財氣，雒於仁這完全是無端汙衊。萬曆帝果然大怒，召宰相申時行等欲行重懲。宰相力勸不要上當，如果真對雒於仁實施廷杖甚至下獄殺頭，那他就成了千秋忠臣，你萬曆小兒就成著名暴君啦。萬曆帝也反應過來，呵呵冷笑：「你想做比干，拉朕來做商紂王？這廝想騙廷杖，我怎會上當？」為此，萬曆帝還發明了「留中不發」的技術，即不再遵從「有請必復」的原則，對那些故意汙衊謾罵的上疏不再回答，說難聽點就是唾面自乾。

不久雒於仁因病退休，死後追贈光祿少卿（正五品），比生前的官大很多。其實他也只是眾多騙廷杖行為的一個註腳，當時沽名賣直的人相當多，皆以騙得廷杖為榮。九靈元聖表面上看當眾捱打受辱，但您看他也博取了不少讀者的同情，再加上輕輕一口就可以銜去孫悟空的超強實力，他反而成了人氣最高的一位妖王。所以當時少不了文官挖空心思汙衊皇帝，激怒了他就騙得一頓廷杖，人稱「訕君賣直」。不過要說廷杖業的翹楚，倒還不是一例訕君賣直，而是訕一位比君王更大的獨裁者——張居正。

萬曆五年（西元 1577 年），張居正的父親過世，按禮制應回家守孝三年，但他貪權戀棧，想違背基本人倫，這引來一波攻擊狂潮。其中張居正的兩位學生翰林編修吳中行、翰林檢討趙用賢上疏彈劾，言辭激烈，張老師大怒，責以廷杖。然而這不但沒有嚇倒正直的文士，反而激起更多的人進諫力抗，其中尤以刑部員外郎艾穆、刑部主事沉思孝、新科進士鄒元標言辭最為激烈。張居正大怒，指示馮保動用廠衛，痛打這五人。太子詹事兼翰林侍讀學士王錫爵效仿當年楊慎，率近四十名（玉華州獅族規模）翰林官抗議，張居正堅決行刑，吳中行被當場打死，錦衣衛用布裹著他的屍體扔出長安門，所幸被神醫救活。這五位收到了巨大的政治美譽作為回報，「直聲震天下」（正直的名聲震動天下）。

吳中行長得很胖，神醫在他腿上「刲去腐肉數十臠，大者盈掌，深至寸」，白話說就是「一二兩重的塊子」。趙用賢更有創意，將自己掉落的塊子收集起來，做成臘肉，當做傳家寶。趙用賢最後官至吏部左侍郎，贈太子少保、禮部尚書。其孫趙士春高中崇禎十年（西元 1637 年）丁丑科探花，授翰林編修，又遇到了兵部尚書楊嗣昌效仿張居正故事，以「奪情」為由不回家守孝。趙士春慨然出示他家祖傳的臘肉並上疏道：「臣的祖父用賢公，就是因為討論宰相張居正奪情之事，幾乎死在廷杖之下，用這塊臘肉訓示子孫。臣豈敢辜負家學淵源，辜負明主，坐視綱常掃地？」雖然趙士春沒能騙得廷杖，只是罷官，但依然博得名聲，與另四位同僚並稱為「長安五諫」，士人儼然將他們比作當年吳中行五人。

有人說明朝的廷杖打斷了讀書人的脊梁，把中國的文人訓成了犬儒，這話顯然謬以千里。廷杖不但沒有打掉文人的骨氣，反而成為他們追求「文死諫，武死戰」崇高價值的一種方式，甚至到了一種近乎病態的渴求程度。尤其指責權臣和指責皇帝可不是同一個概念。皇帝的位置有法律保障，罵他一頓其實動搖不了帝位，但權臣被指出過失可真是要丟位置的，所以皇帝被罵最多打一頓板子出出氣，權臣可就沒這麼簡單了。很多圓滑不老實的人也懂得這個道理，假裝勇於指出老闆的過失，反而對經理文過飾非、大吹法螺。一個國家這種人多了，風氣自然就墮落了。而吳中行、趙用賢這種勇於向張居正、楊嗣昌這些權臣開炮的才是真的勇士，是正直和腐朽最正面的激烈對抗，未必是某些人所謂的沽名賣直。

28.3 風口浪尖的翰林講師

玉華州獅族應該是九頭獅的孫子輩，一直與當地凡人和諧相處，共同發展。不知玉帝或佛祖使了什麼手段，讓太乙天尊同意協助取經工程 —— 倒不是保駕護航，而是更直接瓦解凡人國度的道教信仰，轉而建立佛教信仰。具體做法便是伺機派出九頭獅，先假意會合他那群獅孫，然後借取經團路過之機，引黃獅上鉤，引發大戰將他們屠盡，再收回九頭獅，這玉華州不就留給佛教了嗎？但太乙天尊這種高階道仙畢竟不同於那些散仙，這種事不能做得太明，所以他和元聖兒也頗費了一番心思，騙得一頓廷杖，算是給道友（文官）有個交代，或許這便是玉帝與他交換的利益了吧。

那麼太乙天尊暗喻了官場上何種角色呢？首先要看看這位尊神在道教神話中的定位。太乙天尊又稱東極青華大帝，所以很多人將其當作道教四帝中位居東方的一位，在天庭的層級僅次於三清！然而道教四帝（四御、四輔）並非按一般人首先想到的東、西、南、北四個方位排布，而是按北、南、上、下，即：

北御：中天紫微北極太皇大帝，紫禁城的守護神；

南御：南極長生大帝，掌管雷府，不是南極仙翁，更不是壽星；

上御：勾陳上宮天皇大帝，統御眾星，並主持人間兵革；

下御：承天效法土皇地祇，又稱后土娘娘，常以皇天后土並稱。

不好意思，沒有東、西兩方。很多網路小說覺得以東西南北排布更合理，產生了很多衍生版本，最常見的就是將勾陳大帝趕到西方，再將東極青華大帝補為東方，后土娘娘就不幸被開除了。更有一種「六帝」，取上、下、東、西、南、北六合方位，將勾陳大帝趕到西方，將玉皇大帝補為上御，東極青華大帝同樣坐上東御之位，這看起來很合理！不過至少《西遊記》沒有採用這些說法，我們更不能無端臆造什麼玉帝陰謀將六帝變為四帝，自己「脫臣為君」之說。我認為《西遊記》的設定還是很清晰，玉帝相當於皇帝，三清相當於宰相，四帝相當於六部尚書這個級別的中層，絕對沒什麼六帝。

主流道教典籍中，太乙天尊全稱「太乙救苦天尊青玄九陽上帝」，主要職責就是尋聲救苦，供信徒唸誦求救。不過他這個職能後來顯然被佛教的觀音菩薩所奪，這就是玉帝做的壞事了！還有一說太乙天尊主管幽冥地府，這個職能也被佛教的地藏王菩薩所奪。至於他的不動產青華長樂世界似乎也被掛上佛教極樂世界的牌子，猜想不屬於他了。所以在《西遊記》中，太乙天尊的設定相當模糊，顯然插不進三清四帝這個級別，但既然能稱天尊，想必也相去不遠。另外需要提醒的是，《封神演義》有一位太乙真人，即哪吒的師父，是元始天尊的徒弟，但這並非太乙天尊，請不要混淆。

那《西遊記》中，太乙天尊這位在真正道教傳說中已經模糊化的神祇到底暗喻了明朝官場上的什麼角色呢？我認為應該是翰林講師。

翰林院被認為集天下文采之精華，是清要文官中最受尊敬的一個部門，但品級不高。以明朝為例，一般有三十餘名翰林官，其中最高的翰林學士才正五品，其下的侍講學士、侍講、五經博士、修撰、編修等品級更低，還有大批庶吉士暫無官階，介於坐騎和正式神仙之間的九靈元聖似乎就是這樣一種身分。翰林院的職能是研究政策、撰寫詔旨、編撰史書，沒有什麼實在的決策權，所以在唐宋有清苦之嫌，但至明代卻在學術、仕途、權力等各方面都達極致[73]。

首先，唐宋論才的標準尚不夠成熟，翰林官號稱世上最有才華之說值得商榷。明朝形成非常完善、成熟、嚴格的科舉制度，三十餘位翰林官一律由進士中的三鼎甲、庶吉士充任，含金量得到公認。

其次，明代形成了「非進士不得入翰林，非翰林不得入內閣」的規矩，進了翰林院就是坐上宰相直通車。明代163位內閣大學士中，有126位的初授職務是翰林官，比例高達77.3%！所以翰林官被稱作「儲相」。儲相們也積極參與政治，尤其在「大禮議」爭鬥中，以楊慎為代表的翰林官不畏皇權，用仕途甚至生命捍衛禮法尊嚴，真儒風采名垂青史。

再次，翰林院不僅是舞文弄墨，也越來越多地深入到國家大政方針中來[74]。唐宋以來形成了完善的經筵制度，設定課時，由翰林講師給皇帝、公卿講課，內容既包括儒家經典，也包括時政研討。明代更慣例由翰林出身的吏、禮二部侍郎甚至尚書仍兼翰林學士，保留在講師隊伍中。李春芳37歲入翰林，46歲當到翰林學士，47歲起依次為太常少卿、禮部侍郎、吏部侍郎、禮部尚書，嘉靖帝始終讓他仍兼翰林學士，直至55歲入閣才免除。講師們在與皇帝、宰相、公卿的交流中，必然對國家大政方針乃至人事安排都有影響，這個權力不可小覷。

不少講師正是在這個講臺上展示了真我風采，得到前輩青睞，走上快車道。成化朝著名的「紙糊三閣老」之一劉珝年輕時是位熱血沸騰的憤青文人，考選庶吉士後成為翰林官，在講筵上非常投入，經常「反覆開導，詞氣侃侃，聞者為悚。」甚至慷慨泣下。大學士劉定之盛讚其為講師第一，劉珝第二年就以吏部左侍郎仍兼翰林學士，入直文淵閣，並罕見地以宰相之尊繼續兼任講師。

另一方面，翰林院實際上也承擔起講習東宮的職能。本來太子東宮有一套完善的機構，包括教學。古代皇帝、宰相一般不再屑於聽講，偏偏是年幼的太子才需要，所以太子詹事府、太子左春坊的大學士們往往才是最高學術權威。但在明代看來，這套機構和翰林院完全重疊，所以實質上也就合併了，這樣一來翰林院對年幼的儲君也具有了重大影響。

太乙天尊似乎更像是這樣一種角色：本身已經當到了公卿（天尊）級

別，但仍兼講師，在學術（法術）、權力、地位各方面都居於上層。現在取經故事一百回已至九十，太乙天尊問孫悟空：「你棄道歸佛，保唐僧西天取經，想是功行完了？」孫悟空也敢理直氣壯地回答：「功行未完，卻也將近。」於是太乙天尊知道這一次取經成功已是大勢所趨，非他獨力可阻，只好順從地配合了玉帝，體面地讓出地盤給佛教。

翰林講師是文官集團中最具戰鬥力的一個方面軍（Front），但隨著整個官場風氣的腐化墮落，他們也逐漸放棄抵抗，和光同塵。曾經熱血激昂的劉珝，在入閣為相後屢遭自稱萬貴妃姪兒的首相萬安百般狡計排擠打壓，逐漸失去了戰鬥意志，墮落成一個卑微懦弱的犬儒。萬安觀察到權傾一時的御馬監太監汪直失寵，準備彈劾他以邀美名，很多文官願意跟隨，偏偏劉珝怯懦地逃避了。成化帝得到彈章都很驚訝：「劉珝不是最正直嗎，怎麼這次反而當了縮頭烏龜？」萬安眼珠一轉，乾脆說劉珝和汪直本就是一夥，成化帝很不高興，表達了責備劉珝的意思。萬安轉頭跑去告訴劉珝：「皇上準備罷免你啦，你乾脆主動請辭，免得被罷相多丟臉呀！」其實成化帝也就是想責備一下劉珝，且未實施，遠不至於罷相這麼嚴重，而且我們說了，明朝皇帝並沒有隨意任免宰相的權力，但劉珝就被嚇得屁滾尿流地辭官而去。

成化朝政治晦暗，高層被蔑稱為「紙糊三閣老、泥塑六尚書」。其實他們中的很多人本也是劉珝這樣胸懷理想的正直儒士，不幸遇到皇帝寵幸宮妃、太監等私人，不斷侵奪本屬文官的公權力去餵肥他們，很多人遭到各種打擊恫嚇後不再勇於出頭，忘卻初心，淪為沉默的大多數，不再好為人師。太乙天尊和他的九靈元聖兒，本有「上通三聖，下徹九泉」的通天法力，或許前九次取經失敗相當程度上就是因為他們的強力反對，但在這一次取經團成功步入天竺國境後，終於選擇了沉默地妥協，騙取一頓廷杖後，卻將人民拋給了佛教統治。

28.4　九頭師聖張居正

中華上下五千年，出了王莽、董卓、曹操等許許多多權相，但張居正是其中最特別的一個。歷史上的權相可以分兩類，一類是張居正，一類是其他人。張權相在萬曆元年至十年（西元 1573 ～ 1583 年）權傾天下，萬曆二十年（西元 1593 年）出版的《西遊記》當然少不了他的戲份，繼九頭鳥後又有九頭獅。

張居正可謂翰林講師中最成功的一位，也堪稱幾千年來權術最盛的一位教師。嘉靖二十六年（西元 1547 年），22 歲的張居正高中丁未科第二甲第九名，實習期滿考選庶吉士，入翰林院學習三年，導師正是吏部右侍郎兼翰林學士徐階。不久徐階升任禮部尚書兼掌翰林院，時值絕殺嚴嵩的關鍵時點，但徐階目光長遠，多次犯著嘉靖帝的忌諱極力進言早立太子，並安排親信弟子張居正講習東宮，正是為了長遠掌控最高皇權。

果然，徐階的權力布局非常成功，絕殺嚴氏奸黨後，徐階攀上了中華帝國的權力頂峰，他學生張居正的學生裕王朱載垕也順利繼位，即為隆慶帝。但這對張居正而言才剛剛開始。張居正並非東宮唯一教師，而且當時裕王已經 27 歲，雖然很認同張老師，但張老師對他的人格影響畢竟有限。張老師秉承徐老師掌控學生的思路，在講習東宮時便主動要求再兼裕王第三子朱翊鈞的導師。裕王前兩子夭折，按照明朝嚴格的禮法，裕王必能繼位，他駕崩後朱翊鈞小朋友也必能繼位。張居正深謀遠慮，要從襁褓之中全面掌控萬曆大帝的思想人格！

嘉靖四十五年（西元 1566 年），嘉靖帝駕崩，41 歲的張居正時任太子右春坊右諭德兼翰林侍講學士（從五品）。但新首輔徐階和高拱的爭鬥也很激烈，急需人手，於是主持會推，張居正破格晉升為吏部左侍郎

(正三品)兼東閣大學士，入直文淵閣[75]。徐階安排的另一位東宮講師陳以勤時任吏部左侍郎兼太子詹事，他倒無需破格，以禮部尚書、文淵閣大學士入閣。隆慶帝自然不會折了自己的兩位老師面子，一律准了。張居正入閣後思路不改，以宰相之尊頑強地保留了翰林講師職務，親自講習東宮，悉心教導太子朱翊鈞。而且張老師還具備一個徐老師不具備的優勢——英俊。

沒錯，四十出頭正是一個男人最具成熟性感魅力的年齡層，而張居正號稱明中後期第一美男子，多少傳奇女子「一見白圭誤終生」(「白圭」是張居正乳名)，這其中不乏號稱明中後期第一美女的大明孝定皇太后李氏。事實上，萬曆小兒 9 歲登基，他娘也才 27 歲，正值風露年華。而且他倆的真實關係其實是：李太后是英俊老師張居正的家教學生的美麗未亡人母親。咦……有點意思！既然如此，那第一美女除了第一美男還有誰配和她玩？

還真有一位，那就是號稱明中後期第一媚奴的馮保。馮保早在嘉靖中期入宮，隆慶年間官至司禮監秉筆太監提督東廠兼掌御馬監，離太監的極品——司禮監掌印太監僅一步之遙。但首相高拱採取了抑制馮保的策略，連續力薦資序遠在馮保之後的陳洪、孟沖彎道超車，第一媚奴只好轉而向第一美男求助。第一美男優雅地輕拈美髯，告訴他去找第一美女幫忙，他早就安排好啦。第一媚奴才激動地明白過來，他們三人即將構築一張多麼可怕的權力網！

萬曆帝作為一個 9 歲的小學生，遇事聽誰的？當然是家長、老師、保母三者。這不正好就是第一美女、美男和媚奴嗎？其實明朝的權力制衡設計得非常完善，很難出現大權獨攬的獨裁者。張居正成為有明三百年最大的獨裁者，比太祖還大八倍，原因就在拉攏了李太后、馮保兩個政治盟友，從家長、老師、保母三個方面完全籠罩住了年幼單純的萬曆

大帝 [76]。另一個重要原因則是張居正從無一刻放鬆過對翰林院的掌控，竭力防備楊慎那樣的翰林學士來反對自己。儘管翰林官的選拔途徑非常客觀，張居正無法一手遮天，但如果現在還有哪個翰林講師敢對他表露絲毫不敬，獅奴，去打夠他！沒錯，就當著御馬監和普通百姓的面！

九靈元聖有六個獅孫，最後慘遭剮皮剁肉，這也有可能是暗喻張居正的六個兒子。《西遊記》這節極有可能是在表達李春芳作為一位正統文人對張居正家族咬牙切齒的痛恨，因為張居正做了一件完全突破中國文人容忍底線的事 —— 在科舉考試中大規模舞弊 [77]。

萬曆五年 (西元 1577 年) 丁丑科殿試，23 歲的張居正二公子張嗣修高中榜眼，天下議論紛紛。張居正確實做了手腳，當時主考官是太子太保、文淵閣大學士張四維，他已將張嗣修的卷子判為第二甲第一名，也就是總第四名，張四維認為盡力了。但張居正還不滿足，買通馮保，在判卷結束、司禮太監將內閣奏報呈往皇帝御批的一瞬間，將第一、二名挪到了三、四名，張嗣修躍升至第一甲第二名 (榜眼)。

此事當時知情人很少，但已經引起不小的議論，沒想到張居正更加有恃無恐，而且首相這樣做，別人豈能不跟進？三年後張居正大公子張敬修、三公子張懋修參加庚辰科會試，次相張四維之子張泰徵也是同科學考察生。張四維向萬曆帝請示，為了避嫌，自己就不擔任這一科學考察官了。誰知 17 歲的萬曆帝反問：「那首輔張先生避嫌了嗎？」張四維回答沒有。萬曆帝笑道：「人家兩個兒子參考都沒避嫌，你卻提出避嫌，不是讓人家難堪嗎？」張四維猛省差點得罪張居正，驚出一身冷汗。最後朝廷議定，由內閣排名第三的文淵閣大學士申時行擔任主考，張居正、張四維助理。考官名單一經公布，很多考生覺得不公正，甚至以退考抗議。張居正表示內心毫無波動，甚至有點想笑。

果然一發榜，三位張公子都通過了第一輪的會式，進入殿試。殿試最終評卷，大家本來擬定了一個名次，但張居正認為第二名卷才應該定為第一，但又說不出禁得起嚴格考驗的理由。大家懾於權勢勉強同意，但很懷疑這份卷子是他兒子的。皇帝御批後一揭開糊名，果然是張懋修！其實張懋修這人很有真才實學，考個榜眼未必是靠爹，可能張居正覺得張嗣修已經有一個榜眼了，這次非要爭一個狀元回家。此外，張四維之子張泰徵中第二甲第四名，張居正大公子張敬修中第二甲第十三名。除了三位張公子高中，此科還有一大特色，榜眼蕭良有的弟弟蕭良譽中第二甲第五十六名，探花王庭撰的弟弟王庭諭中第三甲第一百三十五名。三鼎甲都有兄弟同科高中，您說這是巧合呢還是巧合呢？

事實上，在此之前已有呂調陽之子呂興周，之後又有張四維之子張甲徵、申時行之子申用懋，密集的宰相之子高中進士引起士子們的普遍情緒，智力正常的人都不會相信這其中沒有內情私弊。但張居正一手遮天，整個文士階層竟不敢反抗，只能暗中諷喻。很多人將張懋修戲稱為「關節狀元」甚至更難聽的「野鳥為鸞」。有人作了一首詩：

狀元榜眼俱姓張，未必文星照楚邦。

若是相公堅不去，六郎還作探花郎。

可惜萬曆十年（西元 1582 年）張居正就死了，不然六公子張靜修還真的有望在萬曆十一年（西元 1583 年）癸未科搞個探花，一門三兄弟包攬三鼎甲，豈不美哉？

然而張居正自己並不覺得有什麼問題，也許嘲諷的話傳不到他耳朵裡去。有人送了他一副對聯：「上相太師一德輔三朝功光日月；狀元榜眼二難登兩第學冠天人。」這明顯是諷刺，但他竟欣然掛於高堂，顯然沒看出來嘲意。

張居正死後，此風終於剎住。張四維之子張甲徵、申時行之子申用懋參加了萬曆十一年（西元 1583 年）癸未科會試，均通過了第一輪會試，天下譁然。殿試前，監察御史魏允貞上疏痛陳張居正竊取權柄，大開科場舞弊之風，建議以後乾脆直接規定宰相之子不能參加科學考察算了。張四維、申時行力辯，甚至以辭職為威脅力保兒子的殿試資格。最終，萬曆帝判魏允貞言辭過當，貶為許州（今河南許昌）判官（市政府祕書長），為其辯護的戶部員外郎李三才貶為東昌（今山東聊城）推官（縣政府辦主任）。結果張甲徵、申用懋分別高中第二甲第十一名、第二甲第二十一名。更多御史言官紛紛上疏切諫，萬曆帝總算有所省悟，褒獎了這些人，並讓魏允貞、李三才逐漸升回京官。此後，明朝再也沒出現宰相之子高中進士的情況[78]。

事實上，張居正的問題還不是直接在考場舞弊，而是大力裁汰公立學校。宋明以來成熟的科舉制度體系並不僅僅是一場公正的考試，還需諸多配套措施，其中尤為重要的是正確配置教育資源。所謂「科舉必由學校」，國家建設了大量高水準公立學校，稍有資質的學生在縣試中考上童生便可在縣學公費攻讀，還必須有不低的國家獎學金保障窮人離職攻讀，才能繼續向秀才、舉人甚至進士出發。這樣才能保障低階層人士源源不斷湧向上流，是一種用於打破階層固化的優秀強制迴流機制[79]。然而張居正掌權後大肆裁汰公立學校，並大幅降低獎學金和教師待遇，很多窮人再也無法支撐在公學中離職攻讀，優秀師資也離開公學，轉為私教。這樣富人就可以用高價聘請優秀私教，逐漸在考場上占據上風，相對固化了階級，從此僅有九竅者再難修仙，還得靠爸[80]。

哥倫比亞大學的何炳棣（Ping-ti Ho）教授[81]曾做過一個非常有意義的研究，他收集了明清 12,226 份進士的家庭背景資料，將其中祖上三代無一人獲得任何功名或公職的歸為 A 類；有一人的歸為 B 類；有兩個以上的歸為 C 類。他以 A 類進士的比例表徵社會底層流向上層的暢通性，發現明代大部分年分保持在 47.5% 這個平均值附近，方差很小，顯示社會流動性保持在一個合理水準上。但明中後期該指標開始出現明顯異常，一些典型年分的 A 類進士比例如圖 16 所示。

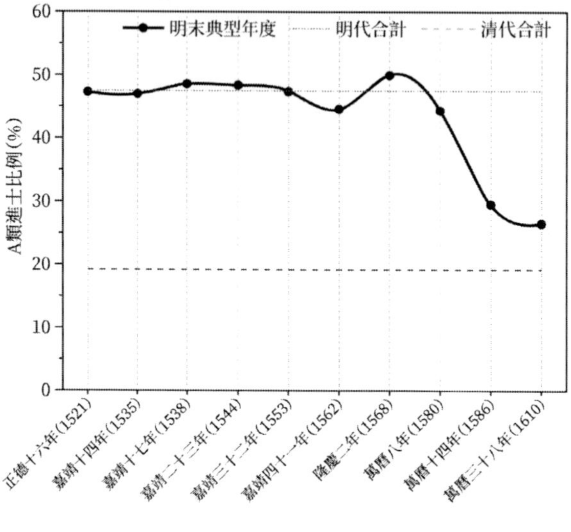

圖 16 明中後期典型年度科舉 A 類進士比例

由圖 16 可見，正是張居正掌權後大肆裁汰公立學校再加上瘋狂舞弊，強制迴流機制失靈，A 類進士比例出現斷崖式下跌，社會流動性受阻，階層固化，不久明朝就滅亡了。再也沒有什麼比這更讓李春芳這種靠科舉考試改變了階層的進士深惡痛絕的了，由此我們也不難理解李狀元寫個《西遊記》，為何咬著人家張美男不放。

萬曆十年（西元 1582 年）六月，張居正卒，一股清算他的潮流風起雲湧。首先是有人告發張居正舉薦私人入閣，張四維等人又不斷在萬曆帝面前訴說當初張居正是如何把他當小學生耍（雖然他確實是），而且張居正確實貪了不少錢，萬曆帝越聽越怒，最終咬牙切齒地同意了清算張居正！

其實從法律角度講，舞弊之事反而無據可查，裁汰公學更無法量刑，但大家卯足了勁在其他方面攢夠了張居正的罪名，詔奪一切官職、諡號。很多人強烈要求這麼壞的大獨裁者應該開棺戮屍，萬曆帝剛開始同意，但立即又詔稱念其勞苦功高，姑且免之。文官們非常失望，猜想李春芳也沒能遂意，只好在《西遊記》中寫六個獅孫被剮皮剁肉，過過乾癮。

張居正是個大貪官，他學生偏偏是個貧困學生，那豈有不抄家的道理。錦衣衛異常凶狠，拷打他幾個兒子，掘地三尺挖金銀。長子張敬修進士時任禮部主事，熬不住拷打，承認了有三十萬兩藏在曾省吾等張居正親信家，然後自殺。張居正的弟弟都指揮使張居易、次子翰林編修張嗣修榜眼、三子翰林修撰張懋修狀元均被流放。另幾個兒子本有錦衣衛、尚寶司蔭官，現被褫奪，孤苦地流落江湖。六個兒子的下場都很慘，不過寫六個獅孫被剁成一二兩的肉塊給全城百姓分食，又過於咬牙切齒了點。

有人為張老師鳴冤，說萬曆小兒不厚道，居然長大了整老師。那麼張居正到底是不是一個合格的老師？我想老師要教學生的不僅僅是學術，更重要的是做人。張居正從來沒把朱翊鈞當成真正的學生培養，只是攥在手裡當權柄使用，尤其嚴重的是堂而皇之在學生面前表演考試舞弊，這叫什麼老師！

第九十回叫《師獅授受同歸一 盜道纏禪靜九靈》，太白金星笑稱孫悟空是因好為人師所以惹出這一窩獅子。是啊！教師是人類的靈魂工程師，但在權力頂端的教師又具有了特殊政治意義，有時某些人為了政治目的，突破了教師應有的人倫底線，這必將遭到中國文人最咬牙切齒地瘋狂攻擊[78]。

29　靈山反腐——偷香油的犀牛角給誰

這一回才是整個《西遊記》的壓軸大戲，三個犀牛精在靈山腳下「冒充」佛祖狂收酥合香油千餘年不穿幫，四木禽星推三阻四才來降妖，敖順突然出現在西海龍王任上，協助剿滅了三隻犀牛。當然，最妙的還是三隻犀牛的六隻角，孫悟空號稱帶一隻獻給佛祖，佛祖也派人反覆索取，孫悟空卻頂住不給。這可不是作者的失誤，真要說失誤，那便是低估了「隆慶開海」後的白銀通貨膨脹速度，五萬兩這個數字在後人看來也不大。

29.1　犀牛在靈山腳下冒充佛祖

屠剮玉華州獅族後，取經團來到了崇信佛教的天竺外郡金平府。這裡是西天路上遇到少有的佛教地盤，但似乎很苦寒，慈雲寺和尚一聽取經團是唐朝來的，居然倒身就拜：「我這裡向善的人，看經念佛，都指望修到你中華地託生。」呵呵，那中華還來取經幹嘛？阿彌陀佛！這裡窮，就是因為受了佛教的殘酷剝削，取經就是為了讓富裕的中華也像他們一樣納入盤子呀！

取經團來時正值正月十三，還有兩天便是元宵佳節，古代有元宵燈會的習俗，此地正在試燈。唐僧本來心急火燎要上靈山，現在已經走到靈山腳下，反而不急，專門留下來參加燈會。盤桓兩日到了元宵，唐僧進城觀燈。此地燈會十分繁華，尤其三盞巨大的金燈極具特色，用一種特產的酥合香油，「這油每一兩值價銀二兩，每一斤值三十二兩銀子。三盞燈，每缸有五百斤，三缸共一千五百斤，共該銀四萬八千兩。還有雜項繳纏使用，將有五萬餘兩。」

這個價格在「隆慶開海」前堪稱恐怖！須知明朝一年的國庫收入才二百多萬兩白銀，五萬餘兩那豈不是2.5%的水準？其實也可以按書中設定的實際購買力來折算，前一回在玉華州作者設定了當地物價是「白米四錢一石」，若金平府也參照此水準，則五萬兩白銀可買約1,200萬公斤白米。按20元/公斤計算，這也是2.4億元，在生產力不發達的古代，由一個本來就很貧困的府縣來承擔，簡直難以想像。只是作者沒有料到，《西遊記》出版不久，中國就迎來了一場人類歷史上罕見的白銀通貨膨脹，後世讀者看來五萬兩似乎也是一個可以接受的數字[67]。

而這麼貴的燈油只能點三天，因為當晚佛爺就要來收。若收走了，就一年風調雨順；若沒收，反倒要遭災。原來這香油點燈只是個意思，實質上是給佛爺的貢品，至於每年五萬兩白銀和陳家莊每年一對童男童女哪個剝削更重就見仁見智了。而且「佛爺」和靈感大王一樣，並沒有穩定保障每年都風調雨順，偶爾也不收油。這透露了佛教其實沒有保一方平安的真實能力，他們無非是接近權力核心，消息靈通，得知此地今年若風調雨順就謊稱自己能保佑，收走大筆保護費，實則是貪天之功竊為己有，這就是私臣集團的作風。

唐僧正在觀燈，三尊佛爺在空中現身，當地人紛紛躲藏，並勸唐僧也藏起來。唐僧說我不遠萬里到天竺就是來拜佛的，這下見到佛爺豈能不拜，獨自挺立橋頭去拜。孫悟空暗中觀察，發現凶氣瀰漫，料定是妖邪假扮，忙呼唐僧注意。但為時已晚，三尊佛果然是三個犀牛精，收取燈油同時將唐僧擄走。孫悟空追著假佛到了山洞，暗中護佑的四值功曹主動出來報信，原來這是三隻犀牛成精，分別叫闢寒大王、闢暑大王、闢塵大王，已有千年之壽，自幼愛吃酥合香油，所以在此假扮佛祖，每年收取香油。

孫悟空按功曹的指引找到洞府叫戰，三隻犀牛大驚。這三位消息很不靈通，並不知道什麼唐僧取經，只是很識貨，看出他是個聖僧，先擄來再說。現在孫悟空找上門來，才來審問唐僧，方知取經一說，聽了三個徒弟的名頭被嚇得不輕，不過也得到唐僧肉吃了長生不老的補充訊息，積極備戰。孫悟空單身挑戰失敗，又招來兩位師弟助戰，誰知仍不是對手，反而把兩位師弟搭進去同關。不過孫悟空也不慌不忙，笑嘻嘻地回寺裡說明了情況，然後上天宮求援。這說明：

(1)取經團在金平府故意逗留，引犀牛精摻和進取經；

(2)犀牛精本不在西天取經這個專案計畫內，甚至被老闆封鎖了消息源，以至於連唐僧肉這個謠言都沒獲得；

(3)犀牛精知道了唐僧的情況，也很清楚三個徒弟的背景，只是沒想到這一趟惹上的是他們，但現在知道了仍然要吃唐僧；

(4)孫悟空疑似故意送豬、沙這兩個累贅進洞去關；

(5)孫悟空不慌不忙，他知道天庭準備借取經剷除這股犀牛精，對方已乖乖入彀。

最重要的是，三隻犀牛在靈山腳下冒充佛祖收取高額保護費，而且一搞就是上千年，沒有引起任何輿論迴響。那靈山知道這個情況嗎？說不知道誰信哪！三隻犀牛擺明了就是佛祖的代理，收燈油是佛祖的一個大生意，而且千餘年來都非常穩定。既然已經穩定了就不需要佛祖每次親身去做力氣活，派三個犀牛去賣力就好啦！對了，凡人只信佛爺，不信牛精，那就讓牛精每次都變成我們的樣子好啦！

至於唐僧肉，送上門來的，不吃白不吃！什麼，您說這是玉帝欽差的取經團？呵呵，金平府哪個不是玉帝的子民，我們兄弟在這裡吃了上千年，再吃你兩斤唐僧肉又算什麼？

三隻犀牛代理佛祖殘酷壓榨金平府百姓，佛祖當然是保佑他們的，甚至在輿論上都做好了保護，連孫悟空這樣消息靈通的御馬監名偵探之前都沒聽說過（至少是表面上沒有），但玉帝就這樣任由他們敲骨吸髓？

嗨！這一千多年不都這樣過來的嗎？一路上的觀音禪院、陳家莊、碧波潭、落胎泉，哪處不是佛道神仙在剝削玉帝的子民？我們就是玉帝的寵臣，這些百姓就是玉帝賞賜給我們吸血用的！但客觀地說，之前出現過的任何一處都遠遠到不了金平府這個每年五萬兩白銀的規模，這種超大規模並形成機制的吸血管道其實暗喻了明朝最具代表性的弊政——皇莊。嘉靖初年曾下大力氣整治過這個問題，這一回玉帝巧借取經之機，欲剷除佛祖在金平府的巨大不法之利。若在平時，玉帝無故說要免除金平府的燈油，佛祖怎能割肉？陛下不寵老奴了嗎？大鬧天宮時可只有老奴忠心耿耿地擋住陛下身前哪！但現在取經大業當前，為了取經這個更大的利益，佛祖也就只能勉強同意割捨燈油這個相對小一點點的。這也是玉帝耍的權謀手腕，所以就算是私奴，利益格局一旦形成，家主也不能說改就改，您家保母的薪水也不能說扣就扣，歷史上嘉靖帝也是費了不少心思才剷除部分寵幸宮人的皇莊、皇店。

29.2 流弊百年的皇莊皇店

所謂皇莊，是指皇室私家莊園，開展放牧、種植、加工等多種經營，賺取利潤。這在西方可能沒什麼不合適，甚至符合他們的重商主義傳統，但在中國人看來卻極不符合公共管理倫理。中國人認為皇室由國家供養，相當於官員拿薪水，既然官員不得經商，那皇室也應同理。尤其皇室開展商貿經營，不可能是公正的，必然對市場經濟秩序造成衝擊。

但錢這東西哪能夠用，除了正常開支，皇室成員要用錢的地方還多，尤其在賞賜后妃、太監、宮女、錦衣衛方面需求巨大。明前期皇莊很少，第一個見於記載的是英宗朝司禮監掌印太監曹吉祥謀反被誅，其財產抄沒後設立了第一個皇莊。弘治二年（西元 1489 年），戶部尚書李敏曾向朝廷彙報，共有五處皇莊，占地一百二十八萬餘畝。最初皇莊的所有權均屬仁壽、清寧、未央三宮，每年所收利潤稱「三宮子粒銀」。三宮難道就是三隻犀牛精？三宮收到這些利潤當然也不能獨吞，須向寵幸宮妃、太監甚至一些外朝文官敬獻，名目主要有三：冬天送一筆錢買炭，號稱「炭敬」；夏天送一筆錢買冰，號稱「冰敬」；平時零散送一些錢號稱宮殿清潔費。咦，這不就是闢寒、闢暑、闢塵嗎！書中描寫了三個犀牛精的兵器，闢寒的鉞斧、闢暑的大刀，闢塵則是一個奇特的「扢（ㄍㄨˇ）撻藤」，其實就是劈炭的斧頭、削冰的刀子和掃地的笤帚。

嘉靖帝繼位之初狠剎太監干政之風，其中一個重要舉措便是全面清理牧場、皇莊、皇店三大弊政。據當時粗略猜想，內宮每年透過牧場、皇莊、皇店徵收的子粒銀可達 23 萬兩，相當於國庫收入的 10%。牧場、皇莊、皇店是參照 1/30 的農稅和 1/50 的商稅上繳子粒銀，由此可以反推毛利潤高達每年數百萬兩，超過正常的國庫收入。特別需要指出，23 萬兩只是內宮徵收的私稅，並不在國稅體系監督下，經手的宮人只拿出小部分上繳，絕大部分私吞，其實到底賺了多少根本無法清查。有人認為實際利潤可能在千萬數量級，是國庫歲入的好幾倍[8]。

其實私臣們賺個千把萬都是小事，真正可怕的是在大興牧場、皇莊時趁機擴大田界，強侵民田、民宅的行徑不可勝數，將封建王朝最害怕的一件事——土地兼併推向了高潮。皇莊、牧場大多在北直隸境內，數十座皇莊、牧場嚴重擠壓了人民的生存空間，相繼激發了楊虎起義、劉寵兄弟（俗稱劉六、劉七）起義，席捲北方數省，極大加深了明王朝的統治危機。皇店更是市場經濟的絞肉機，殘酷絞殺了無數雨後初筍般的民營企業[29]。事實上，《西遊記》出版後，太監的商業盛世才真正來臨。明中後期是波瀾壯闊的大航海時代，東西方的文明與財富風雲激盪，在這滔天的財富浪潮中，代行皇帝私權的私臣們會如何表演？

明神宗萬曆二十四年（西元 1596 年），萬曆帝派出太監陳增「奉敕開採山東」，主管山東的工礦業。請注意，這是萬曆帝私人派出的，而非朝廷命官。中國歷代厲行國家專賣制度，採礦屬於國家特許經營範圍，應該有朝廷簽發的許可證才能開採。但這個許可證既貴且麻煩，現在皇帝私下派一個太監來，繞開政府，簽發一個皇帝私人許可的證書。按理說這個證並無法律效應，但畢竟是皇帝發的，實際上政府也只能預設。對於礦老闆而言，直接從皇帝（太監）這裡拿許可證的手續比由縣——州——府——布政司——戶部——通政司——內閣層層申報快捷得多，所以大多願意走這邊，開礦所得的稅款自然也就直接交皇帝私庫而不向政府繳納國稅了。

像陳增這種負責採礦業務的太監稱「礦監」，後來兩淮的鹽監、廣東的珠監、蘇州織造太監等進化品種也迅速發展起來。萬曆帝又派出稅監，既監督礦監、鹽監的私稅，相當程度上也侵入了地方政府的國稅監督。很多時候礦監也兼稅監，合稱「礦稅太監」，成為萬歷朝代表性的弊政。太監們雖然向皇帝進奉了一些利潤，實則貪墨的部分更多。《明史》稱礦稅太監「縱橫繹騷，吸髓飲血」，上繳的部分不到十分之一，造成「天下蕭然，生靈塗炭」。另一方面，礦稅太監刮到這些錢，大肆向內宮寵臣甚至外朝文官進獻「冰敬」、「炭敬」，給他們「關寒」、「關暑」，朝廷內外，風紀蕩然無存。

荊州礦稅太監陳奉、天津稅監馬堂、雲南礦監楊榮等很多太監在地方上大肆盤剝，不但與當地文官勢同水火，更激起民憤，引發了「武昌民變」等多起帶有人民革命性質的事變。最大的高潮在萬曆二十九年（西元 1601 年），十七世紀的第一個年頭。當時蘇杭地區已經普及了機械織造，出現了許多機戶，並發展為集團化生產。即由一個大戶（資本家）設立織造廠，購買大量織機，僱傭織工，承接外包的紡織業務，收取機器使用費，這種生產方式就被很多人視為「資本主義萌芽」。蘇杭織造太監兼管稅務孫隆發表規定，每張織機收稅銀三錢，這個額度趨近於織機老闆收取的機器使用收入。但邊際收入不等於淨利潤，人家還有很高的固定成本，這樣一收稅生意還怎麼做下去？大量織造廠只好停工。廠一停工，織機工人就失業了。兩千多名失業織工走上蘇州街頭，把全城的稅監和有關部門全部焚燒，打死不少稅吏，孫隆倉皇逃往杭州才保得小命。這就是歷史上著名的「萬曆江南民變」，亦稱「萬曆江南抗稅運動」，有人將其視作資本主義革命甚至工人運動的前驅，與英國憲章運動、法國里昂絲織工人運動和德國西西里亞紡織工人起義相提並論。

所以，軍人懶惰哪裡是明朝滅亡的最大原因，這種皇帝為了撈私房錢而造成的全社會撕裂效應才是。萬曆帝玩的礦稅太監、織造太監之流小花招對市場經濟的侵蝕更是長久難以彌合，使得中國這個全世界最具活力的超大體量統一市場經濟體陷入一種皇帝和政府惡性競爭的詭異紊亂狀態 [8]。玉帝看似窩囊，但天庭統治宇宙億萬年沉穩不移，如果玉帝為了求變，扶植佛教，削弱道教，以對凡間的剝削為籌碼，吸引內外官員加盟他的私臣集團，下場究竟會如何？

29.3　西海龍王的風騷走位

佛祖活生生地割了一塊大肥肉，比獨角兕大王撒開金剛鐲收金丹砂不知大多少倍，打掉它固然有利於修復玉帝的統治根基，但打手需要得罪的絕非佛祖一個。現在玉帝將這麼得罪人的任務交到了取經團手中，做了，得罪了佛祖（以及他身後等著進貢的大批佛道神仙）；不做，得罪玉帝。御馬監名偵探這一次該如何操作？

孫悟空絕不會一棒子敲死三隻犀牛了事（有沒有這實力反而不重要），他必須拉更多神仙為他背書。孫悟空把兩位師弟也送進山洞關押後，直上天宮求援。本來孫悟空是玉帝寵幸小廝，覲見無需通報，但這次太白金星在南天門就將其攔下，孫悟空說他去求玉帝查明妖孽。太白金星「呵呵冷笑道：『大聖既與妖怪相持，豈看不出他的出處？』」孫悟空繼續裝傻，說只知是夥牛精，我打不過。金星先對他進行科普，說犀牛不是中華田園牛，而是鄭和公公下西洋從非洲帶回來的珍稀物種（因為後文需要用六隻角，所以作者讓太白金星說明了這種犀牛是雙角，不是單角的亞洲印度犀或爪哇犀），然後告訴他四木禽星可輕鬆拿下。

孫悟空又假裝不知「四木禽星」是個什麼概念，只是跟著太白金星賚旨去鬥牛宮點將。二十八宿中的角木蛟、鬥木獬、奎木狼、井木犴出班接旨，孫悟空才假裝恍然大悟：「這長庚老兒卻隱匿，我不解其意，早說是二十八宿中的四木，老孫徑來相請，又何必勞煩旨意？」四木禽星卻異常嚴肅地說：「大聖說那裡話！我等不奉旨意，誰敢擅離？」

孫悟空常到天宮求援，未必每次都需驚擾玉帝，有時直接請大神下界去把坐騎、童子召回即可，但這次可不一樣，奉旨去滅了犀牛精尚且得罪一大幫神佛，何況無旨？果然，孫悟空一說是去滅青龍山玄英洞的三隻犀牛，四木禽星突然推三阻四起來，角木蛟、鬥木獬、奎木狼居然說井木犴一個人去就行了。太白金星大怒：「你們說得是甚話！旨意著你四人，豈可不去？趁早飛行，我回旨去也。」四位才不情不願地隨孫悟空下界降妖。

三隻犀牛一見四木禽星，立知大禍臨頭，遣散小妖，自往東北艮地逃去。孫悟空率角木蛟、井木犴追殺，鬥木獬、奎木狼則入洞解救師父、師弟。鬥、奎救出唐僧師徒後又趕往東北去找孫悟空，沒找著，但他們卻在未接到任何通知的情況下轉往西洋大海，果見孫悟空在海上吆喝。這說明二位早已知道犀牛往東北逃只是虛晃一槍，真正的逃處是西海。孫悟空見二位來，第一反應居然是「恨道：『你兩個怎麼不來追降？』」二位連忙解釋是進洞去解救唐僧了，孫悟空才回嗔作喜，可見一直懷疑他們不肯努力，時刻提防偷懶。沒辦法，這事真沒誰敢表現得太努力了。

孫悟空說犀牛已鑽下海，角木蛟、井木犴下海去追，自己水性不佳，所以在空中等候，現在既然你們來了，我也進水去助陣，於是捻著避水訣下海，「只見那三個妖魔在水底下與井木犴、角木蛟捨死忘生苦鬥哩。」事實上井木犴是犀牛的強力剋星，相當於昴日雞和蠍子精的關係，犀牛哪有資格讓他捨死忘生？他們在水下呆了這麼久，必然不是真的苦鬥，也不知是在商量什麼，見孫悟空下水來，才作出正在纏鬥的姿態。犀牛又往海心裡飛跑，孫悟空三人在後力追，這當然會被巡海夜叉看見，「慌慌張張地」向西海龍王敖順秉報。「敖順聽言，即喚太子摩昂：『快點水兵，想是犀牛精闢寒、闢暑、闢塵兒三個惹了孫行者。今既至海，快快拔刀相助。』」

首先，犀牛逃奔的這個「海心裡」方向正是西海龍宮。其次，敖順早就知道犀牛要逃來西海龍宮。這也說明他們早就是熟人，犀牛是把西海龍宮當作一個逃難的去處，只是未料龍宮突然不再庇護。

摩昂太子率兵阻攔犀牛，當場將闢塵擒下，闢寒、闢暑分頭逃竄，角木蛟、井木犴又分頭去追，敖順也傳令摩昂太子領兵協助二位星官繼續追擊。「即時小龍王帥眾前來，只見井木犴現原身，按住闢寒兒，大口小口的啃著吃哩。摩昂高叫道：『井宿！井宿！莫咬死他，孫大聖要活的，不要死的哩。』連喊數喊，已是被他把頸項咬斷了。」之後角木蛟又趕著闢暑進了摩昂的包圍圈，將其生擒。三隻犀牛一死兩擒，這場大戰在四木禽星和西海龍王的協助下精彩收官，但各方勢力在大戰中表現得相當曖昧。

首先，孫悟空這一戰完全沒出力，只吆喝了幾聲，這可以用他水戰不濟來搪塞。但豬八戒獲救後也沒有勤快地趕去助陣，說明取經團本身極不願意出力。當然，他們不是重點。

其次，四木禽星半推半就地來到戰場，無奈御馬監監軍火眼金睛，不得不出手。最有意思的是井木犴，一開始另外三星就說了他是犀牛最大的剋星，他一個人就可以輕鬆搞定。四木禽星屬木，牛屬土，木克土，所以四木禽星是犀牛的剋星（其實犀牛屬奇蹄目犀科，親緣最近的傳統物種是同屬奇蹄目的馬科，而牛科屬偶蹄目，物種差異很遠，犀牛應該隨馬屬火才對，反而克木，但中國古代似乎將其誤分在牛類）。然而四木禽星內部很清楚，這事歸井木犴管，要得罪佛祖也只能他出頭，所以另外三星一開始就推諉。實戰中井木犴更耐人尋味，不出手則已，一出手就非常殘忍地咬死了闢寒。作者細緻描寫了「只見井木犴現原身，按住闢寒兒，大口小口的啃著吃哩。」表示絕非在戰鬥中格斃，而是在闢寒已經倒下後，井木犴才現出凶獸原形，細細啃吃，就是為了確保闢寒死透。

在一樁特大經濟案件中，辦案人員非要置犯罪團體頭目於死地，這意味著什麼？顯然是要殺人滅口。四木禽星這次出警可謂得罪人不淺，但聖旨欽點，更在御馬監火眼金睛注視之下，那就只能殺掉表面上的首犯闢寒，免得他把背後大老闆供出來大家難堪，也算得罪佛祖輕一點。可能您還要問闢暑、闢塵不還沒死嗎？無所謂了，闢寒才是老大，很多事可以推到他身上。事實上，在《西遊記》的體系中，闢寒被咬死了也未必能稱滅口，較起真來到地府去拘他的魂還是可以問到很多事，但玉帝畢竟沒再窮究，就像嘉靖帝只是裁撤了皇莊、皇店，沒再窮究多年來的帳目。

其實這一回真正的主角井木犴身上曖昧的祕密還不只殺人滅口。井木犴是南方七宿之首，位於雙子座內，是一個著名的凶星，主一切所求皆不利，錢財耗散百災非。「犴」是一個多音字，讀「ㄏㄢ」時意為駝鹿(Alces)，是現存地球上最大的鹿類；讀「ㄢˋ」時指北方的一種野狗，非常凶殘，井木犴是此意。人們常將那種陰狠凶殘的獄卒、獄吏比作這種野狗，所以「犴」字有指代刑獄之意，但一般側重於指冤獄，用法如犴庭、犴圄、犴狴、犴獄等。

這一回為何要安排井木犴這位凶星充當臨時主角，而不是大家更熟的奎木狼？實是在暗指司法官員牽涉在後宮陰暗的皇店買賣中。寵幸宮人經營牧場、皇莊、皇店，最初都號稱是幫皇帝撈私房錢，但他們自己也上下其手，這其中必然牽涉到諸多不法行徑，必須要司法部門罩著點，所以井木犴必然也是每年從金平府燈油中獲利的貪官之一。闢寒常年打點著他，所以見了玉帝欽差的取經團都絲毫不懼，唯獨一見他兵戎相見，立知不免，出來混了千餘年，終於到了還的時候。

您可能又要問了，佛爺才喜歡香油，井木犴這種野狗要那麼多做什麼？這又引出新問題來了，佛祖其實也消化不了一千五百斤酥合香油，這種珍貴的油品大部分是兌換成現金才交給他的，所以井木犴拿到的手是現金而不是什麼香油。唐僧師徒被鬥木獬、奎木狼解救後清掃犀牛精留下的這座洞府，「將他洞內細軟寶貝，有許多珊瑚、瑪瑙、珍珠、琥珀、琗琚、寶貝、美玉、良金，搜出一石。」洞中沒有積存半升香油，倒是大批珍珠瑪瑙，可見搜刮來的香油立即就變現了，管道健全暢通。

這事怎麼操作的？您沒見西海龍王也出馬了嗎？龍王是《西遊記》

中的金主，而且多次牽涉進黑金交易，鬫寒兒每年價值五萬餘兩的酥合香油，不靠龍王的船隊怎麼銷得出去？所以他們才那麼熟悉，所以出了事，犀牛精第一個想到的避難所當然是一千多年的生意合作夥伴——西海龍王呀！現實中太監們利用牧場、皇莊、皇店等平臺進行了非法盈利，也只能透過非法管道變現，最常用的不就是倭寇嗎？嘉靖帝生平最恨通倭，恰是因為內外廷臣通倭者著實不在少數。

不過敖順似乎一點都沒給鬫寒大王面子，三隻犀牛一鑽進西海就點兵抓捕。其實犀牛一見到敖順的兒子摩昂太子就應該在心裡叫一聲「完了」，因為這不是他們認識的西海龍王，一千年來和他們做生意的西海龍王分明是——敖閏哪！

我前文賣了個關子，說敖順一會兒是北海龍王，一會兒又變西海，這不是作者的筆誤，而是玉帝的手段。四海龍王首次亮相是美猴王進龍宮搶金箍棒時，大哥東海龍王敖廣召集四兄弟齊聚，介紹了「舍弟乃南海龍王敖欽、北海龍王敖順、西海龍王敖閏是也。」當時敖順獻了一雙藕絲步雲履，敖閏獻了一副鎖子黃金甲。白龍馬亮相時也說了自己是西海龍王敖閏之子，說明大部分時間是北海敖順、西海敖閏。龍王第二次亮相則是取經團受阻紅孩兒的三昧真火，孫悟空去請龍王降雨滅火，這一次卻換做北海敖閏，西海敖順。

不過前兩次敖順都是跟隨大哥敖廣出鏡，第三次才是比較重要的角色。黑水河小鼉龍抓了唐僧，他是當年被人曹官魏徵斬了的涇河龍王之子，同時也是西海龍王敖順的外甥，所以具帖請敖順也來吃唐僧肉。孫悟空上門問罪，敖順連忙派摩昂太子去擒了小鼉龍治罪。第四次亮相則是車遲鬥法，孫悟空先讓四海龍王助他贏下與虎力大仙比拚祈雨，當時還專門又謝了敖順前次黑水河之功。羊力大仙跟孫悟空比拚下油鍋時召喚了一條冷龍護住鍋底，後來被孫悟空發現就是北海龍王敖順。第五次是獅駝嶺三大魔王抓了師父、師弟，放在蒸籠裡蒸，孫悟空請來北海龍王敖順化作冷龍護住鍋底，免得師父被蒸熟。由這兩次可見，敖順應該是長期擔任北海龍王，所以練就了極具北方特色的冷龍功夫。敖順其實還有一次隱蔽出場，碧波潭萬聖龍宮的九頭駙馬被二郎神用細犬咬掉一個頭後，滴著血逃往了北海，顯然是去投奔敖順，可見這些倭寇關係錯綜複雜。

第六次便是金平府了，敖順適時地出現在了西海龍王任上，這顯然是玉帝臨時換崗，調走與犀牛精勾結甚深的敖閏，換上自己更信任的敖順，布局還是很細心的。龍王（倭寇）這個階層亦官亦商亦匪，很多倭寇首領和朝臣甚至皇帝本人保持著暗線連繫。敖順顯然是一個更親玉帝的龍王，所以在取經路上玉帝經常讓他承擔重要任務，他也不辱使命，多次助取經團通關。另外值得注意的是，取經團中的白龍馬其實是敖閏的兒子，觀音得到欽准把他塞進取經團，但玉帝卻不用敖閏來執行關鍵任務，個中微妙引人遐想。

圖 17 犀牛精代理佛祖收取酥合香油並由龍王變現

29.4 六隻犀牛角怎麼分配

金平府是天竺外郡，全書百回已過九十二，取經團在靈山腳下搗毀了佛教集團最大的利益管道，現在還要馬上上山去取經，不一巴掌拍死你幾個都算好的，還取什麼呢？但取經團終究取得真經，還一個個果證金身，佛教集團真的這麼好說話？其實祕密就藏在六隻犀牛角中。

老大辟寒被井木犴當場咬死，孫悟空將生擒的闢暑、闢塵穿了牛鼻環牽回金平府，向凡人解釋了這就是多年來假冒佛祖榨取你們燈油的妖怪，宣布以後不必再貢油了。這樣做既沒戳穿佛祖榨取凡人的真相，留了臺階，又免一方疾苦，完成了玉帝交辦的政治任務。至於闢暑、闢塵這兩位要犯如何處理？難道不押回天庭審理？豈止是燈油一項罪狀，他們和龍王之間的洗錢貿易必有更多黑幕，說不定要把好多海軍大員牽出來。那，既然這樣，海軍元帥又忍不住動手了。「少頃間，八戒發起性來，掣出戒刀，將闢塵兒頭一刀砍下，又一刀把闢暑兒頭也砍下，隨即取鋸子鋸下四隻角來。」

豬八戒在萬聖龍宮就多次暴露殺人滅口的強烈意識，孫悟空早有提防，這一次居然讓他當著眾多人、神的面滅口成功，應該說有點故意放縱。孫悟空亦知此事就到此為止罷，如果還要窮究，恐怕不只牽出佛祖一人，那就不是他小猴子能應付的局面了。不過饒是如此，佛祖就肯輕饒？孫悟空自然有了萬全之策。

犀牛角是珍寶，三隻非洲犀牛共六隻角。孫悟空分配犀角，首先是吩咐四木禽星：「四位星官，將此四隻犀角拿上界去，進貢玉帝，回繳聖旨。」然後辟寒的兩隻「留一隻在府堂鎮庫，以作向後免徵燈油之證；我們帶一隻去，獻靈山佛祖。」金平府都是凡人，在佛祖面前毫無抵抗能力，但有了這隻犀角，算是掌握了佛祖甚至整個佛教集團一個罪證，能在一定程度上造成保護作用。孫悟空留一隻在金平府確是考慮周祥，但另五隻還更有玄機。

先說號稱進貢玉帝這四隻。為什麼玉帝一人要這麼多，辛苦我們四木禽星一人一隻給您揹回來？這御馬監小公公也太會心疼陛下了。其實哪裡是心疼陛下，且看孫悟空剛一分配完，四木禽星的反應是「心中大喜，即時拜別大聖，忽駕彩雲回奏而去。」不是表面歡喜，而是發自內心的「大喜」。為何如此大喜？因為完成了玉帝交辦的工作？沒這麼簡單，這趟差事搗毀了多少大神的利益管道，完成了心裡才苦呢！他們來時很不高興，但既然這犀角可以作為佛祖的把柄攥在手裡，就不怕他以後因此事打擊報復我啦！這四隻犀角擺明了是給四木禽星一人一隻，才不是給玉帝的哩！

至於號稱帶到靈山獻給佛祖這一隻就更有意思啦。

第九十八回，取經團歷遍艱辛，終於抵達靈山佛地，玉真觀金頂大仙、淩雲渡接引佛祖等佛道神仙接引四眾上山禮佛，佛祖讓貼身近侍阿儺、迦葉帶他們到藏經閣取三藏真經。這兩位在佛經中同列於釋迦牟尼的十大高徒，也就是須菩提的師兄弟，然而他們卻公然索賄，要取經團給點「人事」。唐僧還沒開口，孫悟空就叫嚷起來，說要告到佛前，他們才趕快取出經卷。然而給的卻是無字經書，所幸燃燈古佛在閣上見了，及時點醒唐僧，取經團下山還沒走遠，急忙回靈山再見如來。孫悟空極不禮貌地對佛祖「嚷道：『如來！我師徒們受了萬蜇千魔，千辛萬苦，自東土拜到此處，蒙如來吩咐傳經，被阿儺、伽葉掯財不遂，通同作弊，故意將無字的白紙本兒教我們拿去，我們拿他去何用！望如來敕治！』」

其實一路走來，孫悟空越來越圓滑，後期很少這樣大呼小叫，更不會主動出頭，此時在佛祖面前反而直擊腐敗，彷佛又讓我們看到了當初那個天不怕地不怕的齊天大聖，也讓很多讀者心中多了一絲暖意。這確實是作者高超的寫作技巧，但也暗含了更深的玄機。孫悟空如此叫嚷恰是因為他明白阿儺、迦葉表面上是索賄，其實有更直接的目的，他試圖透過這種叫嚷將矛盾轉移到膚淺的索賄問題上來，避免正面回答佛祖更深層次的政治問詢。

面對孫悟空的叫嚷，如來笑嘻嘻地解釋，說我這真經本來就很值錢，我以前傳經都是要收好多好多錢的，你空手來取，確實有點壞規矩。不過我也知道你確實沒錢，算了，這次就壞規矩給你吧！又令阿儺、迦葉帶他們重新去取，這兩位已經被當眾揭穿了一次，但現在依然倔強地再次索要人事，唐僧只好先哭一陣窮，最後拿出唐太宗御賜的紫金缽盂。「那阿儺接了，但微微而笑。」然後一群閒雜人等出來笑話，阿儺「須臾把臉皮都羞皺了，只是拿著缽盂不放。伽葉卻才進閣檢經。」最終取了5,048卷，合一藏之數，只有最初說好三藏真經的三分之一。

不少人解讀，阿儺、迦葉貪得無厭，尤其是藏經閣裡反覆索賄，接了紫金缽盂後那副醜態更是唯妙唯肖。不過他們貪婪的根源在於如來本身也不清廉，所以《西遊記》是一部深刻批判揭露的現實主義著作。作者這段描寫至少包含了兩層意思。

一是較淺顯的一層，表達一下阿儺、迦葉這種經手小吏的貪得無厭。李春芳常年混跡西苑，深知皇帝近身宮奴的利害。《明史》專門記載了嚴嵩邀得寵幸的一大招數便是頻繁給嘉靖帝親近太監塞碎銀子，而且每次都恭謹地親自塞到他們荷包裡面，非常親暱。另一邊夏言卻直心直腸地認為太監無非是後宮私奴，真的把他們當奴婢使喚。其實太監真的就是些私奴，他們不懂什麼國家大事，更不懂文章大義，只知道姓夏的老頭每次都把我們呼來喚去，嚴老伯就和藹可親多啦！他們自然就在皇帝面前為嚴老伯多多美言，時不時說點夏老頭的壞話，久而久之皇帝對兩人的印象難免會發生嬗變。所以說嘉靖朝是太監政治的谷底，但他們在這方面的影響其實仍不容忽視。他們撈不到大錢時更加看重零碎銀子，所以阿儺、迦葉縱是「把臉皮都羞皺了，只是拿著缽盂不放。」

另一層其實是呼應孫悟空的犀牛角。沒錯，不是說好了要帶一隻犀角獻給佛祖嗎？你倒是拿出來呀！倒不是稀罕一隻犀角，關鍵這是佛祖在金平府刮燈油的罪證，急著要回來呢！孫悟空上了靈山一路叫嚷，就是隻字不提犀牛角，這當然不是作者忘了，而是孫悟空攥緊了這隻犀角作為佛祖的把柄，哪有交出來的道理。佛祖已經派人開口要了，而且是反覆索取，孫悟空卻始終裝瘋賣傻，只是嚷著阿儺、迦葉索賄，最終賠上唐師傅的御賜紫金缽盂，保住了自己的犀角。這六隻犀角，金平府一隻、孫悟空一隻、四木禽星一人一隻，一個都不能少呀！

有人說佛祖不是有緊箍咒嗎，唸得孫悟空交出來不就行了？同學，官場可不能這麼玩！您這邊真敢唸了，那頭自然會有人把犀角當廷呈給玉帝，到時候誰也下不了臺呀！政治是一門妥協的藝術。現在，如來在孫悟空頭上戴了緊箍圈，孫悟空也攥住瞭如來的犀牛角，雙方達到相對均勢，誰也不能用強，自然就互相妥協啦！

30　結論——讀西遊帶給我們的感動

一千個讀者眼裡有一千個《哈姆雷特》，恆河沙數的讀者眼裡，也有對《西遊記》大千無量種解讀。其實我從未說過任何一部影視作品對《西遊記》的理解不對，我甚至一開始就說了，《西遊記》作為一部少兒節目是非常優秀的。我只不過是採取了不同的角度，並不存在誰對誰錯。

30.1　回首《西遊記》的九重境界

《西遊記》首先是一部以勵志為主題的神魔打鬥小說，無論挖掘出多少官場潛規則的諷喻內涵，都並不抹煞這個前提。有人說《西遊記》前後矛盾，招數重複，九九八十一難，次次都是妖怪把師父抓了，孫悟空剛開始救不出，一搬來救兵立即又贏了。但現在我們結合時代背景，用「西天取經」對映「西苑取經」，明白玉帝讓唐僧到如來處取經，實質上是嘉靖帝讓一位司禮監小太監到西苑經廠去取經，以示對他的寵幸，各路妖魔其實是內宮外廷各路人馬的依次亮相，甚至連後宮粗婦、舞姬、掏糞工都露了一下臉，並且都用絕不重複的方式達成平衡，從而通關。至於煉丹術這層意義，雖然本書沒有詳解，而且疑似封建糟粕，但確實為這部名著平添了不少神祕深邃的色彩。

其實我相信大多數讀者已經意識到，《西遊記》最重要的是官場諷喻這層內涵，只是有時被一些美好的情愫牽絆，不願深入了解而已。尤其是聽到西天取經的實質是玉帝（明朝皇帝）扶植佛教（私臣），削弱道教（文官）時，很多人甚至不願意面對這個現實。事實上，在這個層面作者還挾帶了不少私貨，辛辣諷刺了幾個他很厭惡的人，比如萬貴妃、徐階、徐瑛、馮保、李太后、張居正等等。尤其是「立帝貨」、「九頭鳥」這些細節，可以說已經不是暗喻而是指著鼻子痛罵了。一有機會就要申明的是：這完全是李春芳的個人好惡，我只是把他這種筆法解釋給您聽而已，並不表示贊同他的立場。我本人對萬姊姊 —— 好吧，我知道您在等我說什麼 —— 我對明代第一 —— 偉大的改革家張居正先生沒有任何偏見！

除了李某人的嬉笑怒罵，我們還不能忽略了更深的內涵層次，那就是作者對中國特色封建社會演進至明的描述。官場政治是社會形態的頂層反映，一部鞭辟入裡的官場小說，自然而然就可以描繪出一個時代的社會長卷。但比較不幸的是，李春芳對此的預判似乎略偏悲觀。

其實中國人對一個政權的價值判斷很單純：能不能讓人們過上好日子。但隨著封建社會的發展，某些統治者鍛鍊出一些高妙的欺騙招數，用一些障眼法騙得人民跌入他們的利益盤子，甚至將這些騙術形成一整套看似高深莫測的理論體系，單純的人民越來越難分辨。更可惡的是，有些統治者故意縱容甚至培植這樣的勢力來擾亂正常的公共管理秩序，自以為達到了玩弄權術的至高境界，其實是在高層甚至全社會製造撕裂對抗，將善良的百姓送向亡國亡天下的前路。《西遊記》出版不久，魏忠賢就掀起第二波閹黨高潮，而且和東林黨展開「黨爭」激鬥，很快亡國亡天下。明末「黨爭」的基礎正是來源於嘉靖、萬曆等皇帝這種自認為高明的扶植一派、牽制一派權謀手腕，李春芳的很多憂慮都成事實。

30.2　不能忽視明中後期時代特徵

有人的地方就有江湖，有利益的地方就有政治。很多官場、職場的基本原理是亙古不變且共通的，所以不少前輩在對創作背景時代並不熟悉的情況下依然對《西遊記》作出了精彩解讀。但我堅持認為解讀《西遊記》不能拋開時代背景，李春芳筆下的一些官場政治行為僅僅符合明朝的時代特徵，放在其他時代便無法解釋。

比如在宋明科舉制度成熟前，根本不存在進士文官這個階層，所以明朝皇帝利用內宮私奴與外朝文官爭權奪利，這在漢唐根本不需要。漢唐沒有科舉，皇帝如果有權，直接在正規的政府中安插自己人就行了，何需什麼內朝？更無需耍什麼「西苑取經」之流小把戲。漢唐更絕無「大禮議」這種皇帝和滿朝文官為個禮儀激辯二十八年的文化氛圍。再如紅孩兒、大鵬，他們耍盡花招無非圖個濁流蔭官，這在漢唐也是毫無必要的，沒有科舉這個制度藩籬，他們早就在和二郎神競爭三清四帝的位置了。

當然，最具明朝特色的還得數九靈元聖訕君賣直騙廷杖的現象。透過無理謾罵皇帝或權臣來沽取政治美譽，換其他朝代，我只問您的九族有多少腦袋夠削？這種現象的根源在於明代文官的晉升不靠皇帝恩賜而靠會推，所以用這種方式在同僚中搏出位，這在其他朝代包括宋朝都是不存在的。所以《西遊記》對明中後期的一些歷史事件還原度還是相當高，小說角色也基本能在當時找到原型，如表 13 所示。

表 13 小說角色與現實原型的對應關係

《西遊記》中角色		對應現實角色	說明
	天庭	朝廷（明）	是機構，不是人物
	玉皇大帝	皇帝	主要指嘉靖帝
	二郎神	皇親國戚	宋朝以後無法入仕
	鎮元子	藩王	虛名高而實力弱

《西遊記》中角色		對應現實角色	說明
道家神仙	太上老君	進士出身的文官	宰相，文官集團的領袖
	太乙天尊		翰林官領袖，通過廷杖博取政治美譽
	九靈元聖		翰林院庶吉士，尚未正式授官
	諸道		科舉進士，即將崛起的東林黨
佛教神仙	如來佛祖	皇帝私臣（宮妃、太監、錦衣衛、私軍等）	最寵幸的私臣頭子，主要指司禮監掌印太監（馮保）
	觀音菩薩		佛教勢力强大分支，相對獨立，主要指後宮女眷勢力（萬貴妃）
	燃燈古佛		已失勢的前太監頭子（陳洪）
	彌勒佛		太子東宮私臣，等待新帝登基後成新的私臣頭子
	毗藍婆菩薩		進士出身的太監（成敬）
	托塔李天王		皇帝私人禁軍高級將領
	四大天王		御馬監轄下的騰驤四衛
	諸佛		並非都是如來的嫡系
散仙	福祿壽星	民間知識分子	大膽結交藩王
	樹精		與東林黨有交叉，期待入仕
	山神、土地		天庭派駐在地方的基層小吏
妖怪		地方宗族勢力	有好有壞，大多朝中有人
人類		人民大衆	李世民是南贍部洲人類的代表
龍族		明末海商	「雨水」對應現實中的錢財
		倭寇	其實是中國老闆
取經團	唐僧	官場上打拚的官員，參加西苑取經	準備進入核心圈的司禮監小太監
	孫悟空		複雜的綜合體，既是禦馬監太監（汪直），也是作者李春芳的自我寫照
	猪八戒		幹苦力的軍人
	沙和尚		錦衣衛派出的監軍
	白龍馬		資助取經工程的商人

所以，本書名為《解碼西遊》，既是將密碼重重的《西遊記》隱喻內涵還原為明碼，更是借西遊故事說說明朝那碼子事，更將官場百態解碼

成一幅中國特色封建社會演進至明的浩瀚社會長卷。這裡還需再次負責任地強調：雖然中國社會、官場、職場有著一以貫之的價值觀，但具體到不同時代，玩法全然不同，不能簡單地用傳統價值觀甚至生活常識套用在現實的官場、職場，像《西遊記》這樣極具明中後期時代特徵的官場小說，僅供賞析，千萬不能模仿套用！千萬！千萬！

如果非要說有什麼通理，那就是不要去參與貪官奸臣的腐敗團體。傳統中國社會提倡以人品才華得到認可，而這種私臣團體正好相反，只論私人關係，人品才華有時反而是掣肘。所以金蟬子寧願拋棄須菩提的廣大神通，變作呆蠢懦弱的唐僧，反而成佛。如果學這路數，確實找到了可能更輕鬆的晉身之途，卻喪失了立身之本，就像《西遊記》中的小妖，不管老妖什麼情況，每一關小妖都是必須死絕的。老妖沒背景的他自身難保，有背景的演完戲又要殺你們滅口，所以小妖乍一看跟著老妖吃了幾年人，風光一時，最終卻難逃一死。秉持這個道理，好好做人便無愧於心。

30.3 作者到底是崇佛還是崇道

這個問題無數人爭得不亦樂乎，和尚說是崇佛，因為佛法無邊，贏了道家；道士說是崇道，因為道家才是正統，只不過割讓了一丁點蠅頭小利賞給佛教而已；陽明心學門人更表示你們都是渣渣。其實大家都被李春芳耍了，他只不過是利用佛道神仙為棋子，演他心目中的官場棋局，而且顯然李春芳對當時的宗教態度很不友善。我再強調一遍：我這是在揭露他，不是附和！

宗教是社會思想的深層次對映，外來宗教其實很能代表外國社會的思想基礎，封建官僚李春芳顯然不認同佛教背後的西方社會形態。就拿男二號唐僧的原型玄奘法師來說，他從西方取經歸來，創立了漢傳佛教唯識宗，其核心理論是「五乘種姓（panca-gotrāni）」學說，大意是一切眾生分「聲聞、緣覺、如來、不定、無」五種姓，根植於阿賴耶識（第八感）中，不可改變。每個種姓對應確定的果位，無論你自身怎麼努力，最終一定會修得相應果位。比如如來種姓者就算一輩子遊手好閒，某天也會「頓悟」成佛，而無種姓者就算再努力，修得人天勝妙果報，卻永遠不能成佛。這顯然是對西方階級社會的反映：貴族不學無術，某天突然就會封官襲爵，平民再努力地學得一身本領，就算被聘為宮廷教師，也只能永遠為貴族工作。

玄奘從西方取回這樣的經，並在唐代生根發芽也有其時代背景。唐中後期進入了「牛李黨爭」的大時代，世族門閥和科舉進士的爭鬥達到高潮，世族迫切需要「五乘種姓」這樣的學說為其階級制度張目。但宋代以來，隨著科舉制度的成熟，世族門閥的社會基礎已經消融，唐朝那一套在李春芳這種靠讀書改變了命運所以崇信「凡有九竅者皆可修仙」的科舉進士眼中就很落後了，所以《西遊記》不光罵了一些明朝人。

直到今天，某些公然宣揚階級固化的故事（巫師的兒子注定是巫師，麻種再努力也練不成）仍在西方大受歡迎，可見這種意識形態已經植根於西方人民腦中，無論包裝成自由、民主、信仰或是什麼更漂亮的東西都從來不改本質。明代是東西方思潮激烈碰撞的大時代，西方傳教士的傳播條件比當年的玄奘法師強得多，但西方宗教在中國流行不開，究其原因是西方在器物層面遠遠不如中華（佛教的法寶不如道教），毫無說服力。但及至李春芳的時代，隨著美洲大開發和中國自身的很多問題，這種形勢正在急遽逆轉，試想某天西方擁有了比中華更強的器物（佛教有了比道教更強的法寶），他們那種高喊眾生平等，實則階級固化的貴族思想會不會強勢入侵？這才是整部《西遊記》處處留有的憂慮。

那李春芳就崇尚現實中的道教了嗎？更不是。嘉靖帝的一大惡名就是寵幸道術，不要因為李春芳寫了青詞就認為他不深惡痛絕。不過需要提醒的是，現實中的道教作為嘉靖帝寵幸私臣，在《西遊記》中對應的角色是佛教集團，恰如現實中的人民對應唐太宗（世民）這樣的君王，而儒家進士才對應道家神仙，這個邏輯稍微有點曲折，希望您不要混淆。其實現實中的佛、道宗教思想是博大精深的哲學體系，只是常被統治階級片面地利用，李春芳採取了一種充滿封建文人局限性的偏見，恰如我反覆強調的：我是在揭露他，不是附和！。

那李春芳對那些靠努力攻讀實現了魚躍龍門的進士同僚們就大加讚賞嗎？恐也未必，如他筆下的太上老君也不是什麼完人。因為在他眼中，正是某些科舉出身的高級文官背棄了儒家聖訓，忘卻初心，墮落成眼裡只有錢權名利的貪官汙吏，甚至不惜投身西苑為奴，才導致中華文明被西方追趕。就像太上老君，雖然全憑真才實學得居清流極品，大家也放心地將公權力委任於他，但御馬監小太監撒個嬌，他就給出一粒九轉金丹，公然打破天地間最基本的法則。試想，更高級別的內臣甚至商賈以重金求賄他時，我們還指望他能秉公辦理嗎？所以，《西遊記》是一部批判現實主義鉅著，不是歌功頌德，更不是宗教讚美詩。李春芳讚美的不是那些高高在上的神仙皇帝，而是勤勞的人民和那些為他們打拚在路上的有志青年。

30.4 讀西遊帶給我們的感動

必須承認，《西遊記》是伴隨了我們多少人童年一路走來的美好回憶，在我們心中種下了多少美好的情愫，如果從本書這樣的角度如此深入剖析，難免會撕裂一些美好的東西。孫悟空是御馬監小太監，唐僧是司禮監小太監，如來是司禮監掌印太監，觀音是萬貴妃，女兒國王是後宮對食的淫婦……夠了！

但我仍堅持認為，看穿了《西遊記》的深邃內涵，更能帶給我們觸及心靈的感動。

人性像星辰一樣閃耀光華，正因歷史的星空背景是一片深邃的黑暗。

無論玉帝、如來、太上老君在私利爭奪中展示了人性多醜陋的一面，我們都更應關注他們映襯出的閃亮。孫悟空雖是御馬監的西廠特務，但也沒必要過於妖魔化地看待這個職業，在丁易[28]的《明代特務政治》出版前真沒那麼邪門。孫悟空的很多工作都是糾劾不法，比如收伏紅孩兒、通天河靈感大王、小兒國丈白鹿精、金平府三隻犀牛等。尤其在通天河陳家莊抓住觀音，逼她在空中顯形，讓人民看清這位大慈大悲救苦救難菩薩的真面目。他做這些事會得罪很多大神，但為了免除一方生民的苦難，他依然勇敢地站了出來，這就叫擔當！孫悟空很清楚，天庭已經腐敗，他需要面對的不僅僅是如來、觀音、太上老君中的某一個，而是整個體系。所以，我們從小就認為《西遊記》的主題是天下無敵的超級英雄孫悟空孤身一人對抗整個天庭（政府），其實，真的沒錯。知道貪官的可怕，才更能理解這種擔當需要比簡單粗暴的武力對抗更高層次的勇毅胸懷！

很多人詬病唐僧懦弱無能，而且是個經常將孫悟空置於險境的蠢領導，但最後如來向孫悟空索取犀牛角時，唐師父可有出賣孫悟空？不但沒有，他還拿出紫金缽盂幫孫悟空打了一個圓場，對於一個官場人士來說，這堪稱大智大勇。這位一路上受盡鄙夷的弱者，在最後關頭仍然閃現了人性的光輝。

不少評論把豬八戒作為一個好吃懶做的典型，我覺得多少有點誤會。他挑著沉重的行李一步一個腳印走到了西天，懶在何處？很多人將明朝滅亡的原因歸咎於軍人懶惰，這似乎正是豬八戒的問題，但問題的根源又哪裡在軍人，而在於整個國家對軍人的獎懲機製出現了紊亂。豬八戒也多次表現出極大戰鬥熱情，荊棘嶺、稀柿衕都是孫悟空、沙和尚捏著鼻子躲的髒活，唯獨豬八戒不怕髒、不怕累地打通關，勤快得讓人感動，唐僧也喜得承諾注他一場大功。只可惜這功一點屁用也沒有，如來嘴一張，就甩給他個淨壇使者，比起別人成佛的成佛、當菩薩的當菩薩，怎能不讓賣命的軍人心寒？

您真的知道中國的軍人有多偉大嗎？我們的祖先從不用劫掠來激發將卒的貪慾，也不用宗教洗腦，甚至連現代民族觀念都還沒成型，就憑華夏兒女質樸的愛國情懷，甘灑熱血寫春秋，前赴後繼地埋骨在碧血黃沙、驚濤駭浪之中。但這並不表示他們可以永遠不計回報地付出，在某些特定歷史階段，軍人的社會角色會遭政客擺弄，充當他們爭權奪利的馬前卒，其實這恰恰不是武夫能解決的問題，而是他們的報國之志遭到腐敗的侵蝕。而今每每讀到豬八戒的場景，我都忍不住透過泛黃的紙背，眺見一名孤獨的海軍將士，裝作不經意地轉過身，仰頭喝下一壺濁酒，卻將那支承載過中華民族多少光榮與夢想的偉大艦隊拋在身後，任憑海風不住送來船體破裂處的朽木氣息。我曾將華夏天威播撒在尼羅河畔、洛基山下[63]，而今卻不得不成一個私臣團隊中卑微的挑夫，還要受盡調侃嘲弄，個中辛酸望有後人能判。

請不要看到「錦衣衛」三字就大呼小叫，沙師弟已經告訴大家，錦衣衛不是妖魔鬼怪——一路上的施主也都誤會啦！沙僧雖然偶爾也暴露出凶惡的一面，但總體來說他的角色扮演得很好，忠實地履行了監軍職責，多次勸阻散夥。最重要的是，他從不搶風頭，甘為人梯，輔佐幾位主角成功。現實中很多人手頭有了一丁點權力便急於瓜分成果，收受賄賂，往往成為壞事的關鍵。如果官場中人都能向沙師弟學習一下，我們的權力環境就會改善很多。其實這些人自身成就也會高很多，只是很多人目光短淺，只看到眼前利益而不善於從《西遊記》中汲取智慧而已。

所謂妖怪，其實就是打拚在成仙路上的低段位修士，他們同樣帶來許多感動。車遲國三位大仙數十年如一日，用微末的法術努力地造福一方，在面對強權時那種勇敢與執著不是更令人感動嗎？那殘忍殺害他們的不是大壞蛋嗎？其實也不必過多苛責孫悟空，既然踏上這個官場，早就做好了遭遇這一天的準備。社會需要無數仁人志士負重前行，既然篤定了為國為民的志願，就不必害怕身敗名裂。所以，我相信如果他們泉下有知，原來自己是被玉帝的取經團碾壓了，但我等既然是為保佑一方生民的福祉而犧牲，那正是死得其所，重於泰山，想必也能瀟灑地付之一笑吧！將士馬革裹屍而還，文人又何嘗沒有在和平年代盡忠報國的追求？

當然，最令人感動的還是那些凡人。儘管李春芳是一個封建文人，但畢竟出身平民，他筆下的凡人純樸、勤勞、善良，處處閃耀著中華民族的傳統美德（儘管在書中披上了外國人的表象）。在面臨玉帝擺弄佛道相爭這樣的政治棋局面前，人民並沒有透過政治手段參與爭鬥，而是依然信任天庭，信任這個將大家凝聚在一起的政權組織。我依稀記得不少人批判過這是缺乏爭鬥精神的表現，但我還是想說，這才是我們這個偉大民族五千年來在這個叢林星球上屹立不倒最堅強的力量。有些國家熱衷於鼓動平民參與高層政治，其實什麼精神都不是，只是政客借用人民力量的政治手段而已。它們或許偶有閃光，甚至現在都在某些方面暫時領先，但不過是你方唱罷我登場，五千年來笑傲藍星從未出局的唯有吾族吾民。

所以，儘管《西遊記》是一部官場小說，揭露了很多政治的陰暗面，甚至直指許多作者厭惡的現實人物，但李春芳絕不是充滿戾氣地一味謾罵，而是用如椽妙筆在嬉笑怒罵之間帶給我們更多感動，甚至不惜以豬八戒自嘲。我想，這種「一壺濁酒喜相逢，古今多少事，都付笑談中」的卓識氣度，才是《西遊記》留給我們最寶貴的財富吧！

參考文獻

[1][明] 吳承恩 . 西遊記 [M]. 北京：人民文學出版社， 1980.

[2][明] 吳承恩 . 西遊記 [M]. 長春：吉林文史出版社， 1995.

[3][清] 陳士斌 . 西遊真詮 [M]. 北京：中國人民大學出版社， 1992.

[4][民] 胡適 . 《西遊記》考證 [M]. 長春：吉林文史出版社， 1995.

[5] 吳承明 . 秦以後的中國是有中國特色的封建社會 [J]. 史學月刊， 2008(3)：13-14.

[6][晉] 葛洪 . 抱朴子 [M]. 上海：上海書店， 1986.

[7] 徐弢， 李思凡 . 《抱朴子》的心身觀念及其科學文化功能 -- 兼論其與《神學大全》的思想分際 [J]. 社會科學研究， 2006(2)：18-22.

[8] 黃如一 . 冰火大明 [M]. 桂林：灕江出版社， 2017.

[9] 陳澉 . 魯迅與胡適《西遊記》研究比較 [J]. 北方論叢， 1991(2)：76-82.

[10] 吳閒雲 . 煮酒探西遊 [M]. 長沙：湖南人民出版社， 2009.

[11] 劉乃達 . 西遊原來是禁書：回到明朝看西遊 [M]. 北京：中國商業出版社， 2012.

[12] 穆鴻逸 . 妖眼看西遊 [M]. 北京：新星出版社， 2009.

[13] 英熊北遊 . 天庭內幕 [M]. 北京：中國青年出版社， 2008.

[14] 詹石窗 . 詹石窗正說西遊：西遊記解密 [M]. 瀋陽：遼寧教育出版社， 2012.

[15] 六鈴使者 . 揭祕取經門:《西遊記》你讀懂了嗎？ [M]. 長沙:嶽麓書社， 2010.

[16] 崔岱遠．看罷西遊不成精 [M]. 北京：東方出版社， 2007.

[17] 葉之秋．勘破西遊：八十一難皆是局 [M]. 北京：中國發展出版社，2016.

[18] 陳肯．西遊真解 —— 仙人養成計劃 [M]. 上海：上海辭書出版社，2012.

[19] 楚陽冬．齊天傳 [M]. 北京：中國華僑出版社， 2012.

[20][漢] 司馬遷 等．點校本二十四史 [M]. 北京：中華書局， 1978.

[21][唐] 玄奘， 辯機．大唐西域記 [M]. 南京：鳳凰出版社， 2013.

[22] 鄧忠．略論孔茲《般若波羅蜜多心經》英譯本 —— 兼與玄奘《心經》漢譯本比較 [J]. 譯苑新譚， 2009(1)：396-404.

[23][明] 沈德符．萬曆野獲編 [M]. 上海：上海古籍出版社， 2012.

[24] 方志遠．明代的御馬監 [J]. 中國史研究， 1997(2)：140-148.

[25][宋] 司馬光．資治通鑑 [M]. 北京：中華書局， 1956.

[26][清] 趙翼．廿二史札記 [M]. 南京：鳳凰出版社， 2008.

[27] 李涵．明代廠衛是如何誕生的 [J]. 現代閱讀， 2015(4)：18-19.

[28] 丁易．明代特務政治 [M]. 北京：群眾出版社， 1949.

[29] 韓大成．明代的官店與皇店 [J]. 故宮博物院院刊， 1985(4)：30-35.

[30] 黃如一．煮酒話太宗 [M]. 太原：山西人民出版社， 2012.

[31] 王迪．明代成化時期政局研究 —— 以閣臣、司禮太監、后妃為中心 [D]. 天津：南開大學， 2011.

[32][英] 崔瑞德 等．劍橋中國史系列 [M]. 北京：中國社會科學出版社，1992.

[33] 孫國棟．唐宋史論叢：唐宋之際社會門第之消融 [M]. 上海：上海古籍

出版社， 2010.

[34] 嶽天雷 . 張居正密謀「王大臣案」的確證 [J]. 哈爾濱師範大學社會科學學報， 2011(5)：110-117.

[35][美] 包弼德 . 唐宋轉型的反思 —— 以思想的變化為主 [J]. 中國學術，2000(3)：63-87.

[36] 張顯清 . 明嘉靖「大禮議」的起因、性質和後果 [J]. 史學集刊，1988(4)：7-15.

[37] 孟廣軍 . 從嘉靖朝大禮議等事看閣權對皇權的制約 [J]. 北方論叢，1995(3)：91-93.

[38][唐] 李靖 . 唐太宗李衛公問對 [M]. 西安：三秦出版社， 1999.

[39][唐] 吳兢 . 貞觀政要 [M]. 合肥：黃山書社， 2002.

[40] 胡倩 . 試論貞觀後期唐太宗的執政變化 —— 以魏徵《不克終十疏注》為視角 [J]. 湖南科技學院學報， 2012， 33(3)：78-80.

[41] 宋佳 . 明代內閣、司禮監與皇權之間的關係 [J]. 黑龍江史志，2011(15)：13-14.

[42] 宋靜 . 從祕書角度看明代的宦官集團 [J]. 祕書， 2003(3)：11-11.

[43] 翁連溪 . 明代司禮監刻書處 —— 經廠 [J]. 紫禁城， 1992(3)：23-24+44.

[44][明] 陳洪謨 . 治世餘聞 [M]. 北京：商務印書館， 1937.

[45][明] 計六奇 . 明季北略 [M]. 北京：中華書局， 1984.

[46][美] 黃仁宇 . 萬曆十五年 [M]. 北京：中華書局， 2007.

[47][明] 楊士奇 等 . 大明太宗文皇帝實錄 [EB/OL]. http：//www.docin.com/p-121106830.html.

[48][明]羅貫中 等 . 四大名著 名家點評 [M]. 北京：中華書局， 2016.
[49] 吳晗 . 明代的錦衣衛和東西廠 [M]. 北京：中華書局， 1979.
[50] 當年明月 . 明朝那些事兒 [M]. 北京：北京聯合出版有限公司， 2017.
[51] 譚天星 . 明代內閣政治 [M]. 北京：中國社會科學出版社， 1996.
[52] 楊順波， 周倫 . 《宗藩條例》小議 [J]. 保山學院學報， 2004， 23(6)：24-27.
[53][法]勒內 · 格魯塞 . 草原帝國 [M]. 北京：商務印書館， 2007.
[54] 何忠禮 . 二十世紀的中國科舉制度史研究 [J]. 歷史研究， 2000(6)：142-155.
[55] 竺洪波 . 四百年《西遊記》學術史 [M]. 上海：復旦大學出版社， 2006.
[56] 梅新林 . 20 世紀《西遊記》研究 [M]. 北京：文化藝術出版社， 2008.
[57] 沈承慶 . 話說吳承恩 —— 《西遊記》作者問題揭祕 [M]. 北京：北京圖書館出版社， 2000.
[58] 郭健 . 道教內丹學與《西遊記》作者研究 [J]. 求索， 2006(6)：223-226.
[59][明]李春芳 . 李文定公貽安堂集 [M]. 濟南：齊魯書社， 1997.
[60] 黃俶成 . 明代小說史上的三個李春芳 [J]. 明清小說研究， 1990(z1)：139-151.
[61][美]黃仁宇 . 放寬歷史的視界 [M]. 北京：中華書局， 2001.
[62][德]岡德 · 弗蘭克 . 白銀資本：重視經濟全球化的東方 [M]. 北京：中央編譯出版社， 2008.
[63][英]加文 · 孟席斯 . 1421：中國發現世界 [M]. 北京：京華出版社，2005.
[64][美]何炳棣， 巫仁恕 . 揚州鹽商：十八世紀中國商業資本的研究 [J].

中國社會經濟史研究，1999(2)：59-76.

[65][法]朗索瓦·德勃雷.海外華人[M].北京：新華出版社，1982.

[66]錢穆.中國歷代政治得失[M].北京：生活·讀書·新知三聯書店，2001.

[67]陳昆.寶鈔崩壞？白銀需求與海外白銀流入——對明代白銀貨幣化的考察[J].南京審計學院學報，2011，08(2)：26-34.

[68]朱輝.張居正與九頭鳥[J].政府法制，2011(5)：23-23.

[69]田澍.腐敗與弊政：張居正施政的另一面[J].西北師範大學學報(社會科學版)，2001，38(6)：43-47.

[70]韋慶遠.張居正和明代中後期政局[M].廣州：廣東高等教育出版社，1999.

[71]郭培貴.明代科舉的發展特徵與啟示[J].清華大學學報(哲學社會科學版)，2006(6)：77-84.

[72][明]許仲琳.封神演義[M].北京：中華書局，2013.

[73]王敏.明代翰林院研究[D].長春：東北師範大學，2011.

[74]吳琦，唐金英.明代翰林院的政治功能[J].華中師範大學學報(人文社會科學版)，2006，45(1)：96-101.

[75]嶽天雷.由學侶到政敵——論高拱與張居正的關係[J].廣東第二師範學院學報，2011，31(4)：93-104.

[76]樊樹志.張居正與馮保——歷史的另一面[J].復旦學報(社會科學版)，1999(1)：80-87.

[77]王培宇.科舉制度史上的作弊防範及其當代啟示[J].教育與考試，2010(1)：41-45.

[78] 何宗美．張居正改革對晚明黨爭及文人結社的影響 [J]. 社會科學輯刊，2003(4)：93-97.

[79] 郭培貴．二十世紀以來明代科舉研究述評 [J]. 中國文化研究，2007(3)：156-168.

[80] 郭培貴．明代科舉各級考試的規模及其錄取率 [J]. 史學月刊，2006(12)：24-31.

[81][美] 何炳棣．中華帝國成功的階梯：社會流動面面觀 [M]. 紐約：哥倫比亞大學出版社，1962.

後記

玉皇大帝和如來佛祖哪個大？

這是某校招生考試中的一道題目，在全社會都引起了不小的迴響。校方解釋這是一道開放式題目，沒有標準答案，主要目的是考察考生的臨場應變能力。這也說明當今社會普遍認為這個問題沒有標準答案，可見《西遊記》帶給中國人的誤導還是滿深的，這也是我最初決定撰寫本書的動機之一。

我認為要真正看懂《西遊記》，核心問題就是弄清書中角色的定位，尤其是他們隱喻了什麼對象。很多人覺得《西遊記》自相矛盾，漏洞百出，其實根源只在於定位不清。實不相瞞，我小時候也曾很自然地認為佛祖比玉帝更大，因為玉帝被孫悟空打得鑽桌子，佛祖卻可以把孫悟空壓在五行山下，再讓他千辛萬苦來取經。所以，佛祖（佛教）＞孫悟空＞玉帝（道教），這個邏輯似乎很清晰。但這樣又無法解釋，為何在取經路上，孫悟空連那些道教神仙的童子、坐騎都奈何不了。不僅是這一個問題，在每個寒暑假多個電視劇反覆看好幾遍的高強度複習下，我越來越無法忍受不斷發現的bug。所幸的是，我找到了答案——歷史，尤其是具體到明中後期的真實歷史。我們真正需要的，不是到現實的宗教，而是到現實的歷史中去尋找答案。

如果能同時熟悉《西遊記》和《明史》，或許再加上一點點行政管理方面的知識，我認為將《西遊記》中的神魔角色在明中後期官場甚至具體的歷史事件上一一找到對應原型也不算很難，真正難的是面對現實，尤其是要撕裂很多伴隨我們童年成長的美好情愫。比如我說孫悟空的原型是成化年間的御馬監太監汪直，理性地講，拋開感情因素，這不算很難發現的一個隱喻，甚至都算不上隱喻，明朝人一看到「御馬監」三字立即知道是什麼，再結合汪直和孫悟空的身高，這連繫不起來才怪。但人並不是那麼理性的動物。電視劇上映以來，孫悟空這個形象已經定格為一個充滿各種美德的超級英雄。《大話西遊》、《悟空傳》、《齊天傳》……更是一層又一層地豐富和深化著這個美好的角色，我現在突然來一句：孫悟空其實是玉帝私人寵幸的一個小太監。換誰也不好接受。即便是我自己也很難完全面對這個現實，我甚至牽強地說孫悟空的原型也不只是汪直，還有海瑞、李春芳等等。沒錯，我現在就是在大方地承認邏輯牽強，我這樣寫只是企圖用鍵盤的噼啪掩飾心被撕裂的聲音。

其實只要能和我一樣，撥開這層心障，無數所謂的「矛盾」無不迎刃而解。玉帝是明朝皇帝，佛教是後宮私臣，道教是進士文官，如來是玉帝私寵的內臣之首司禮監掌印太監，太上老君是進士出身的外朝宰相，觀音是萬貴妃，妖怪是地方惡霸，龍族是海商（倭寇），唐太宗（世民）是世間生民。具體細看，玉帝多數行為暗喻嘉靖帝，尤其西天取經顯然諷喻他獨創的西苑取經，但有些又暗喻萬曆帝、成化帝；如來時而表現為馮保，時而表現為劉瑾；太上老君更是疊加了徐階、高拱、張居正甚至李春芳自己的多重影像。作者構築的西遊世界宏大隱祕，但只要掌握了這個方法，對著《明史》讀《西遊》，也不難一一理順。所以這個方法本不難，只是能否破除這層心障的問題。

不過，比起這些淺顯的小問題，我認為更需要理性看待一個更宏大的問題，那就是作者借官場頂層的故事，勾畫出人類社會發展至明的形態。

其實明中後期是中華帝國甚至中華民族走向一個谷底的腐朽時代，但如果只顧居高臨下地批判藐視，也容易錯失《西遊記》中的重要訊息。

這畢竟是明代文官寫的官場小說，充滿著封建文人的局限性，李春芳對明朝的很多社會機制、政治制度絕不是持否認態度。相反，他對科舉考試、清濁分流等機制是充滿感激的，書中也不乏處處吹捧，更有不少對這些機制受到侵蝕而表現出來的憂慮。僅僅從理解《西遊記》的角度，我們需要試著代入他的封建文人視角，或許這是一個更難撥開的心障。尤其是在從小揹著「《西遊記》作者是吳承恩」這條文學常識的背景下站在李春芳的角度來看《西遊記》，這多少有點玄幻。

開誠布公地講，我本人也是一個應試教育的受益者，家境普通的我從未接受過良好的素養教育，寒窗苦讀十餘年，無非牢牢記住了「《西遊記》作者是吳承恩」這個知識點，但我就憑這個在小學升國中、中考、高考、考研、考博的競技場上一路過關斬將。而不少同齡人從小接受良好的素養教育，考前也拿到了許多教授、總裁甚至參議員的推薦信，可惜一上考場就左右拿不穩《紅樓夢》的作者到底是羅貫中還是施耐庵，所以每一次小學、中學、大學都錄取了我而不是他們。現在我卻寫了整整一本書來推翻這個一步步成就了我人生的知識點，既然我都能做到，相信您可以做得更好。

最後，本書要對許多人致以謝意。首先感謝您的閱讀，也許我的觀點您不一定完全接受，甚至有些會被認為是無稽之談，不過文學欣賞本就是一家之言，權當博君一笑耳。特別感謝沈承慶先生，他在古稀之年考證出《西遊記》作者並非吳承恩而是李春芳，這從大方向上扭轉了我的思路，明確了立足明史，客觀解讀《西遊記》的方法，使許多看似渺無頭緒的問題迎刃而解。也不忘感謝楊潔女士、章金萊先生（六小齡童），還有三位同樣英俊所以我不是很分得清楚的唐僧扮演者以及整個電視劇《西遊記》劇組，他們創作了永恆的螢幕經典，是我們無數人童年共同的美好記憶。儘管我現在指出了一些與他們不盡相同的解讀，但正如先師牛頓三藏教授所言：「我之所以看得更遠，是因為我站在巨人的肩上。」本書一切成果都是在他們的基礎上取得的。更要感謝以吳閒雲先生為代表的一大批「西學家」，他們冒著世俗的偏見，開創了以現實主義解讀《西遊記》的道路。本書凡涉及引用他們的論點，均已在參考文獻中列出並在此一併致謝。我們之間也有很多不同觀點，歡迎讀者朋友比較研判。最後，感謝雷霞女士、楊靜先生、孟曦先生幫助提供了插圖設計，感謝鐘紫君編輯團隊為本書出版發行所做的工作。

非常有緣，今天是偉大的哲學家老子 2,589 週年誕辰，也被道教視為太上道祖聖誕。我在青城山老君閣丹爐房寫下這篇後記，真是一種妙不可言的緣分啊！

禮讚玉皇大帝！福生無量天尊！南無阿彌陀佛！

黃如一

解碼西遊——內宮外廷亮相取經路：

明朝祕辛！從紅孩兒到女兒國，明代官場的暗流湧動

作　　者：黃如一
發 行 人：黃振庭
出 版 者：崧燁文化事業有限公司
發 行 者：崧燁文化事業有限公司
E-mail：sonbookservice@gmail.com
粉 絲 頁：https://www.facebook.com/sonbookss/
網　　址：https://sonbook.net/
地　　址：台北市中正區重慶南路一段 61 號 8 樓
8F., No.61, Sec. 1, Chongqing S. Rd., Zhongzheng Dist., Taipei City 100, Taiwan

電　　話：(02)2370-3310
傳　　真：(02)2388-1990
印　　刷：京峯數位服務有限公司
律師顧問：廣華律師事務所 張珮琦律師

定　　價：350 元
發行日期：2024 年 08 月第一版
◎本書以 POD 印製
Design Assets from Freepik.com

國家圖書館出版品預行編目資料

解碼西遊——內宮外廷亮相取經路：明朝祕辛！從紅孩兒到女兒國，明代官場的暗流湧動 / 黃如一 著 . -- 第一版 . -- 臺北市：崧燁文化事業有限公司 , 2024.08
面；　公分
POD 版
ISBN 978-626-394-667-5(平裝)
1.CST: 西遊記 2.CST: 研究考訂
857.47　113011636

電子書購買

爽讀 APP

臉書